〔英国〕拉迪亚德·吉卜林◎著

贾丽萍　喻红◎译

丛林故事

海峡出版发行集团 THE STRAITS PUBLISHING & DISTRIBUTING GROUP | 海峡文艺出版社 Haixia Literature & Art Publishing House

图书在版编目(CIP)数据

丛林故事/(英)拉迪亚德·吉卜林著;贾丽萍,喻红译. —福州:海峡文艺出版社,2017.8(2023.9重印)
(诺贝尔文学奖大系)
ISBN 978-7-5550-1160-6

Ⅰ.①丛… Ⅱ.①拉…②贾…③喻… Ⅲ.①童话—英国—近代 Ⅳ.①I561.88

中国版本图书馆CIP数据核字(2017)第144468号

诺贝尔文学奖大系

丛林故事

[英国]拉迪亚德·吉卜林 著 贾丽萍 喻红 译

责任编辑	任心宇
出版发行	海峡文艺出版社
经　　销	福建新华发行(集团)有限责任公司
社　　址	福州市东水路76号14层
发 行 部	0591—87536797
印　　刷	福州俊丰彩印有限公司
地　　址	福州市晋安区鼓山镇鼓一村福光路189号
开　　本	889毫米×1194毫米 1/32
字　　数	220千字
印　　张	9.625
版　　次	2017年8月第1版
印　　次	2023年9月第4次印刷
书　　号	ISBN 978-7-5550-1160-6
定　　价	58.00元

颁奖辞

瑞典文学院常任秘书　C.D.威尔逊

对于本次最具资格获奖的人，有非常多不同的声音，也有许多实力雄厚的候选人。但这次，经过严格的筛选，瑞典文学院把这项荣誉颁给了一位英国籍作家。几个世纪以来，英国文学界的发展态势呈现出百花齐放、争芳斗艳的良好状态。当丁尼生创作出的抒情诗歌成为千古绝唱时，世人为他的离去而感到悲伤，认为他所带来的诗歌盛世气象，亦即将随他的离去而成为过去，后人难以把这种辉煌发扬光大。事实上，当我们国家的诗人泰格奈尔去世的时候，国民们也曾经发出这样的哀叹。但是人们哀叹的只是诗人，而并非诗歌。诗歌并没有因此而丧失它本身所具有的崇高地位，不过是换了一种新的形式，来迎合这个新时代的潮流和趋势。

丁尼生的诗歌中充满着遐想的意境，让人一读就能够立刻感觉到这种情景。这一点，在和他风格不同的作家中也能够找得到。这些作家不仅追求文字层面的优美性，而且生动形象地描摹我们这个时代的面貌，特别以刻画各个阶层的人们为了生活而狼狈不堪地奔波劳累的场景见长。今年诺贝尔文学奖的得主——拉迪亚德·吉卜林就是这样一位作家。一位曾花了很大一番功夫来研究英国文学的法国作家在六年前就曾经断言道："毋庸置疑的是，吉卜林是英国文学界近些年来最值得大家关注的一位作家。"

1865年12月30日，吉卜林在孟买出生。他六岁的时候，就被送到英国的亲戚家寄养，直到他十七岁，才回到印度。之后，他在拉合尔出版社的《军民报》编辑部工作，并在他二十多岁的时候来到阿拉哈巴德，在那里担任《先锋报》主编。他生性喜欢到处游览，加之工作需要，印度的各个角落都留下了他的足迹。通过游览，他不仅对印度人的生活习性和立场观点非常熟悉，对印度各个不同部落的风俗习惯和驻印英国军人的生活方式，也有着深刻的认识和了解。这些深刻的认识，他都融入自己的作品中来，让人能够更近距离地触摸印度、了解印度，这种功效甚至比苏伊士运河的开凿还要大。他早期的作品——讽刺诗歌《机关打油诗》，就以其暗含的大胆而清丽脱俗的格调受到读者的欢迎。1888年出版的短篇小说《山里的故事》和《三个士兵》也是他早期的代表作，他把分别代表了不同类型的士兵穆尔凡尼、奥塞里斯和李洛埃刻画得栩栩如生。他的这类作品，还有1888年的《盖茨皮一家的故事》《黑与白》以及1889年的《雪松下》，它们都是记叙关于西姆拉的社交生活的。1891年出版的短篇小说集《生命的阻力》涉及比较严肃的话题，而同年发表的长篇小说《消失的光芒》则较为晦涩难懂，不过仍有不少色彩鲜明、生动形象的片段。

当吉卜林于1892年发表诗歌集《营房谣》时，他已经是一个富有诗歌创作经验的诗人了。这个诗集里全是一些优美的军人小曲，既豪迈不羁，又风趣幽默，通过纪实的手法来描写汤米·艾金斯全心全意效忠“温莎寡妇”（维多利亚女王）以及她的继承人，并细腻地刻画了在为王室效命的过程中赴汤蹈火的各种艰难场景。正是通过吉卜林的诗歌，英国军队历经的千辛万苦得以用这种新颖独特、既悲又喜的方式展现出来。他还对军旅生活和工作进行了深刻描绘，通过这些刻画，将他对军队将士的崇敬之情自然而然地流露出来，并没有一丝矫揉造作的成分。他在赞美水手和士兵的诗歌中，采用他们特有的语言，轻松愉快地把他们的所思所想表达出来，并受到他们的热烈欢迎。他们一有空，就会吟唱他的诗歌。这对于一个诗人来说，无疑是无上的光荣。

1896年，吉卜林发表了诗集《七海》，在这部作品中，充分暴露了他对帝国主义的狂热，希冀成为一个版图界限遍布全球的公民。从一个文学家的角度而言，他对于加强英国和其殖民地之间的联系，贡献是最大的。

1894年，吉卜林的《丛林故事》第一册出版，受到了瑞典和其他许多国家读者的喜爱。这部作品是他运用一种原始的想象力进行充分的想象后创作出来的神话般的故事。里面刻画了名为巴希拉的黑豹、力大无比而又阴险狡诈的蟒蛇、一条名叫卡阿的白眼镜蛇和叽叽喳喳的猴子以及操控这一切的莫格里。在这部神话故事中，有些场景刻画得非常有意境，比如，莫格里慵懒地坐在它的“活安乐椅”卡阿的身上，而在一旁的那条巨大的蟒蛇，历经世世代代花木鸟兽的兴衰更变，正在独自追忆过去；莫格里指使哈蒂象让“丛林开放”并延伸到人类的生活场所等。这些场景展现出大自然自身卓越的能力，也展现出吉卜林老练的写作能力和技巧，比起1898年出版的《识途的船》要成熟得多。《识途的船》讲述的是一个人格化的机器人身上发生的故事，非常怪诞但也非常有趣。无数的孩子因为吉卜林的《丛林故事》获得不少乐趣，很多成年人也因为孩子的原因而读这部作品，故事中清新优美的言语、丰富的想象力，让他们重温了自己的童年。

在吉卜林的作品当中，还有一部值得一提，便是1901年出版的《基姆》，它记叙了一个年老的僧人沿着圣河去朝圣，作品中的格调非常高雅，柔和动人，这一点在这位生性豪迈的作家的作品当中是非常少见的。作品中老僧人的弟子——基姆是一个小顽童，作者把他刻画得栩栩如生、机灵可爱。

当然，也有些人指责吉卜林的作品在有些情况下会稍显粗俗，特别是他在狂野的诗歌中运用军人之间的俚语更是显得低俗。他们的这些指责并非没有道理，不过，比起他那雄浑有力的笔触和昂扬向上的精神，这些都显得微不足道了。他的文学成就，不但让他在印度文学界大受欢迎，在地域广博的大不列颠帝国扬名，也使他在美国、德国等国家赢得了崇高的声誉和尊敬。1899年，他在美国身患重病，美国的报纸天天追踪报道他的身体状况，连德国国王也亲自发来电报对他进行慰问。

吉卜林何以会受到全世界人民的尊敬呢？或者说，到底是什么使得他能够获得如此崇高的地位？瑞典文学院为什么认定他有资格获得诺贝尔奖？因为一位作家必定要在他的作品中表现出一种独特的理想才能够获此殊荣。

仔细分析，吉卜林能够扬名，并非是由于他的思想多么深邃、他的智慧多么过人。主要是他的观察能力也非常的细致入微，就连不入流的观察家都能够发现他那高超的观察能力，他能够把现实中极其琐碎的地方都描写得十分精准。但是，如果仅仅靠他敏锐的观察，即使他能把现实社会描绘得再生动逼真，也不足以让他获得如此高的声望。必定还有其他的原因让他的诗歌才能得到大家的认可。

他那丰富的想象力不但让他能够把大自然栩栩如生地描绘出来，还能够把他自己的内心世界呈现出来。他对万事万物的刻画，让人觉得是他从内心深处对事物的认知，就好像能够让人看到事物的灵魂那般。而在人物的塑造上，他总是巧妙地运用画龙点睛的技巧把一个人的个性特点展现出来，凭借寥寥数语就把人物形象栩栩如生地塑造出来。创造，并不是只要把事物的外貌如实地记录下来，更要求能够超越事物本身，突破它的本质。吉卜林就是这样，他以这种创造特性作为写作基础，就像他说的那样，“我总是从上帝创造事物的角度来刻画万事万物”。这句话虽然简单，却也直接道明了他懂得作为一名作家，自己在创作时应该承担的责任。

他大多数的作品都属于豪迈、雄浑的风格，有的甚至还有一些不拘小节的粗俗，鲜有纤细柔和的笔调。不过鲜有并不代表没有，只不过吉卜林从来不在作品中刻意营造这种氛围。他的《玛哈默德·丁的故事》虽然故事情节简单，却处处流露出真情，让人感慨万千；在《山里的故事》中，《攻陷伦滕彭》里谈到的那些小鼓手亦让人印象深刻，难以忘记。

勤奋的吉卜林不仅认真观察分析着人性，探讨着人生，他的内心深处也有着高贵的情怀。在《致真正的罗曼斯》中，句句诗歌都表明，每一个诗人内心都有一种渴望，渴望能够实现那永远不能够实现的梦想，而这种梦想是我们所能看到的世界中任何风景都不能够比拟的。

在梦里看到触摸到
你的衣衫就足够了；
你已经靠近上帝，
而我却追赶不上！

在吉卜林的人生态度中，他有着清教徒身上所特有的虔诚，既不装腔作势，也不重复啰唆，这是缘于他在内心深处坚信并奉行“崇敬上帝是智慧的源泉”，并且认为存在着一个——

我们祖先过去所知道的上帝，
在他严酷掌管下的我们，
行使着统治权……

如果从美学的观点来讲，他那诗人的直觉更富有理想主义的色彩，如果从道德和信仰方面来看，因为他的这种责任感，他也同样是一个理想主义者，这种责任感的产生缘于他有着坚定的信念和信仰。他深刻理解道，如果不是建立在群众恪守法律规则、理性自制基础上的稳定，那么，即使是再强大的国家也会走向灭亡。在他的观点中，上帝是最初的、最高的、全能的主宰者，他在《生命的阻力》中称之为“伟大的观察者”。而这种宗教情怀恰恰是英国读者所喜欢的，因此，他成了一名国家诗人。所以，我们可以这样说，吉卜林之所以能够拥有这种成就，不仅是因为他那些广为流传的军旅诗歌，也是因为他在1897年创作的《赞美诗》，这首诗是为了祝贺维多利亚女王登基六十周年而作的。诗歌中那虔诚而又谦逊的宗教感情特别感人：

动乱与喧嚣俱灭，
将士与君主逝去：
只留下对您的庆典，
和一颗谦卑忏悔的心。

《赞美诗》既表达出民族自尊自强的精神，又警示盲目自大的危害性。

当布尔战争爆发的时候，他坚决拥护自己的国家，但同时也赞赏布尔人的英勇，可见他那帝国主义思想并非是刻板僵硬的，也会考虑顾及他人的感受。

在英国文坛中，曾经盛行过多种不同思潮的文学运动，并产生了大量优秀的作品，更有流传千古的大文学家莎士比亚。不过，吉卜林可能受斯威夫特以及笛福的影响要大些，而斯宾塞、济慈、雪莱以及丁尼生对他的影响则要小些。他的想象力和观察能力一样高超。虽然他的作品没有像史温朋作品那样辞藻华丽，但在内容上，他尽量摒弃那种无病呻吟的病态感伤；在创作格式上，也不再运用亚历山大诗歌的堆砌法。

吉卜林喜欢简明扼要的叙述，在他的作品中，找不到抽象空洞和重复啰唆的片段。他特别擅长运用直接而又恰当的名言警句，这使得有人拿他和哈代相比较，也有人拿他和彼埃尔·洛蒂相提并论，更有甚者，把他比喻为狄更斯。不过，虽然如此，他却永远不是别人，他的创作风格独树一帜，仿佛永远都有着无穷无尽的创造力。当然，这位富有想象力的诗人也推崇法律并强调纪律的重要性。纪律也就是宇宙的生存法则，但如果要问他这种法则是什么，他会简明扼要地告诉我们是“不断奋斗、尽职和服从”。因此，他不断鼓吹人要果敢、勇于自我牺牲和忠诚。对于没有骨气、没有自制力的人，他表示出十分的憎恶。僭越和傲慢必定会遭到上帝的惩罚，对于这一点，他有很深的认识。

虽然吉卜林的风格独树一帜，但这并不代表他没有吸收其他作家的长处，因为即使是世界上最伟大的作家也要不断吸取他人的长处。吉卜林借鉴了哈代所独有的对多姿多彩的流浪生活的向往，学习了笛福那种对细节精益求精和字字必精心雕琢的风格。同时，他的作品中也有着狄更斯那种对广大贫困群众的同情、对人物小动作风趣幽默的描绘。当然，除此之外，他也有着自己特有的风格。尽管他的作品并非都是佳作，也并不是字字珠玑，但总的来说还是非常生动形象、风趣幽默。他在1899年发表的系列短篇小说《从大海到大海》可以称得上是记叙的代表作，无论是关于大懒神掌控的大象城，还是新加坡或是棕榈岛，或是日本的风俗习惯，都描写得非常典型。吉卜林在作品中运用了讽刺手法，尽管偶尔会显得非常辛辣，但对漂泊在天涯海角的大兵和英国荣誉的维护者——水手，却非常富有怜悯心。他的怜悯心也并非是盲目而浅层次的，而是有着十足的底气，因为他曾经经历过他们的一切，吃过他们吃过的面包，喝过他们常喝的酒水，经历过他们艰辛的生活，见证过他们的生死。

吉卜林年纪轻轻就已经名扬天下了，不过他成名之后，并没有停止创作的步伐，而是一直在创作的道路上孜孜不倦地探索着。

一个曾经写过他的传记的作家对他的作品进行了分类，认为他的作品主要有以下几种语调：一种是嘲讽的语调，这主要表现在《机关打油诗》《山里的故事》以及用一种幽默的形式来颂扬单身快乐的《盖茨皮一家的故事》中；一种是怜悯和仁慈的基调，这主要在《玛哈默德 · 丁的故事》和描写人生的悲剧以及感人故事的《没有教会豁免权的情侣》中表现出来；还有一种是道德的语调，这点主要在《生命的阻力》中体现出来。尽管这种分类并没有太大的价值，而且也不能够涵盖他所有的作品，但却有一点值得肯定，那就是：吉卜林所推崇的是恪尽职守和忠心爱国。爱国，对吉卜林来说，不是仅仅爱英格兰，而应该热爱整个大不列颠帝国。他所希望的就是，整个帝国的国民都能够紧密团结在一起，为此，他呼吁：仅仅知道英国的人，对英国又有什么样的认识呢？从中，我们便能很明白地看出他的意愿。

他通过自己细腻的笔触，向我们展示了很多国家的风貌，不过，他并不是为了向我们展示事物的奇特有趣，而是有着一个高尚的目的，那就是永远服从，听从自身职责的召唤，在离世时，像个士兵那样去见上帝。

瑞典文学院在将诺贝尔文学奖授予吉卜林的同时，谨向光辉灿烂的英国文学和英国当代最伟大的小说家致以崇高的敬意。

致答辞

（1907 年 12 月 8 日，瑞典国王奥斯卡二世去世，当年诺贝尔奖颁奖后没有举行欢迎宴会，故吉卜林的致答辞无）

目 录

1. 莫格里的兄弟们

蝙蝠蒙放走了黑夜，
鸢鹰朗恩又把它带了回来——
牛群吓得都躲进了茅舍，
因为我们要肆无忌惮直到天亮，
这是炫耀武力与尊严的时刻，
请看我的尖牙、利爪和巨钳。
听那呼唤声——祝大家狩猎成功，
遵守丛林法律的全体生灵！

——《丛林夜歌》

在西奥尼山上一个暖和的傍晚，狼爸爸刚睡了一天，睁眼一看，已经七点钟了。他挠了挠痒，打了个哈欠，依次伸展开四只爪子，试图赶走残余在爪尖上的睡意。狼妈妈还继续躺在窝里，她那大灰鼻子埋在狼崽子中间，四个小家伙滚来滚去，互相打闹。月儿很亮，照进他们家居住的山洞。“哦呜！”狼爸爸说，“又该去打猎了。”当他正要纵身跳出山洞时，一个有着蓬松大尾巴的小个子的影子挡住了洞口，而且用一种幽怨、哀求的声音说：“大王，祝您好运。祝您高贵的孩子们好运，祝他们有一口既白又结实的牙齿，好让他们一辈子也不会忘记这世界上还有我这样忍饥挨饿的豺。”

这个小个子叫塔巴克，是一头专门捡拾残羹剩饭的豺。全印度的狼都鄙视这个塔巴克，因为他爱耍小聪明，搬弄是非，常常在村里的垃圾堆里寻找破布及烂果子吃。但是他们也害怕塔巴克，因为塔巴克比丛林里的任何生物都容易犯病，而且是疯病。一旦犯病，他什么都不怕，横冲直撞，见谁咬谁。就连老虎在遇到塔巴克发疯的时候也要赶紧躲开，因为发疯是野兽们最丢脸的事儿。人类称这种病为“狂犬病”，野兽称之为“狄沃尼”，遇上了得赶紧跑。

“哦，是你啊！”狼爸冷冷地说，“可惜这里没有什么好吃的。”

“对一头狼来说，的确是没有什么好吃的。”塔巴克说，“可是对我这一个小家伙来说，一块骨头就是一顿大餐了。我们是豺族，还有什么可挑剔的？”说完，塔巴克一溜烟钻进洞里，在那里他找到一根带着肉丝的鹿骨头，便坐在那里美滋滋地啃了起来。

“谢谢您的款待！”塔巴克舔着嘴唇恭维道，“大王，您的孩子多高贵、多漂亮呀。看，眼睛多大啊。哎哟，这么年轻就长得这么英俊。说真的，我早就知道您家的孩子，从小就是男子汉。”其实，他完全明白，当面恭维别人的小孩是很不吉利的事，可是当看到狼爸和狼妈被他弄得浑身不自在，他心里可高兴啦。

塔巴克稳稳地坐在那里，为自己的聪明而得意。接着又别有用心地说：“谢尔汗大王要换狩猎场了，他告诉我，从下个月开始他要在这一带打猎了。”

谢尔汗是二十英里[1]外韦根加河畔的一只老虎。

“他没这个权力，”狼爸愤怒地吼道，“按照‘丛林法律’，在没有预先通知的情况下，谁都无权改变狩猎场。他这样做会吓跑方圆十英里以内的猎物。我……我这阵子一个人得打两个人的猎物呢。”

“他妈叫他瘸子是有原因的，”狼妈平静地说，“他一生下来就瘸着一条腿，所以他只能把耕牛当猎物。现在韦根加河附近的老百姓都恨透了他，他只好跑到这里来讨生活。他一惹下麻烦就躲得远远的，这里的老百姓一定会来丛林里找他算账，一旦点起火来，咱们和孩子便无处藏身，只好背井离乡。哼，我们真得感谢谢尔汗大王啊！”

“需要我向谢尔汗大王转达你们的意思吗？我很乐意为你们效劳。”塔巴克说。

“滚出去，”狼爸怒吼道，“滚出去和你的主子打猎吧，今天你干的好事够多了。”

“我这就走，”塔巴克不紧不慢地说，“其实不用我给你们捎信，听吧，谢尔汗大王这会儿正在下面的丛林里呢。”

狼爸侧耳细听，他听到一只怒气冲冲的老虎在小河的河谷里发出粗鲁而单调的吼声。这个笨老虎什么也没逮到，而且，哪怕全丛林都知道这一点，他也不在乎。

“傻瓜！”狼爸说，“一开始打猎就吵吵嚷嚷的，他以为这儿的公鹿像韦根加河的肥牛似的？”“嘘，他今晚要抓的不是肥牛，

---

①1英里=1.609344千米。

也不是公鹿，”狼妈说，“是人。”谢尔汗捕猎的哼哼声变成了低沉的呜呜声，仿佛从四面八方一起围拢过来。这种声音经常把露宿的樵夫和吉普赛人吓得迷失方向，有时还会有人撞到老虎嘴里。

“人！”狼爸瞪大眼睛露出尖牙，“哼，池塘里的甲壳虫和青蛙还不够多，非得吃人不可？这可是在咱们的地盘上。”“丛林法律”的每一条规定都是有原因的，它禁止任何野兽吃人，除非那野兽是为了教自己的孩子学习打猎。即使那样，他也必须是在自己兽群或者是部落势力范围以外的地方。这条规定的真正原因是：一旦杀了人，就意味着一定会遭到人类的报复，那时就会有骑着大象、带着枪支的白人，还有手持铜锣、火箭、火把的棕褐色皮肤的老百姓来这里。到那时，丛林里的野兽都得遭殃。兽类对这条规定是这样理解的：由于人是所有动物中最软弱、最缺乏自卫能力的，所以攻击人是不公正的。他们还说野兽不能吃人，一旦吃了人，他们的身上就会长癞疮、褪毛，而且牙齿也会掉光。

呜呜声越来越响，最后是老虎扑食的吼叫：“嗷呜！”紧接着谢尔汗发出一声哀号，痛苦的哀号。“没抓住，”狼妈说，“他怎么搞的？”狼爸跑出几步，想看看到底是怎么回事。结果只听见谢尔汗在树林里撞来撞去，嘴里嘟嘟囔囔骂个不停。

“这傻瓜居然蠢得跳到樵夫的篝火里，活该把脚烫伤，”狼爸不屑地说，“塔巴克和他一起。”“什么东西上山了？”狼妈的耳朵忽闪了一下，“准备战斗。”树林里唰唰作响，狼爸伏下身子，准备捕猎。接着，你会看到世界上最了不起的一幕——狼爸向空中一跃，在半空中又收住了身子。原来他没看清目标就跳了起来，等看清目标后又设法让自己迅速停住，结果是他跳到四五尺高后几乎又落回原地。

“人！是人的小娃娃，快看哪！”狼爸惊讶地告诉狼妈。

这是一个全身赤裸、棕色皮肤，刚刚学会走路的小孩子。他拿着一根短短的树枝，微笑着站在狼爸面前。狼爸从没想到会有这么一个可爱的小生命在夜晚来到自己的家。“那就是人的小娃娃？我还从来没见过呢！把它叼过来让我看看。”狼妈说。

狼善于用嘴叼自己的小狼，他可以叼一只鸡蛋而不将其咬破。所以，当狼爸用嘴把小娃娃叼到四只狼崽中的时候，小娃娃的皮一点儿都没破。

“多小啊，多光溜啊，他可真胆大。”狼妈温柔地看着小娃娃，小娃娃从狼崽中间挤过去，靠近狼妈暖和的肚皮。“哎，你看他跟咱们的狼崽一块吃起来了！这就是人的娃娃？谁听说过狼崽子中间会有个小娃娃？”

“我听说过这种事，可是在我们的狼群里，在我们这一辈里，还真没有发生过这种事。”狼爸说，“你看他身上没有毛，我一脚就能把他踢死，可是你看他还直愣愣地看着咱们，一点儿也不害怕。”

山洞里暗了下来，原来是谢尔汗那方方正正的大脑袋和宽肩膀塞满了洞口。塔巴克在外面尖声尖气地嚷道：“大王，他是从这儿进去的。”

“欢迎大驾光临，”狼爸嘴里说着客气话，眼里却满是怒火，“谢尔汗，你想要干什么？”

“我来拿回属于我的猎物，一个人类的小娃娃跑到这来了，他的爸妈都跑掉了。”谢尔汗说，“赶紧把他交给我。”

狼爸说得很对，谢尔汗刚才为了抓人娃而扑到了樵夫的篝火里，本来腿就瘸，又把脚烫伤了，气得他要发疯。狼爸知道，自家的洞口很窄，大老虎谢尔汗根本进不来，所以一点儿也不怕。谢尔汗虽然想冲进洞去夺回人娃娃，可是肩膀和前爪已经挤得没法动弹，就像一个人塞在木桶里和人打架，那滋味，别提多难受了。

“我们是自由的狼，”狼爸说道，“我们只听从狼群头领的命令，你这个身上带条纹的、专门猎杀牲口的家伙，别在这里指手画脚。人娃是我们的，我们有权利决定他的命运。”

“人娃是我的，你们有什么权利？少说废话，凭我杀死的公牛起誓，你们敢让我把鼻子伸进你们的狼窝来找回我的人娃吗？听着，我是大王谢尔汗！”

老虎的咆哮像打雷一样，震得山洞嗡嗡作响。狼妈生气了，抛下狼崽跑到前面，她的眼睛绿莹莹的，就像山洞里的两个小灯笼，直瞪着谢尔汗闪闪发亮的眼睛。

“我是拉克夏（魔鬼），这个人娃是我的，你休想杀死他！我要让他活下去，成为我们狼群的一员，跟我们一起奔跑，一起打猎。你，你这个连这么点的小娃娃都要吃的家伙，你这个吃青蛙的家伙，你这个杀鱼的家伙，等着瞧吧，总有一天，你会成为他的猎物！你现在马上给我滚开，否则，凭我杀掉的公鹿起誓（我可不吃挨饿死的耕牛），我会让你比出生时瘸得更厉害。找你妈去吧，你这个在丛林里挨火烧的笨蛋！滚！”

狼爸吃惊地看着狼妈。他似乎想起了过去的时光，那时，他很勇敢，和五头狼决斗之后得到了狼妈的爱。狼妈被狼群称为“魔鬼”，那可不是轻易就能得到的称号。谢尔汗也许能和狼爸干一仗，然而他没法对付狼妈。他很清楚，狼妈占据了有利地形，一旦打起来，一定会和他拼个你死我活。谢尔汗恶狠狠地低声咆哮，慢慢地退到了洞外，可他不甘心，于是又大声嚷道：“每一条狗都只会在自家院里汪汪叫，咱们走着瞧，你们狼群是不会同意收养人娃的。这个人娃迟早是我的，早晚有一天他会是我的点心，哼，大尾巴狼！”

狼妈气呼呼地回到孩子们中间，躺下看着小人娃娃。狼爸有点为难了，对她说：“谢尔汗说得有点道理。你打算收留人娃吗?那一定得带去让狼群看看。”

“收留他！”狼妈肯定地说，“他是在黑夜里，光着身子、饿着肚子、孤零零一个人来的，可是他竟然一点都不害怕！瞧，他把我的小四挤到一边去了。如果不收留他，那个瘸腿的屠夫会杀了他，然后逃回韦根加，最后村里的人会来报仇，把我们的家翻个底朝天！我一定要收留他！好好躺着，不要动，小青蛙。哦，你就像个小青蛙。现在谢尔汗追杀你，将来有一天你会追杀谢尔汗。”

“可是，我们的狼群会同意吗？”狼爸问道。

“丛林法律”明确规定：两头狼决定结婚成家的时候，可以退出他们原先所在的狼群，等到他们的孩子长到会跑的时候，他们就必须把孩子带到狼群大会上去，让别的狼认识他们的孩子。这样的大会一般是在每个月的月圆之夜举行。经过相互认识之后，孩子们就可以自由自在地在狼群的领地里玩耍。在孩子们第一次猎杀野兽之前，狼群里的大狼绝不能以任何理由杀死一只小狼，否则等待他的就是狼群把他处死。因为，狼群要想发展、延续下去，必须爱护小狼，这是一个很简单的道理。

狼爸等到他的四个孩子开始能跑的时候，决定带着他们和莫格里以及狼妈参加月圆之夜的狼群大会。那天晚上，他们一家来到举行狼群大会的会议岩。这是一个乱石丛生的小山头，足能容纳一百头狼。大灰狼阿克拉，独身，无论是比武艺还是比智慧，都是狼群第一，所以他做了狼群的首领。这会儿他正悠闲地躺在他的岩石上。四十多头大小不一、毛色各异的狼围坐在他的周围，有猎杀过一只公鹿、长着獾色毛皮的老狼，也有自以为能杀死公鹿的年轻黑狼，他才三岁。阿克拉做他们的首领已有一年了。他在年轻时曾经两次掉进猎人设下的陷阱，还有一次他被人狠揍了一顿，然后当作死狼扔在一边。所以，他非常了解附近村民的手段。在会议岩上，一般的成年狼都很少吭声，小狼崽们在他们父母围成的圈子里玩耍、打闹，滚来滚去。一头老狼悄悄地走到小狼崽跟前，仔细地打量他，记下他的模样、气味，然后再悄悄地回到自己的位置。有时也会有狼妈把自己的孩子推到月光下面，让大家都看看，免得以后发生误会。阿克拉在他的岩石上不停地喊着："大家都知道咱们的法律——大家都知道咱们的法律。仔细瞧瞧吧，各位！"有些狼妈也跟着叫嚷："仔细瞧瞧啊——仔细瞧瞧，各位！"

轮到莫格里一家了，狼妈紧张得脖颈上的鬃毛都竖了起来，狼爸把莫格里——狼爸和狼妈都这样叫他——推到圈子中间，莫格里自由自在地坐在那里，一边笑着，一边玩着几颗闪闪发光的石子。

阿克拉趴在自己的爪子上，头也不抬，只是不停地喊着："大家都知道咱们的法律。仔细瞧瞧吧，各位！"就在这时，传来一阵瓮声瓮气的咆哮。原来是谢尔汗在叫嚷："那人娃是我的，把他还给我！狼是自由的兽民，要一个人娃算什么事？"阿克拉却无动于衷，连耳朵也没有动一下，继续说："好好瞧瞧吧，诸位。自由的兽民只听自己的命令，谁也管不着。好好瞧瞧吧！”

这时，狼群中传来几声嗥叫，一头四岁的年轻狼重复谢尔汗的问题：“自由的兽民要一个人娃算什么事？”“丛林法律”有规定：如果因为某个孩子想加入狼群而产生争议，那么，仅他的爸爸妈妈要求还不够，至少还得有其他两个成年狼同意，他才能加入狼群。

“谁来替这个人娃辩护？”阿克拉说，“自由的兽民们，谁愿意为他辩护？”群狼默不作声，没有人回答。狼妈早已经做好了战斗的准备，她知道，如果这件事非得决斗的话，这将是她这辈子最后一次的战斗。

终于，褐熊巴卢说话了，他是唯一被允许参加狼群大会的另类。他后脚直立起来，咕咕哝哝的。老巴卢爱打瞌睡，只吃坚果、植物块根和蜂蜜，专门教小狼崽学习“丛林法律”。所以，他可以随意出入狼群。

“人娃！人娃！”他说道，“我来替人娃辩护。人娃不会伤害我们。我笨嘴拙舌的，不善言辞，但我说的是事实。让他跟其他狼孩一块儿玩好了。我来教他学东西。”这时，一道黑影矫健地跳进圈子里，站在莫格里身边，他是黑豹巴希拉。巴希拉虽有一身黑色的皮毛，但在亮光下面就会显出波纹般的斑点。狼群里狼都认识巴希拉，而且都知道他是个厉害角色：他集塔巴克的狡猾和水牛的凶猛于一身，他还会像受伤的大象一样拼命。可是他的嗓音又像蜂蜜那么甜润，他的皮毛比绒毛还要柔软。

“嗨，阿克拉，诸位自由的兽民，你们好。”他温柔地说道，“本来，我无权参加你们的大会，但是，‘丛林法律’也有规定：如果对如何处理一个孩子有争议，而又不必把他杀死，那么这个孩子是可以被赎买的。法律并没有规定谁可以买，谁不可以买。对吗？”

“好啊！好啊！”几个经常饿肚子的年轻狼来劲了，“让巴希拉说说，这人娃可以赎买，这是法律规定的。”

“我知道，我无权在此发言，所以，我请求你们的允许。”

“你说吧！”二十头狼一齐喊了起来。

“杀死这样一个光溜溜的人娃是可耻的。何况，等他长大了也许会给你们带来更多的猎物。巴卢已经帮他辩护了。现在，除了巴卢，我再加上一头公牛，一头刚刚杀死的、肥肥的大公牛，离这儿不到半英里，只要你们能按法律规定让这个人娃加入狼群。你们愿意吗？”

几十头狼都心动了：“让他加入狼群和我们有什么关系？他能躲过冬天的雨吗？他经得起太阳晒吗？一只小青蛙能把我们带得怎么样呢？让他跟孩子们一起玩吧。公牛在哪里呢，巴希拉？我们同意啦。”阿克拉看到这情景，又喊道：“仔细瞧瞧吧——仔细瞧瞧，诸位！”

大家为莫格里争论了半天，可是莫格里一点都不在乎，他还在自由自在地玩鹅卵石，一头接着一头的狼跑过来端详他。然后只剩下阿克拉、巴希拉、巴卢和莫格里一家了，其他的狼都去吃巴希拉的肥牛去了。谢尔汗十分恼怒，在黑暗中不停地咆哮，因为他没有得到莫格里。

“哼，笨家伙，你先吼吧，”巴希拉甩甩胡子，低声说，“会有那一天的，这个柔弱的人娃会让你换一种吼叫的。人，我可是太了解啦。”

“这样做很好，不错，”阿克拉说，“人和他们的孩子非常聪明。将来他可能是我们的好帮手。”

“当然，到了必要的时候，他一定是个好帮手。因为，没有永远的头领。”巴希拉说。

阿克拉没有说话。他在想，每个狼群的头领都是这样的：从一头小狼长成大狼，打败原先的头领，做上几年头领，衰老，被别的狼打败，杀死。新头领产生后，过了几年，又会更换新的狼群头领。想到这里，他对狼爸说：“把他带走吧，像对你的孩子一样对待他。”就这样，莫格里靠巴卢的好话和巴希拉的一头公牛加入了西奥尼的狼群。

现在，请你们跨越十年左右的时间，自己也可以去猜想一下，在这十年里，莫格里在狼群中是如何生活的。因为，如果把这十年的生活都写出来，那得写好几本书啊。莫格里和狼爸家的四个狼弟弟们一块儿长大，当然，当莫格里还是个孩子的时候，狼弟弟就长成大狼了。狼爸传授莫格里各种本领，让他认识丛林里所有事物的含义，比如草丛的每一丝响动，夜里的每一股暖风，头顶猫头鹰的每一声啼叫，甚至暂时在树上栖息的蝙蝠的脚爪的抓搔、小鱼在池塘里跳跃发出的声音，他都能分辨清楚，就像商人熟悉自己办公室里的事务一样。不用去学习的时候，莫格里就待在阳光下睡觉，吃饭，接着睡。身上脏了或者热了的时候，莫格里就跳到丛林里的池塘去游泳。想吃蜂蜜了（巴卢说，蜂蜜和坚果的滋味不次于生肉），他就爬到树上去取。他是跟着巴希拉学会取蜂蜜的。巴希拉经常躺在树枝上叫他：“快来吧，小兄弟。”一开始，莫格里只能死死搂住树枝不放，不敢动弹。后来，他能在树枝间蹿蹦跳跃，像猿猴一样灵活。猿群开大会的时候，他也参加。他发现一个有趣的现象：如果他死死地盯着一头狼看，那头狼一会儿就会低下头，不敢与他对视。所以他常常一个又一个地盯着他们，以此取乐。可是他也经常帮助他的朋友们，因为狼经常被荆棘扎到，那滋味非常痛苦，而他能够从他们的脚掌心里或是其他地方拔出长长的刺。黑夜里，莫格里也会偷偷下山，穿过耕地，走进村庄，好奇地看着小屋里的村民。然而他并不信任村民，有一次，他差点走进一个方闸子，那个东西装着活门，非常巧妙地隐蔽在丛林里。巴希拉告诉他，那是陷阱。他最喜欢的事就是和巴希拉一块儿，在幽暗温暖的丛林里懒洋洋地睡上一整天觉，到了晚上跟巴希拉学习捕猎。巴希拉饥饿的时候，不管遇到什么猎物都杀，莫格里也和他一样。只有牛是例外的，莫格里刚刚懂事的时候，巴希拉就告诫他，永远不要猎杀耕牛，因为，他的命是以一头公牛为代价换来的。“整个丛林都是你的，”巴希拉说，“只要你有本事，想杀什么都行，但是，看在那头公牛的分上，你绝对不能杀牛或是吃牛，不管它是小牛犊还是老公牛。”这也是“丛林法律”，莫格里便不折不扣地执行了。莫格里像村里的男孩一样长大了，而且长得比他们更结实。一个人活在世上，除了吃东西以外，不用为别的事操心，当然会长得越来越壮了。

狼妈曾经对他说过几次，一定要小心谢尔汗，她还说，他迟早有一天得杀死谢尔汗。如果他是一只年轻的狼，一定会时刻记住狼妈的忠告，可是莫格里不是狼，他只是个小男孩，所以他很快就把狼妈的话给忘了。如果他会说人的语言的话，不管是哪一种，他都会把自己叫作狼孩的。

莫格里经常在丛林里遇见谢尔汗。因为，阿克拉越来越衰老，对狼群的威慑力越来越小，一些年轻的狼便成了瘸腿老虎的朋友，他们跟在谢尔汗的后面，吃他剩下的食物。在以前，阿克拉绝不允许他们这么做。不仅如此，谢尔汗还不断地挑拨离间："我感到很奇怪，你们这么出色的年轻猎手怎么会让一只垂死的老狼和一个人娃来做首领呢？我还听说，你们都不敢正眼看他，真的吗？"那帮家伙都气得竖起鬃毛，嗷嗷直叫。巴希拉由于耳目众多，所以多次听说这些事。他认真地告诉莫格里："谢尔汗一直想杀死你，你要小心点。""我有狼群，有你，还有巴卢。他虽然懒点儿，但肯定会帮我的。我还害怕什么呢？"巴希拉说过几回，可莫格里总是不在乎。

这一天，太阳暖暖的，巴希拉有了一个新主意，他是从豪猪伊基告诉他的一件事想起来的。当他和莫格里又来到了丛林深处，莫格里枕着巴希拉漂亮的豹纹衣服正要睡觉的时候，他说："小兄弟，我对你说谢尔汗要吃掉你，说过多少回了？"

"哎哟，得跟那棵棕榈树上的果实一样多了吧。"莫格里还是漫不经心地回答道，他才不会管他说过多少回呢。"怎么啦？我想睡了，巴希拉。谢尔汗也就是尾巴长点，说话喜欢吹牛，跟孔雀莫奥一个样，没啥了不起。"

"现在可不是睡大觉的时候。这事儿巴卢知道，我知道，狼群知道，就连那傻得要命的鹿也知道。整个丛林没有谁不知道。塔巴克也跟你说过。"

"哈哈！"莫格里笑着说，"前一阵子塔巴克还来找过我呢，他竟然敢说我是个赤身露体的人娃，连挖花生也不配；可是我一把抓住他的尾巴，在树上只摔了两下，他马上就懂规矩了。"

“你可真笨，塔巴克虽然是个爱搬弄是非的家伙，可是他也能告诉你一些重要的事。瞪大眼睛仔细瞧着，小兄弟。谢尔汗不敢在森林里杀死你，是因为他怕你的朋友。但是，你瞧瞧，阿克拉已经老了，杀不死公鹿的日子就要到来了，到那时，他就不再是狼群的头领了。在你第一次参加狼群大会的时候，同意你加入狼群的那些狼也都老了。并且年轻的狼听了谢尔汗的挑拨后，都认为狼群里不该有你的位置。你，也该长大了。”

“长大了又怎么样，难道长大了就不能和兄弟们一块儿捕猎吗？”莫格里说，“我生活在丛林里，遵守‘丛林法律’，不管是哪一只狼，我都帮过他，谁没找我拔过爪子上的刺？他们都是我的兄弟。”

巴希拉伸了伸懒腰，摇摇头，眯上了眼睛。“小兄弟，”他说，“摸摸我的脖子下面。”

莫格里伸出他的手，强壮的、棕色的手，这是丛林生活的结果。他摸到了巴希拉光滑的下巴底下，在厚厚毛皮那里，有一小块光秃秃的、没有毛的地方。“这片丛林里谁也不知道我身上有这个记号——戴过颈圈的记号。小兄弟，我自小生活在人群中，在人群中出生、长大。我的母亲也死在人群中，死在奥德普尔王宫的笼子里。因为这个缘故，在当年的狼群大会上，当我看到你还是一个光溜溜的小孩时，就用一头牛保住了你。以前我没有见过森林，我被人关在铁笼子里，他们用一只铁盘子喂我，隔着笼子看我。直到有一天，我认为我是黑豹，我是巴希拉，不是他们的玩物。我砸开了铁锁，离开了笼子，来到了丛林。因为我在人群中长大，懂得人的那一套，所以，我比谢尔汗更可怕。你说是不是？”

“是啊，”莫格里说，“森林里谁都怕你。就是我莫格里不怕你。”

“嗯，你是人的小娃娃呀，”黑豹温柔地说，“我终于回到了森林，你也一样，只要没有被杀死，最后也一定会回到人群当中，找到你人群中的兄弟。”

“那，那他们为什么想杀死我呀？”莫格里迷惑不解地问道。

“看着我。”巴希拉说，莫格里死死地盯住了巴希拉的眼睛。然而才过了半分钟，巴希拉就把头转开了。

“原因就在这里，”巴希拉挪动了一下爪子，“我都没法和你对视，我那么爱护你，还在人群中生活了几年，小兄弟。其他兽民恨你，是因为他们不敢正面看着你的眼睛，因为你太聪明，因为你能替他们拔出脚上的刺，因为你是人。”

“我根本就不懂得这些事情。”莫格里紧锁双眉，很不开心。

“‘丛林法律’怎么规定的？先做了再说。他们都看出你是个人了，你不能再大大咧咧的了，可得聪明点啊。我知道，现在每一次打猎，阿克拉都要费很大的劲才能逮住一头公鹿，只要哪一次阿克拉失手了，狼群就有理由反对他和你了。他们就会在会议岩那儿召开丛林大会，那时……那时就有了……”巴希拉高兴地跳起来说，“你赶快下山，到山谷中的小屋里取一点人种在那儿的红花，那样你就会有一个比我、比巴卢、比所有爱你的伙伴们更有力量的朋友了。快去取红花吧！”

巴希拉说的红花，其实就是火。丛林兽民都怕火，而且怕得要命，于是创造了几百种方式来描绘它。它们不直接说“火”。

“红花？”莫格里说，“就是天黑的时候他们在小屋外面种的花吗？我去弄一些回来种着。”

“这样说话才是个人娃。”巴希拉觉得莫格里变明白了，“红花是种在花盆里的。赶快去弄一盆红花回来，就放在你身边，看好了，到时候有用。”

“好！我马上去。”莫格里说，“巴希拉，真是这样吗？你有把握吗？”莫格里伸出胳膊，抱住巴希拉的脖子，有点不敢相信地盯着他的眼睛，“你确定这一切都是谢尔汗搞的鬼？”

“我以我得到自由的那把锁起誓，我确信是他干的，小兄弟。”

“好吧，我以赎买我的公牛发誓，我一定要跟谢尔汗算总账，他得为此付出代价！”莫格里说完就纵身下山了。“这才像个人呢，是个真正的大人了。”巴希拉躺了下来，又告诉自己，“哼，谢尔汗，十年前捕猎青蛙，带给你的厄运就快要降临了！”

莫格里飞快地奔跑着，越跑越远，他穿过了森林，心情急切。当傍晚的薄雾刚刚升起的时候，他回到了狼穴。他长出了一口气，向山谷下面看了看。几个狼兄弟都出去了，只有狼妈待在山洞里面。听到喘气声她就知道，她的青蛙有了愁事。

“怎么啦，莫格里？”

“谢尔汗说了些疯话，”他说，“我今晚要到山下耕地那儿去打猎。”说完他就冲了出去，他穿过灌木丛，来到山谷底部的一条小河边。忽然，他听到了狼群围猎的喊叫声，于是他就停住了脚步，想看看什么情况。他听到一头公鹿的吼叫，这头公鹿已经陷入困境，他喘着粗气，准备做最后的抗争。“阿克拉，我们的首领，该你一显身手了。”“让开，让开，让我们见识一下首领的威风。”“冲啊，阿克拉！”这是一群不怀好意的狼在号叫。

接着，莫格里听到了阿克拉的牙齿咯咯作响和痛苦的哀号。他一定是扑向了公鹿，但扑空了，并且被公鹿踢翻了。他再也听不下去了，继续向前赶路。背后的喊叫声越来越远，他来到了村民的耕地里，找到了一间小屋。

“巴希拉说得没错。”他在离小屋不远的草堆上躺下，先休息会儿，寻找弄红花的机会。他长吁一口气：“明天，是我和阿克拉最重要的日子。”

夜里，他靠近窗户，看着炉子里的红花。他看见农夫的妻子夜里起床，往红花里添上几块黑乎乎的东西。早晨，大地笼罩在一片白茫茫之中，寒气逼人。他看到那家村民的孩子拿起一个里面抹了泥的柳条罐儿，放上几块通红的红花，裹在毯子里面，披在身上，然后去牛圈里喂养母牛。“就这么简单啊！”莫格里心里说，“那么点的一个小孩子都能摆弄红花，那我又有什么可怕的？”于是他迈开大步，转过屋角，冲着男孩子跑过去，夺过红花，转身就跑。男孩儿吓得哇哇大哭，可是莫格里已经消失得无影无踪。

“唉，他们长得挺像我啊！”莫格里一边学那女人的样子吹火，一边想，“是不是我不喂点东西给它吃，这红花就会死啊？”于是他就往火红的东西上加了几根树枝和几块干树皮。到半山腰上，他就遇见了巴希拉，巴希拉正在找他。露珠在巴希拉的身上闪闪发光，仿佛一颗颗月亮宝石。巴希拉说：“阿克拉没有抓住猎物，他们昨晚就想杀死他的，可是他们又想连你一块处理掉。刚才他们正在山上到处找你呢。”

“我去村子里找红花了。瞧，已经准备好了！瞧！”莫格里说着举起了装火的罐子。

“好！我见过人怎么用它，把一根干树枝扔进去，一会儿干树枝的一头就会开出红花来。你怕不怕？”

“我干吗要怕？噢，我想起来了——这是不是一场梦？我记得在我变成狼以前，我常常躺在红花旁边，那儿可真好，又暖和又舒服。”一整天，莫格里都坐在狼洞里研究他的红花儿，他一根根往柳条罐里扔干树枝，看红花是如何开放的，最后他找到了一根使他非常满意的树枝。天黑了，塔巴克又来了，傲慢地通知他去会议岩参加狼群大会。但他毫不畏惧，哈哈大笑，塔巴克吃了一惊，吓得赶紧溜了。接着莫格里一路笑着来到了会议岩。

孤狼阿克拉趴在象征着狼群首领的那块岩石旁边，这就是说，首领的位置现在是空的。谢尔汗和他的追随者——吃他的残羹剩饭的狼——得意扬扬，晃来晃去。巴希拉也来了，他紧挨着莫格里坐着。莫格里把柳条罐放在两腿中间，稳稳地坐着。狼群都到齐了，第一个发言的居然是谢尔汗——以前他从来不敢这么做的。

“他无权发言，”巴希拉悄声地告诉莫格里，“你来说，你骂他是个狗崽子，他就不敢捣乱了。”

于是，莫格里跳了起来：“自由的兽民们，难道是谢尔汗率领狼群吗？我们选首领，关他一个狗崽子什么事？”

“因为首领的位置现在空着，而我是被请来发言的……”谢尔汗傲慢地回应。

“谁请你来的？”莫格里说，“难道狼群里都是豺狗，非得巴结你这个屠杀耕牛的家伙吗？狼群的头领，应当由狼群自己来决定。”

同时，吵吵嚷嚷，一片嘈杂。“闭嘴，你这人类的小孩儿！”

“让死狼说吧，他一直是遵纪守法的好公民。”最终，几头老狼大声地嚷嚷起来，让“死狼”开口。（如果狼群的首领杀不死捕捉的猎物，就算他还活着，大家也叫他“死狼”，因为这只狼命不久矣）

阿克拉老了，他有点困难地抬头说：“自由的兽民们和谢尔汗的豺狗们，这些年，我带领你们进出捕猎，在我还是你们头领的时候，没有一只狼被困陷阱，也从没有一只狼受伤残废。是谁设了圈套让我没有逮到猎物？你们都明白。是你们！是你们存心让我出丑，把我引到那头风华正茂的公鹿那里。这真是个绝妙的主意！现在，你们在会议岩上杀了我，这是你们的权利。所以，我想知道，是谁要取走我这头孤狼的性命？‘法律’赋予了我权利，我可以让你们一个个地过来跟我单打独斗。”好长时间，大家都不说话了。谁也不想与阿克拉进行殊死的决斗。于是谢尔汗啐了一口，怒吼：“不要理这个老掉牙的笨蛋！反正他活不了了。反而是那个人孩儿一直活得好好的。自由的兽民们，原本他就是我的猎物，还给我吧，他不仅是人，也是狼，我太看不惯这事了！他已经给丛林惹了十多年的麻烦。把这个人孩儿还给我，否则，我会一直待在这里。要是这样的话，你们连一根骨头都捞不着！他是一个人，是个人孩儿，我对他恨之入骨！”

他的话音刚落，半数以上的狼都开始叫嚷：“他是一个人！一个人！人和我们没有什么关系，让他滚回去！”“他会招来所有的村民来对付我们的！”谢尔汗咆哮着说：“别那么做，把他交给我！你们都不敢跟他正视！”阿克拉又一次抬起头来说：“他跟我们同吃同睡。他帮我们围捕猎物，他没有触犯‘丛林法律’。”这时，巴希拉说：“哦！对了，当初为了让狼群接受他，我还付出了一头公牛的代价！一头公牛倒无所谓，关键是我巴希拉的荣誉，说不定我应该为荣誉而战！”巴希拉的嗓音很温柔。“十年前的一头公牛？”狼群中有呼声，“十年前的牛骨头跟我们有什么关系？”“那么十年前你们发的誓呢？”巴希拉张张嘴巴，露出了一口白牙，“怪不得你们被叫作‘自由的兽民’呢！”“人崽子没法跟丛林的兽民一同生活！”谢尔汗吼叫着，“把他交给我！”“虽然他和我们不是一个种族，但是我们是兄弟！”阿克拉又张嘴了，“你们却想杀了他，在这儿！说真的，我确实够老了。你们中间，有的成了吃牲口的狼。我还听说，谢尔汗怂恿一些狼，趁着天黑到村民家门口偷走小孩子。所以，我知道你们胆小，我在对着胆小鬼说话，所以我躲不过去，肯定早晚是要死的。我的命不值钱，否则，我会替他去死！可是，这关乎狼群的荣耀，这件事情很小，你们没有领导者，好像已经把它抛之脑后了，我答应你们，如果你们放这个小孩回去，那么，到时候，我保证不动你们一个手指头，别的，我就没办法了。可是，如果你们听我的，我就能让你们不至于因为杀害一个无辜的兄弟而颜面扫地。因为有人为他求情，并且付出了代价将其赎买到狼群来，这符合‘丛林法律’。”

“他是一个人，一个人，一个人！”狼群里有咆哮声。很多狼向谢尔汗聚集，他的尾巴开始摇晃。“轮到你表态了！”巴希拉冲着莫格里说。“好像除了开打，我们无计可施。”莫格里说。莫格里在那里站得笔直，双手捧着火罐。他伸了伸胳膊，冲着大会打了个哈欠。然而，他心里却满是怒火和忧伤，因为那些狼从没跟他说过，他们多么仇恨他，他们太狡猾了。

“听着。”他喊着，“你们闹够了没有？今天晚上，你们一直在重复我是一个人——事实上，要是你们不说，我真想一直跟你们在一起，一辈子做狼——你们说对了，所以，从现在开始，你们再也不是我的兄弟了。我应该像人那么做，叫你们狗东西！你们想做什么，不想做什么，可由不得你们了！这事全由我决定！为了让你们知道我的厉害，我，一个人，带来了你们害怕的红花！”火罐被他扔到地上，一簇干苔藓被烧红的炭块点着了，一下子烧了起来，火焰在跳动，所有在场的狼都惊慌地后退。莫格里点燃了手里的那根枯树枝，枝条燃着了，“噼里啪啦”响着。他高举树枝，在头顶上摇晃，周围的狼被吓得胆战心惊。

巴希拉压低了嗓门跟他说：“你现在征服了他们，救救阿克拉吧，他一直是你的朋友。”老狼阿克拉坚强了一辈子，从没向谁服过软，此时，他也乞怜地看向莫格里。莫格里全身赤裸地站着，黑黑的长发披散在背后。树枝在熊熊燃烧着，许多黑黑的影子映照在火光中，随着火光颤抖。“好吧。”莫格里沉着地环视四周，说，“看得出，你们的确是狗。我要走了，离开你们，到人那里去。这个丛林再也容不下我了，你们的话语和友谊已经不复存在，但是，我比你们更宽宏大量！既然我除了血统，其他还算得上是你们的兄弟，那么我向你们承诺——在我回到人群成为一个人之前，我不会像你们出卖我一样把你们出卖。”他用脚踢了一下火，迸出了几颗火星。

“我们人绝对不会和狼群交火。但是，在我离开之前要清算这笔账。”他大步流星走到正对着火焰发蒙地眨巴着眼睛的谢尔汗身边，抓起他下巴上的一簇虎须。巴希拉以防不测，紧紧跟着莫格里。“站起来，你这只狗！”莫格里大喊，“我说话的时候，你必须站起来，否则，我烧掉你这身皮毛！”

熊熊燃烧的树枝离谢尔汗太近了，他的两只耳朵平贴在脑袋上，眼睛都不敢睁开。“这个专门吃牛的刽子手说，因为他没有在我小时候杀死我，就要在大会上杀我。看吧，吃我一记，再吃我一记，我们人就是这样打狗的。你要是敢动一下，我就把红花塞到你的嘴里。”他抄起树枝抽打谢尔汗，老虎吓坏了，呜呜哀叫。“去，烧掉毛的野猫——滚！不过你给我记住，下一次，当我作为人再来的时候，我一定披着谢尔汗的皮！至于其他的，阿克拉可以自由自在，随意出入，我不允许你们杀他，我也不想看见你们，不要伸着脖子，像是什么了不起的人物，你们是我想要撵走的一群狗，看吧，就这么撵，你们都给我滚！”树枝燃烧得很旺，莫格里拿着燃着的树枝绕圈挥舞。火星燎到狼的毛皮并点燃了，他们哀号着逃离了。只剩下阿克拉和巴希拉还在，还有一头狼站在莫格里身边。

此时，莫格里心里痛了起来，说不上到底是哪里。他从没这么痛苦过。他哽咽了，抽泣起来，泪珠也滑落了下来。

“这是什么？这是什么？”他问巴希拉，“我不想离开这里，我不知道我怎么了，我是要死了吗？”“不会的，小兄弟。这是眼泪，是人的东西。”巴希拉说，“你确实长大了，不再是个孩子了。从今往后，你确实不再属于丛林了。尽情哭泣吧，莫格里，这只不过是泪水而已。”莫格里听了之后一屁股坐下来放声痛哭，他还从来没哭过呢。

“好吧，我要走了。”他说，“但是我得先跟妈妈告别。”他来到狼妈妈和狼爸爸的洞穴，痛痛快快哭了一场。四个小狼崽也跟着悲戚地哭了起来。

“你们不会把我忘了吧？”莫格里问。

“只要有你的足迹，我们是绝不会把你忘记的。”狼崽们说，“你做了人以后，也要经常到山脚下来啊，我们可以跟你聊天。要是夜里，我们还可以到庄稼地里找你一起玩。”

“早点回来吧。”狼爸爸说，“我聪明的小青蛙，我和你妈妈都老了。”

“早点回来吧。”狼妈妈说，“我的光屁股的小儿子，听我说，小孩，我对你比对我的小狼崽还疼爱。”

“我一定会回来的。”莫格里说，“等我再回来的时候，一定要把谢尔汗的皮铺在会议岩上。一定要记得我，也转告我那些丛林的小伙伴们，不要忘记我啊！”天将破晓，莫格里独自上路，去见那些被称为人的神秘动物。

2. 蟒蛇卡阿捕猎

豹子拥有一身斑点，水牛对自己的犄角引以为傲。
要遵守规则，因为那光亮平滑的兽皮告诉他，
猎手诡计多端。
如果你发现，犀牛能把你扔起来，大黑鹿能用犄角伤到你，
你不必跟我们说，因为十年前，
我们就都知道。
你只要继续奔跑向前。不许欺负陌生的小动物。要相互怜爱，就像兄弟姐妹一般。
主动跟他们打招呼，
他们娇小可爱，他们是熊妈妈的宝贝。
谁能比得上我？人娃首战告捷，扬扬自得。
丛林很大，人娃还小，他需要多多思索。
保持沉默。

——巴卢格言

下面讲述的故事发生在莫格里离开西奥尼的狼群找老虎谢尔汗报仇之前，也就是跟巴卢学习“丛林法律”的日子。认真得有点刻板的大块头巴卢收了这么聪明的人娃做徒弟，高兴极了。狼孩子们只愿意学“丛林法律”中与自己的种群有关的东西，只要能把捕猎谣背下来，他们就不想学了：“四脚落地细无声，双眼夜里放光明；颗颗牙齿白又尖，大耳能听穴中风；以上种种我特征，鬣狗与豺不在中。”但莫格里可不一样，他是个人娃，他要学的东西可比这多多了。黑豹巴希拉经常会懒洋洋地穿过丛林来看他，看看他救下的宝贝学习进展如何。巴卢在检查莫格里一天的课程的时候，他会满意地靠在树上，发出“咕噜咕噜”的声音。莫格里爬树跟巴希拉游泳一样快，游泳又和他奔跑一样快。于是老黑熊巴卢就教给莫格里有关树林里和水里的法律；腐朽的树枝和结实的树枝该怎么区分；遇到一个离地五十英尺[①]高的蜂巢时如何有礼貌地对野蜂说话；中午，他惊扰了睡觉的蝙蝠蒙时，该如何道歉；跳进水里游泳前，怎样预先跟水里的动物打个招呼。丛林中的兽民都喜欢自由自在的日子，没有谁愿意被别人打扰，他们时刻准备好，一旦发现入侵者就立刻隐藏起来或者是发动攻击。后来，莫格里又学会了在陌生的地方捕猎的方法。不论是谁，在自己领地之外捕食，必须一遍遍地大声喊叫，得到回应的允许后才可以开始捕食。那喊叫的意思是我饿了，请允许我在这儿捕食；回答是因为饥饿而捕猎可以，但绝不允许为了好玩而捕猎。这一切都说明莫格里得在心里记住很多很多的东西。可是，简单的重复很容易使人心烦，莫格里也不例外，终于他学够了，不耐烦了，对着巴卢耍脾气，气得巴卢赏他一记耳光，

①1英尺=0.3048米。

莫格里委屈地跑开了。巴卢对巴希拉说："人娃就是人娃，他必须学会全部的'丛林法律'。"

"哎呀，他才多大啊？"黑豹说，"他那小脑袋瓜，怎么能装得进你那些长篇大论呢？""要是由着他的性子，一定会把他宠坏了。在这片丛林里，有没有什么东西因为太小而不会被杀死？没有！我为什么教他那么多东西？为什么他记不住的时候要打他？还不是为他好？再说，我打得多轻。"

"轻？那还叫轻？老狗熊，"巴希拉不乐意了，"他的脸今天全都是青的了，还轻呢。哼！"

"我宁可让他从头到脚都被我打青了，也不愿让他因为无知而受到别人的伤害。"巴卢很认真地说，"我现在正教他丛林密语。那密语能够让他从飞鸟、游蛇族和所有四条腿的猎手那儿得到保护，当然，狼群除外。要想得到丛林中所有兽民的保护，就必须记住那些密语。难道那一巴掌，不该打吗？"

"好吧，好吧，你可当心点，他太小，还是个人娃，不是你磨爪子的大树干，别打死他了。唉，密语是什么？我来帮他学。"巴希拉没办法，他也希望莫格里早点学会丛林密语。

"我来教莫格里，只要他愿意，他能学会的。来吧，莫格里，小兄弟。""我的头嗡嗡直响，就像一棵有蜂巢的空心树。"莫格里在巴卢和巴希拉的头顶上闷闷不乐地说，接着他顺着树干滑落下来，看得出他还是气呼呼的，一肚子火，很不情愿。他来到巴希拉面前时还说："我来找巴希拉，不找巴卢，老胖子。""都一样，你把今天学的丛林密语告诉巴希拉。"打了莫格里一记耳光，巴卢也很心疼。"先说哪一种啊？丛林里有好多种密语呢，我全知道。"

能在巴希拉面前炫耀一下，他还是很高兴的。

“刚刚知道一点点就这么骄傲，看看吧，巴希拉，狼崽子从来不会感激自己的老师，没有哪一个小崽子回来感谢我老巴卢的教诲。先说说狩猎居民的密语，我的大学者。”

“我们流着同样的血，你们和我，”莫格里学着巴卢的腔调说出了这句话，所有的猎手都用这种腔调说话。

“好。再背背鸟族的。”

莫格里不仅背了一遍鸟族的密语，最后还像鸢鹰那样长啸一声。

“背蛇群的。”巴希拉高兴地说。

莫格里的回答是惟妙惟肖、难以挑剔的咝咝声。背完以后莫格里得意地一跺脚，为自己鼓掌，接着“噌”的一声跳到了巴希拉的背上，侧身坐着，双脚轻轻叩打巴希拉那漂亮的毛皮，又对着巴卢做了一个最难看的鬼脸。

“看看，看看。这一巴掌多值啊。”巴卢满意地说，“总有一天你会感激我的。”然后他告诉巴希拉，教这些密语他费了多大的力气：先是向无所不知的大象哈蒂求教，又请哈蒂带着莫格里下到池塘中，跟一条水蛇学习发音，因为巴卢不是万能的，有些声音发不出来；他还说：“现在莫格里在丛林里一般是不会发生意外的，因为不论是蛇族、鸟族还是走兽，都不会伤害他啦。没什么可怕的啦。”说完他得意地拍了拍自己的胸脯。

“他自己的种群还是很危险的，”巴希拉低声地跟巴卢说，然后又大声对莫格里说，“轻点，我的肋骨要断了，小兄弟！你折腾什么？”莫格里抓住巴希拉的肩膀使劲地踢，他是想让巴卢和巴希拉听他说话。他大声喊：“所以我要有自己的族群，带领他们在这丛林中间穿行。”“这是什么蠢话？想入非非，你做梦吧？”巴希拉问。“我们还要把树枝和泥巴扔到老巴卢身上，他们已经答应我了。”莫格里继续说。

巴卢生气了，他把莫格里从巴希拉的背上抓起来，抱在自己的胸前，莫格里躺在巴卢的两只巨大的爪子上，看到那头熊满脸地不高兴。

“莫格里，巴卢说你经常和那些猴民混在一块？”

莫格里看了看巴希拉，他想知道黑豹是不是也生气了，他看到巴希拉的目光冰冷而又犀利。

“你跟猴民一起玩儿了，那些灰猿，那些没有法律，那些吃杂食的家伙。你可真够丢人的。”

“巴卢打伤我头的时候，我就走了，而那些灰猿从树上下来安慰我，他们挺同情我的。没有谁比他们更关心我了。”说着，他委屈地吸了吸鼻子。

“猴民会同情你？”巴卢大吼起来，“真是天大的笑话，难道山涧的小溪不流了，夏天的太阳变凉了！然后呢，小崽子？”

“然后，然后他们就给我坚果和一些好吃的东西，而且他们还抱着我爬上了树顶，他们说我和他们是同胞兄弟，我没尾巴，有一天我会成为他们的首领。”

“做他们的首领？他们在骗你！他们总是撒谎。”巴希拉忍不住了。

“他们很善良，还要我再去玩呢。你们为什么从来不把我带到猴民那里去呢？他们跟我多像啊，都是用两只脚站立，整天玩耍，也不用大爪子打我。让我站起来！坏巴卢，我要去和他们一块儿玩。”

“你给我听好了，莫格里，”巴卢真的发火了，声音就像夏天的闷雷，“我给你讲完了所有的丛林法律，在这片丛林里，除了生活在树上的猴民，所有的兽民都有法律，而他们却没有，为什么？因为他们被丛林抛弃了。他们没有自己的语言，只能用偷来的语言，他们只会待在树枝上偷听、偷看。他们和我们不一样。他们没有首领，没有记忆，爱吹牛皮，喜欢搬弄是非，还自以为是了不起的种群。他们想在丛林里干件大事情，可是，即便树上掉下一个果子，也会让他们兴奋得忘乎所以，甚至把想要什么全都忘记了。有法律的丛林兽民从来不和猴民打交道。他们猴子喝水的地方我们不喝，他们去的地方我们不去；我们从不在他们捕猎的地方捕猎，我们甚至都不死在他们死的地方。想一想，我什么时候和你说起过猴民？”

“哦，还真的没有说起过呢。”莫格里害怕了，他小声地说。这个时候谁都不说话了，森林里鸦雀无声。

“丛林兽民从不提起他们，也不去想他们。他们数量多，他们又坏又脏，还不要脸。他们有一个愿望，那就是渴望受到丛林兽民的关注。但是，就算他们往我们头上扔石头，扔粪便，我们也坚决不去搭理他们……”

没等巴卢说完，雨点般的坚果和小树枝从树上落了下来。高高的树枝上不断传来猴民的咳嗽声和哀叫声。

“记住了莫格里，不准，不准和那帮猴民来往。”巴卢不理会头顶的“细雨”，继续对他说。

“对，就得这样。”巴希拉说，“巴卢，你怎么不早告诉他呢？我还以为莫格里知道呢。”

"早告诉他？我怎么能想到他会和那些猴民玩呢？臭东西，呸！"

话没说完，又一阵雨点似的杂物落到他们的头上、身上。巴卢和巴希拉不再说话，带着莫格里赶紧跑，离开他们厌恶的猴民。巴卢说得没错，由于猴子是树顶上的居民，而且地上的走兽们很少抬头看树上有什么，所以猴子和丛林兽民很少见面。可是猴子看见单个受伤的兽民，比如狼、老虎，或是黑熊，就会想尽办法折磨他，还经常拿小树枝、坚果和泥巴什么的往丛林兽民身上扔着玩儿，以引起兽民的注意。然后他们会嗷嗷怪叫着唱些稀奇古怪的歌儿，逗引兽民上树，和他们打斗一番。有时候，他们也会因为一点小事彼此之间展开一场激烈争斗，并且把死猴子留在丛林兽民看得见的地方，这也是为了引起兽民的注意。他们也希望有个首领，给他们建立自己的法律，形成自己的风俗习惯，可惜他们从来没做成这件事，因为他们的记性太差，什么事不到一天就忘得一干二净。可是他们还编了句话当格言："猴民此刻所思，兽民日后所想。"这句话给了他们很大的安慰。没有任何走兽能抓得住他们，反过来说，也没有任何走兽愿意注意他们。这也是莫格里和他们玩的时候，他们高兴得忘乎所以的原因。他们也听到了巴卢因为莫格里跟他们玩有多么生气的事。

他们从来没有什么长远打算，因为他们本来也算不了什么，但终究猴民当中的一位还是想出了一个了不起的主意。他告诉众猴，莫格里是个很有用的人，他能把小棍子编织成挡风遮雨的东西。我们把他捉住，留在这个群体当中，就可以让他教我们大家学习这个技术。莫格里是樵夫的孩子，当然继承了樵夫的天赋，有时候他还喜欢用小木棍做小房子，只是从来没有想过自己为什么会做这些东西。在树上偷看的那些猴民可看呆了：太棒了，这就是天才啊。他们商议说，这一次猴民一定要他做首领，而且猴民将要变成丛林中最聪明的居民，这么聪明的首领会让所有的猴民都聪明起来，到那时会使得丛林里每个居民注意和羡慕他们。因此，猴民一直悄悄地跟随着巴卢、巴希拉和莫格里。听了巴卢和巴希拉的话后，莫格里很羞愧，一直到午睡的时候，他还觉得不好意思，他决定再也不跟猴民打交道了，这才在巴卢和巴希拉中间睡了。

忽然，莫格里觉得有好多只硬硬的、结实的小手在他的腿和胳膊上抚摩，然后是一些小树枝划过他的脸。他睁开眼睛，发现自己身在树梢，透过晃动的树枝往地下看，只见巴卢一会儿仰头看他在哪里，一会儿朝他所在的大树奔跑。巴卢过于笨重，所以爬不高，什么树枝经得起他啊？只见他急得发出低沉的吼叫。巴希拉龇着尖牙，也在追赶莫格里，他比巴卢轻巧，可是也赶不上猴子，只得直往树干上蹦。猴民这时兴奋极了，高声喊叫着：“瞧，巴卢和巴希拉注意到我们啦！他们在追我们！所有的兽民都羡慕我们，他们都没有我们有本事，更没有我们机敏。”接着，他们彼此之间不知为了什么又打了起来。猴民在树上的厮打，谁也看不清楚，也描述不出来。在离地五十到一百英尺高的地方，他们居然有自己固定的道路和交叉路口，就是在黑夜里他们也能沿着这些道路奔走。两只最强壮的猴子抓着莫格里的胳膊，和他一起在树梢上飞奔，一下子就能越过二十英尺远的空当。要不是带着莫格里，他们会荡得更远，速度能快上两倍。莫格里吓得要命，看到地面远离自己，树梢在耳边吹着哨子，自己忽上忽下，感到头晕恶心，但奇怪的是居然还有点喜欢。这种惊心动魄的空中飘荡突然猛地一颠，停了下来，他的心一下子提到了嗓子眼。那两个强壮的挟持者想把他推到一棵树上，他觉得纤细的树枝"咔吧吧"响着朝他们弯下来。随着两个挟持者的咳嗽和高兴的喊叫声，他们又离开了刚才的树枝，把手脚悬在旁边一棵低一点的枝条上，接着再向上飞奔。莫格里穿过绿色的丛林，能看到很远很远的地方，就像一个待在桅杆上远眺的人一样，能看到好几英里远的地方。接着又会有树枝、树叶打在他的脸上，他和那两个猴子眼看又要落到地上，接着再次飞起来。就这样，一路不断地冲高、碰撞、降落、欢呼、号叫，猴群带着他们的俘虏——莫格里，顺着他们的树道奔跑。

有一阵子，莫格里害怕会掉到地上。他生气了，可是他也知道挣扎会更危险。他得想办法，首先得给巴卢和巴希拉捎个话回去，好让他们能够找到自己。以猴子们这个速度，巴卢和巴希拉肯定落得好远好远了。往下看只能看到树梢，没用。于是莫格里就往天上看，终于，他看见了鸢鹰朗恩在远远的蓝天上盘旋，一直盯着丛林，寻找自己的猎物。朗恩也看见猴子们挟着个什么东西在树梢上飞奔，于是他下降了几百码，想要仔细看个究竟，看看猴民是不是带着什么好吃的。这一看不要紧，朗恩吃惊地叫了起来，他看见一个小男孩被两只猴子带到了一棵树的树顶，而小男孩焦急地对他喊："我们流淌着的是相同的血液，你和我。"树枝此起彼伏紧紧地围着小男孩，虽然鸢鹰看不清他的模样，但好在鸢鹰跟得上他们，他在第二棵树上正好看见那张又仰起来的棕色小脸。"请记住我走的路，告诉西奥尼兽群的巴卢和巴希拉。"莫格里继续喊着。

"以谁的名义啊，兄弟？"鸢鹰朗恩没见过莫格里，他只是听说过，所以不认识他。

“青蛙莫格里。他们叫我人娃！请记住我的路——线！”说到最后，莫格里尖叫起来。那时候他恰好又被荡到了空中。鸢鹰点了点头，往上飞去，再低头的时候，莫格里看上去像个小黑点。鸢鹰就停在了那个地方，当猴民带着莫格里飞速前进的时候，鸢鹰紧紧盯住那摇晃的树梢，他的眼睛，可比望远镜还好用。

“这帮猴子走不远，”他自忖道，“他们从来都是虎头蛇尾，不知道打算做什么，总是不停地去找新鲜事儿。这一回，如果我没看错的话，他们摊上事了，自讨苦吃。巴卢可不是好惹的；巴希拉，也不是只会猎杀山羊啊！”

朗恩拍打着翅膀，落到一棵大树上等着。这时候，巴卢和巴希拉既生气又伤心，简直要发疯了。巴希拉以前不喜欢爬树，现在也爬了，但是他太重了，细细的树枝一压就断了，他掉到地上，一双爪子满满地抓了一大把树皮。

巴卢笨手笨脚地跑上来，还希望能追上那群猴子。“你为什么不早点警告人娃娃呢？”巴希拉一看到巴卢就吼起来，“你要是没警告过他，就是打死他又有什么用？”

“快！快！咱们——咱们快追，还能赶上他们！”巴卢呼哧呼哧地喘着粗气说。

“就你这个速度！受伤的母牛都追不上。教法律的老师——打娃娃的高手——就这样下去，不用一英里就会把你晃散了架。先坐下好好地想想吧！先订个计划。现在不用急着追了。真要是追得太急了，猴子把他丢下来怎么办？”

“哎呀！呜！那帮猴子可能已经把他给丢了，挟着他太累了。

谁敢相信那些猴子呀？把死蝙蝠扔在我头上！给我吃黑骨头，把我推到蜂巢里，把我给蜇死，把我和鬣狗一块儿埋了。我是最最最倒霉的笨熊啊！哎呀！呜！莫格里！为什么我不警告你要提防着点儿猴子，还去打你的脑袋呢？我要是把一天的功课都从他脑袋里打没了，没有了那些丛林密语，他在丛林中就危险了。”

可怜的巴卢双手抱头，晃来晃去地大哭起来。

“好了好了！他今天不是准确地说出了一些丛林密语吗？”巴希拉不耐烦地说，“巴卢啊，你不光没脑子，还不尊重自己。要是咱们都像豪猪伊基那样把自己蜷缩起来号叫，丛林兽民会怎么想？有用吗？”

“我还在乎丛林兽民怎么想？他这会儿可能已经死啦！”

“死不了，除非猴民从树枝上把他摔着玩，或是因为懒惰而把他杀了，不用替人娃娃担心。他那么聪明，你又教会了他那么多东西，而且，他有一双让全体丛林兽民害怕的眼睛。但是（这可是个最大的不幸），他落在了猴民的手里。猴民是住在树上的，咱们中间的任何人都拿他们没办法。”说到这里，巴希拉舔了舔前掌，满脸的担心。

“哎呀，我可真笨！真是一头只会挖树根的傻胖子，野象哈蒂说过：‘一物降一物。’一点没错！猴民最害怕大蟒蛇卡阿。”巴卢一下子想起来了，“卡阿爬得像猴民一样快，他会在夜里去偷小猴崽子。说出他的名字就能把那些猴孩子吓得手脚冰凉。咱们去找卡阿帮忙。”

“他会帮我们吗？他又不是咱们种群的，他没有脚，关键是他有一双邪恶的眼睛！”巴希拉不相信地说。

“没关系，他已经很老了，而且非常狡猾。最重要的是，他总是饿。”巴卢信心满满地说，“只要我们许诺多给他几只山羊就行。”

“他吃完一顿饭就要睡上整整一个月。他也许正在睡觉呢。就算他醒着，要是他宁可自己去捕杀山羊也不愿意帮忙呢？”巴希拉由于不了解卡阿，还是将信将疑。

“如果真是那样的话，咱们俩一起，两个老猎手，会让他明白该怎么做的。”巴卢用他那浅棕色的肩膀碰了一下黑豹，接着他俩就出发去找大蟒蛇卡阿了。

巴卢和巴希拉找到卡阿时，卡阿正在沐浴着午后的阳光，欣赏着自己美丽的新外衣。在过去的十天里，他一直隐蔽着，因为每隔一段时间他都得蜕皮。蜕完皮后的卡阿可真是光彩夺目。他的大脑袋顺着地面快速地移动着，因为他的鼻子嗅觉迟钝，三十英尺长的身体盘成几个奇形怪状的结和不可思议的曲线。他舔着嘴唇，想象着下一顿美餐。

“还好，他还没吃饭，”巴卢看到卡阿正在欣赏色彩斑驳的美丽外衣，松了一口气，接着说，“小心啦，巴希拉！卡阿刚蜕完皮，眼睛有点不好使，警惕性高，爱攻击。”

卡阿不是毒蛇，也看不起毒蛇。卡阿认为毒蛇都是胆小鬼，而他的力量在于他的怀抱，一旦谁被他盘到圈里，那就不用多说了。“打猎顺利！”巴卢远远地喊道，和所有蛇一样，卡阿的耳朵相当聋，几乎听不见巴卢的招呼。但是他感觉到了有谁来到他面前，于是他蜷起身子，低下头，准备应付突发事件。

“祝咱们大家伙都打猎顺利。”他回答说，“喂，巴卢，你来这儿做什么？哦，巴希拉，希望你成功打到猎物。我们大家当中有人饿肚子了。谁听说哪里有什么猎物可以捕捉到吗？比如一只小母兔，要么一头小公鹿也行？我太饿了，跟那枯井差不多。”

巴卢漫不经心地说：“我们正在打猎捕食。”虽然他想督促卡阿，可是对于卡阿的大块头体格，他还是有所忌惮。

“把我也算上吧，跟你们一起！”卡阿开口道，“哦，巴希拉，巴卢……对于你们来说，这实在是太轻而易举的事情了，可是，一次出击对我而言，哪怕只是为了一只小猿猴，我也需要耗费好几天的时间在林地小道上等待它的出现，有时候还要爬上大半宿。我年轻的时候，这些树的枝条可不像现在这样是些腐朽的细枝子、干枯的粗树枝。”

“可能另一方面是因为你太重了。”巴卢说。

“我身子确实是长——相当长。”卡阿扬扬得意地说，“可是就算是这样，要不是这些新长出来的树木，我就能抓到我最后的猎物了，真的就差一点儿！因为我的尾巴没有缠紧树木，爬行起来发出的动静被猴子听见了，他们就邪恶地喊我……”

“没腿的黄地虫。”巴希拉的话从胡子下面冒出来，他好像在尽力想着什么。

“嘶——他们真的那么叫我吗？”卡阿问。

“这段时间他们就冲着我们说那种话，即使我们一开始就没放在心上。他们甚至会说，你的牙已经掉光了，甚至都打不过小山羊，因为——因为公山羊有犄角——这群不知羞耻的猴民！”巴希拉仍旧很亲切地说着。

卡阿是一条如此小心谨慎、老迈沉着的蟒蛇，他很少发火，可是他喉咙两边的吞咽肌肉凸了出来，鼓起来了，这被巴卢和巴希拉看到了。

“猴民已经搬家了。”他很云淡风轻地说，“今天我出门的时候，听见他们在那些树梢里喊叫的声音了。”

“他们——他们就是我们现在跟着的猴民。”巴卢的话没有说出口，因为他记得：丛林兽民以前从来不承认对猴子们的行为感兴趣，这是第一次。

卡阿特别好奇，所以很有礼貌地说：“如果这样的话，我敢确信，让这样两位猎手——自己丛林中的头儿——去跟着这些猴民，这事儿就小不了！”

“就是就是。”巴卢发话了，“我只是西奥尼狼群里的一个老糊涂的法律老师，但是这位巴希瑞——”

“是巴希拉。”那头黑豹很不谦卑地说完，嘴巴一下子就合上了。在他看来，那没用。“事情是这样的，卡阿，那些家伙——偷坚果和摘棕榈树叶的——把我们的人娃娃偷走了，可能你听说过。”

“伊基——以那身刺为骄傲的豪猪——曾经说过一点关于一个到了狼群中的人什么的，但是我不相信他的话。因为他的故事都是小道消息，而且讲得也特别糟糕。”

“然而这是千真万确的，从来没有见过他这样的人娃娃。”巴卢说，“他是最棒、最聪明、最勇敢的一个人，他是我的学生，他会让巴卢这个名字在整个丛林中声名鹊起。再说，我——我们——都爱他，卡阿。”

“啧！啧！”卡阿边说边摇晃着脑袋，“我也听到过什么是爱。我这里有很多这样的故事呢……”

“等我们全都吃饱了的时候，在宁静的晚上，我们尽情地吹。”巴希拉语速很快，“但是现在，我们的人娃娃还在猴民那里呢，要知道，在所有的丛林兽民中，他们单单怕的是卡阿。”

“他们只害怕我，那是因为——”卡阿说，“猴子们既爱叫唤、愚笨，又贪慕虚荣、爱面子，笨，还喜欢乱叫唤。但是一个人（东西），要是落到他们手里，那可就有的受了。如果他们对自己摘到的坚果不喜欢，就会扔下去。抱着一根大树枝，打算用它有所作为，却又弃之若履。那个人（东西）没有什么可以羡慕的。难道他们没有给我取名黄鱼吗？”

“长虫，地龙，巴希拉说还有别的什么绰号，不过太难听了，我都说不出口。”

“我们一定得让他们知道——要尊敬他们的首领。啊——嗞。我们得好好帮他们整理一下他们的大脑，那么，他们和那个人娃娃现在去哪了？”

“丛林知道。不过，我想，朝太阳落下去的方向去了。”巴卢说，“卡阿，我们还以为你知道呢！”

“我怎么会知道？要是他们遇到我了，我就会逮他们的。只不过，我不想捕捉这些猴子们，或者是青蛙，我不想为了他们去钻水洞，会沾一身绿浮藻。”

“天上，天上，天上，天上，哎，哎，哎，西奥尼狼群的巴卢，抬头向上看！”

巴卢循着声音抬头望去，原来是鸢鹰朗恩，他正俯冲下来，太阳的光辉照在他那正在挥动的翅膀上。原本这个时间，鸢鹰应该休息了，但是他一直在找那头狗熊，他找遍了整个丛林，只是，茂盛的树叶遮挡了视线，什么都看不到。

巴卢问：“发生什么事情了？”

“我看到莫格里了，他就在那群猴子里。他向我求助，让我告诉你。我一直跟着他们。猴民们带着他一起过了河，去了猴子的根据地——‘寒穴’。他们在那里到底是待上一晚上、十晚上，或者一个小时，都有可能。我告诉蝙蝠，天黑之后，就由他们看着。这就是我要告诉你们的，希望你们一切顺利！”

“祝你吃得好，睡得香！朗恩。”巴希拉嚷道，“下一次捕猎时，我会把猎物的头专门留出来犒劳你，你是最棒的鸢鹰！”

“不用谢，你太客气了。我不得不这么做，因为那个小男孩用的是丛林密语。”说完，朗恩又盘旋着飞回他的巢里去了。

“他还记得用他的舌头说话。”巴卢很骄傲地咯咯笑了，“看吧，这么个小不点，甚至被迫穿越树林的时候，他还记得鸟儿们的暗语！”

“他牢牢地记住了那些话！”巴希拉说，“我为他感到万分骄傲，我们得立刻出发赶往‘寒穴’。”

至于“寒穴”那个地方，他们都知道位置，但是几乎都没到过那儿。因为，那个被他们称为“寒穴”的地方，是一座荒无人烟的老城，一座在丛林中消失和湮没的城市。野兽们一般不会占用一座有着人类居住痕迹的城市，野猪除外。捕猎者也不会。另外，猴子们住哪儿都一样，包括“寒穴”。那个地方不容易被发现，只有闹旱灾的时候，那里几乎成为废墟的贮水池和水库。

“我们得拼命赶路，即使这样也还需要大半夜的时间。”巴希拉说。

“我会尽最大努力快走！”巴卢非常严肃而急切地说。

“我们不能等你了，加快速度跟上，巴卢。卡阿和我，得快走。”

“就算没有脚，我也能跟得上你的四只脚。”卡阿立刻说道。巴卢加把劲追赶，但还是不得不停下来喘口气。于是他们就允许巴卢可以晚点到。与此同时，巴希拉轻松地向前奔跑。卡阿不说话，即使豹子加足马力，大蟒蛇还是追上了他，与之并驾齐驱。当他们来到一条小河边时，因为巴希拉是跳过去的，所以快了一步。而卡阿是从水里游过去的，他的脖子露出水面两英尺。尽管如此，到了地面上，卡阿又追了上去。

“我以那把被砸开，使我获得自由的锁发誓，你的速度可不慢。”巴希拉说这话的时候，天已经开始蒙蒙亮了。

卡阿说：“我想吃东西，再说，他们还给我起过一个绰号，叫长斑点的青蛙。”

“长虫……地龙……还有黄鱼……”

“一个意思。我们继续前行吧！”卡阿镇定地寻找最近的路。他顺路前行，像把自己当作泼到地上的水。

在“寒穴”，猴民们压根就没想到过莫格里的朋友们。当他们把莫格里带到废城的时候，真是得意极了。在这之前，莫格里从未见到任何一座印度城市。尽管这座城市已经荒废了，但是仍旧能够看出它的辉煌和巧夺天工。它坐落在一座小山上，这是历史上某位国王建造的。现在，依然能看到通向大门处的砌道，那是用石子铺就的；大门已经被毁坏了，磨损的链条锈迹斑斑，上面挂着残存的木片；城垛也倒塌了，丛生的杂木长得比墙头还高。茂密的野草藤从塔楼的窗子里爬出来，一簇簇地挂在墙上。

·

整个山顶都被这座巨大的宫殿覆盖。宫殿的屋顶已经不复存在。院里的大理石和喷泉都已破碎不堪，上面沾满了各色污迹。院落里，大象们曾经住过，青草和小树隔开了那些凸出来的大圆石。宫殿里，那一排排没有屋顶的房子，使这座城市看上去像个黑洞洞的蜂巢。在一个四路汇集的广场上，有一个没有形状的石块，它的前身是一座雕像。从前的公共水池，现在变成了街角大大小小的坑。庙宇的屋顶也已经被破坏了。一些野生的无花果树生长在庙宇旁边。这个地方成了猴子们的城市，因为兽民们是生活在丛林中的，因此，猴子们看不起他们。

可是，猴子们不知道这些建筑的用途，也不知道怎么用。他们要么在国王会议室的大厅里围坐，抓抓跳蚤或者扮人的样子；要么上蹿下跳，跑进跑出，收集破碎泥块旧砖头，可是转眼就忘记放在了什么地方。然后他们就乱作一团，打架、嚷嚷或者突然就停手了，跑去国王花园的露台上玩耍。那里的玫瑰花和橘子树可遭了殃，被他们摇来晃去。他们想试试能不能把果子和花朵摇下来。

他们走遍了王宫里的所有走廊，甚至黑乎乎的坑道也不放过，去过数百个小黑屋子，至于他们看见了什么，没看见什么，其他动物从来都不知道。他们就这样三三两两、单枪匹马或者成群结队，到处乱跑，相互交谈，他们在做人类做过的事。他们在贮水池边喝完水后，就把水搅浑，在池边厮打。接着又集体出动，聚到一起大喊大叫——丛林里，就这群猴民如此聪明、优秀、机灵、健壮、温和，接着周而复始，直到他们厌倦了这里，就再回到树的最高处，以期赢得兽民的注意。

莫格里不喜欢这样的生活，他也无法理解，因为，他是按照

“丛林法律”被训练出来的。黄昏，猴子们拉他进了“寒穴”，长途跋涉，莫格里累了，要休息，可是猴民们不，他们手拉手跳着可笑的舞蹈，唱着无聊的歌曲。一只猴子进行演讲，并告诉同伴们说，抓住莫格里是猴史上的里程碑，因为莫格里将给他们展示如何把小棍和甘蔗加工编织到一起来遮风挡雨。莫格里捡起一些爬山虎，它们在他手上跳跃。猴子们模仿着，但是没多久，他们就失去了兴趣，又开始上蹿下跳，互相拉扯尾巴，一边发出“咔嚓”的声音。

“我饿了！”莫格里说，“在这个地方，我是个陌生来客，给我点吃的，不然就让我去打猎！”

二十只猴子又蹦又跳地去给他摘坚果和野木瓜，但是在路上他们又闹了起来，再说，带着剩下来的果子太麻烦。莫格里又气又饿，于是，他穿过这座空荡荡的城池，时不时发出陌生人的捕猎呼叫信号，只是无人应答。莫格里只得接受事实，自己来到了一个特别糟糕的地方。

“关于猴民的那些话，巴卢一点儿没说错！”他默默地想，“他们没有法律，没有捕猎的呼喊，连领袖也没有，什么都没有，除了愚蠢的言语和习惯偷东西、采摘东西的手。要是我在这被饿死，或者被杀死，可真怨不得别人。我一定得想方设法回去，就算巴卢打我，那也比在这儿和这群猴民找玫瑰花瓣好！”

他刚走到城墙处，那些猴子就发现了他，一边拉他回去，一边说他不知道自己有多幸福。他们还拧他，让他感恩，但是他就是不松口，什么都不说，跟着那些猴子们来到一个平台上。这个平台在红沙石蓄水池的上方，水池里有半池雨水。

平台中央是一幢白色大理石的夏季别墅，那是为生活在一百多年前的王后们建造的，但是现在已经破败不堪了。圆屋顶塌下去了一半，挡住了通往王宫的当时王后们进出的地上通道。那些墙壁是由大理石窗花格屏风构成的，上面有漂亮的乳色浮雕，做工精细，镶着玛瑙、红玉、水苍玉和天青石。当月亮爬到山后面的时候，月光穿过镂雕屏风，投在地上的影子，像黑色天鹅绒的绣品一样。

莫格里很恼火，他饥寒交迫，可是这几十只猴子同时对他说，他们是多么伟大、多么聪明、多么健壮、多么温柔，所以莫格里想要离开他们无疑是一种愚蠢的举动，这让莫格里忍俊不禁，哈哈大笑。

“我们是伟大的！我们自由自在！我们非凡超群！我们是丛林中最伟大的种群！因为我们都这么说，所以这一定是真的！”猴子们叫喊道，“你是一个新人，而且能将我们的话带回去，那他们将来就会注意到我们了，这样的话，我们就要把我们所有最优秀的地方都让你知道！”

莫格里没有表示反对，于是，这些猴子聚集在平台上，倾听着他们自己的演说家对自己种群的高歌赞扬。每一个发表演说的猴子停下来的时候，他们就一起喊“这是真的，我们全都这么说”。这些声音让莫格里头晕脑涨，猴子们每问他一个问题，他都说“是”。莫格里自言自语道：“一定是豺狗塔巴克咬过这些猴子，所以他们现在得了疯病，他们都疯了，他们从来不睡觉吗？现在有乌云遮住了月亮，要是这片乌云够大的话，我就能想办法趁黑逃跑了。不过，我又饿又累！”

与此同时，他那两个好朋友也正待在城墙下面废弃的地沟里盯着这同一片乌云呢。巴希拉和卡阿都很明白：不能冒险，猴民聚众，十分危险。猴子们能以多对少，十比一开打，而且丛林中几乎没人注意过这种数量上的差异。

卡阿轻轻地说，然后快速冲了下去：“我去西面那堵墙，地面的那个斜坡非常利于我的发挥。他们不会几百只一起扑到我的背上，只不过——”

“这我知道，要是巴卢在这就更好了，”巴希拉说，“不过咱们必须做点什么。等那乌云遮住月亮，我就到那平台上去。他们正在那里开会，讨论那个男孩的事儿。”

“祝你顺利。”卡阿不带情绪地说完就往西边溜走了。所有的墙壁中，就那里遭受破坏最少，那条大蟒蛇耽搁了一段时间才找到一条道路爬上石头。月亮被乌云挡住了，莫格里心想：接下来会发生什么呢？就在这时，巴希拉在平台上发出了轻轻的脚步声。黑豹几乎悄无声息地跑上了斜坡，在猴子中间大打出手。因为他知道，猴子们把莫格里团团围住，有五六十圈，撕咬只是浪费时间。这时候，一阵阵惊恐、一声声怒吼不断地响起，巴希拉打倒了一片。当他轻捷地跃过身下那些来回打滚的身体时，一只猴子叫喊起来：“把他杀了，这儿只有这一个！杀！”这群猴子乱成一锅粥，跟巴希拉又抓又咬，互相撕扯扭打。与此同时，几只猴子抓住了莫格里，把他拽上了夏季别墅的高墙，找了一个破屋顶，把他推进一个窟窿里。如果掉下去足有十五英尺，要是没被训练过的孩子，很有可能会摔得鼻青脸肿。但是莫格里不会，因为巴卢教过他，他落下去的时候双脚着地，安然无恙。

猴子们冲他嚷嚷：“你乖乖地等着，我们先杀了你的朋友再跟你玩会儿——如果那些毒民还愿意让你活下来。”

“我们流着同样的血，你们和我……”莫格里用蛇的语言发出呼喊。他四周的垃圾废弃物中传来了沙沙咝咝的声音。他想证实一下，于是又发出那样的呼唤。

“就这么做！都盖上头兜！”有六个低沉的声音说，“站着不要动，小兄弟，不然，你可能会踩着我们。”（在印度，蛇们早晚都会占据废墟作为他们的栖身之所。这里，被眼镜蛇占领了）

莫格里尽可能一动不动地站着，从镂雕的空隙里偷偷看着，黑豹那边正在激烈地搏斗，叫喊声、尖叫声、扭打声不断传过来，而巴希拉有生以来第一次为生存而战，他从一大群敌人身下后退、弓背、跳跃、扭身、猛冲，不时发出沉闷和沙哑的喀喀声。

“巴希拉不会独自来的，巴卢肯定也来了。”莫格里想，于是他大声喊叫，“巴希拉，到水池那边去，翻转，接着猛冲！到水池那边去！”

巴希拉听见了他的喊声，那喊叫声证明了莫格里很平安，这让他很宽慰。他一边拼命地一点点径直挪向贮水池，一边默不作声地进行攻击。接着，巴卢隆隆的战斗呼喊声也传来了，就在丛林近处倒塌的墙那儿。那头老熊有些力不从心了。“嘿，巴希拉。”他嚷道，“我在这儿，我使劲爬啊，使劲赶啊，哇呜，石头都被我踩滑了！你们这些无名猴辈，我来啦！”他喘着粗气爬上平台，露了下脸。他猛地用后脚站起来，稳稳当当地，伸出前掌尽可能多地搂住猴子，然后就很有节奏地“啪啪”地猛打，就像船桨快速地抽打。“哗啦——扑通——”莫格里听到巴希拉杀出了通往贮水池的血路，猴子们不可能跟到那里。那头黑豹躺着，喘着粗气，他的脑袋恰好露出水面。猴子们站成了三排，在红台阶上疯了一样上蹿下跳，准备着等他一出来，就从各个方向跳到他身上。这时候，巴希拉抬起他湿漉漉的下巴，在绝望中用蛇语发出呼唤，请求保护——“你和我，我们流着同样的血”。他以为，卡阿临阵退缩了。在平台边上，被猴子们压得喘不上气来的巴卢，听见黑豹的求救，也忍俊不禁。

卡阿刚刚越过西边的墙，碰倒了一块压顶石之后，猛地到了地上。他不想失去任何地面上的优势。为了保证他那长身体的每一个细胞都处于备战状态，他几次将其蜷起来又松开。那个时间段里，巴卢一直在搏斗，猴子们在贮水池边围攻巴希拉。蝙蝠蒙盘旋飞行，把消息带到整个丛林，甚至连处于遥远的地方的野象哈蒂也知道了。一群群分散的猴子们攀缘而来，支援他们“寒穴”的伙伴。方圆几英里的所有在白天活动的鸟儿也被这场战争惊动了。这时候，卡阿径直快速爬行而来要进行捕杀。一条蟒蛇的攻击力主要靠他全身的力量和重量，这种威力集中在他的头部一击。如果你想知道卡阿进行攻击的样子，那么你就想象是一支长矛，或者是一头公羊在猛烈冲撞，又或者是一个沉着冷静的人手里挥舞着半吨的大锤子。一条四五英尺长的蟒蛇如果正好能够攻击到一个人的胸部，那么他就能把这个人打倒！但是需要注意的是，卡阿身长三十英尺，他朝向巴卢周围的那群家伙的重心发动第一次进攻，他沉着地打中了猴子的要害，只这一下。

“卡阿，卡阿来了，快跑，快跑啊！”那群猴子四处逃散。

猴子们代代相传对卡阿的畏惧：夜盗卡阿，能够一声不响地顺着树枝爬上来，偷走最强壮的猴子；老卡阿会把自己伪装成一段枯树枝或者腐朽的树桩，这能够骗过最聪明的猴子，直到被他捉住。

在丛林里，猴子最怕的就是卡阿，因为他的力量无法估量，谁都不敢与他正视，也不能从他紧紧的搂抱中挣脱。所以，他们被吓得落荒而逃，逃向墙壁房顶。巴卢长长松了一口气，虽然他的皮毛比巴希拉的厚，但是仍旧伤得很重。

这时候，卡阿第一次张开大嘴，咝咝地吐了一口气。

远处，那些匆忙赶回保卫"寒穴"的猴子们也僵滞不动。他们弓腰曲背，直到压得他们身下的树枝嘎嘎作响。墙上和空房子上的猴子们不喊了。城镇笼罩在一片寂静之中。此刻，莫格里听见巴希拉从水里出来了，巴希拉抖了抖湿漉漉的身子。接着，猴子们从墙头向着更高处跳去，这让猴群又爆发出一阵喧闹。当他们顺着城垛蹦跳时，他们尖叫着紧紧抱住了石雕的脖子。而此时，莫格里在夏季别墅里跳跃着，一只眼对着网格孔，嘴里发出猫头鹰般的声音，他对他们充满嘲弄和蔑视。

"去那个陷阱里把那个人娃娃弄上来，我能做的就这么些了。"巴希拉喘着粗气说，"他们可能还会攻击我们的，我们带上人娃娃走吧？"

"没有我的允许，他们不会动的，就待在那里！"卡阿咝咝地说，城市又变得寂静起来。"我没能早来，兄弟，但是我听见了你的呼唤！"这话是说给巴希拉听的。

"我知道，我可能是在搏斗的时候喊的。"巴希拉问，"巴卢，你怎么样？受伤没？"

"我也不太清楚，他们差点把我撕成了碎片！"巴卢很严肃，抖抖两条腿检查了一下，"哦，好痛！卡阿，我们——巴希拉和我，要不是你，我们就死定了。"

“不客气。小人娃娃在哪儿？”

“我在这儿，陷阱里，我出不去。”莫格里喊道。他在坍塌了的圆屋顶的穹窿底下。

“带他走吧，他如果像只孔雀那样跳，会踩死我们的小蛇的。”眼镜蛇在里面说。

卡阿“嗤”的一声轻笑：“这个小人娃娃，到处都是他的朋友。往后点，小人娃娃，毒民们，我要推倒这墙，你们躲好，不要伤到了！”

卡阿细心地发现，大理石的窗花格上有一块裂缝已经变了颜色，这说明，这里不结实。他轻轻用脑袋撞了几下，量了一下距离。接着，他把自己六英尺长的身体完全离地腾起，鼻子在前，使出吃奶的劲猛击了六下，撞开了窗花格屏风墙，墙顿时变成了一阵烟尘和碎片。

裂口处，莫格里跳了出来，他扑到巴卢和巴希拉中间，搂住他们的粗脖子。

“他们伤到你了吗？”巴卢轻轻地搂着莫格里问道。

“我一点也没伤着，只是有点生气和有点饿了。只是，噢，我的兄弟们，你们流血了，他们可把你们抓坏了！”

“那些家伙也没捞到什么好处！”巴希拉舔舔嘴唇，看着横陈在平台和水池四周的猴子尸体说。

“没事，没事，只要你没事就好！你是我的骄傲！”巴卢哽咽了。

“以后我们再讨论这个。”巴希拉冷冷地说，那冰冷的语调，令莫格里很反感，“这位是卡阿，这场战斗要谢谢他，要是没有他，你可活不到现在。按照我们的规矩，谢谢他，莫格里。”莫格里回转身子，看见一条大蟒蛇的头在比他的头高出一英尺的地方摆动。

“这样看来，你就是那个人类小娃娃了。”卡阿说，“你的皮肤水灵灵的，可不太像那些猴民。一切小心，孩子。等哪天，我蜕皮后，我可不希望错把你当一只猴子。”

“你和我，我们流着一样的血液。”莫格里说，“今天晚上，你救了我，你什么时候饿了，我为你捕猎，老卡阿。”

“谢谢你，小兄弟。”卡阿眨着眼睛说，“你这么勇敢，我能猎杀到什么？只要每次出去的时候，我跟着就行了。”

“我什么都不猎杀，因为我太小了。但是，我会把山羊赶到圈子里。你有空来我这，看看我有没有说谎。我在这方面还是有点本领的。”他向他们展示了他的双手，“如果你们不慎落入陷阱，我定当赴汤蹈火，在所不辞。祝你们打猎顺利，老师们！”

“很好！”巴卢吼道，因为莫格里表示感激做得恰到好处。蟒蛇把头搁在莫格里的肩膀上大概一分钟，说：“你不仅有一颗勇敢的心，说话也很有礼貌。孩子，你和你的朋友快点走吧，去休息。月亮已经落下去了。接下来发生的并不是什么好事。”

月亮落下去了，猴子们在墙上、城垛上挤着，看上去参差不齐、摇摇摆摆，像是什么东西的穗子。巴卢走到水池边去喝水，而巴希拉则开始梳理皮毛，这时候，卡阿溜到平台中央，“啪”的一声合起自己的下巴。这吸引了所有猴子的注意。

“月亮下山了。”他问，“还有光亮，能看见吗？”

像树梢间的萧瑟的风声一样的呻吟从墙上传来：“能看见，老卡阿！”

“好的，现在开始跳舞，名字叫——猎手卡阿之舞。你们在那坐着别动！看好啦！”

他转了几圈，左右摇晃着脑袋前行，接着，把自己绕成圆形和八字形以及很多软泥一样的三角形。那些三角形又转换成正方形和五边形，又一圈圈往上摞。不紧不慢，也不停止。他嗡嗡地哼唱着一首低沉的歌曲。天越来越黑，当那种因缓慢拖动而变换的盘卷形状变小时，仍听得见皮脱落的窸窸窣窣的声音。

巴卢和巴希拉站着一动不动，像石头一样，喉咙里的吼声隆隆作响，他们脖子上的毛都竖了起来。莫格里看了不知道他在干什么，心里犯嘀咕。

“猴民们。”卡阿终于开口了，“没有我的命令，你们能动手动脚吗？说！”

“没有你的命令我们不能动，老卡阿！”

“好！都往前走一步，靠近我一点儿！”

猴子们无法控制自己地向前晃动。巴卢和巴希拉也跟他们一起，僵直地向前走了一步。

“近一点！”卡阿又咝咝开口了。于是，他们又全都向前动了动。莫格里双手拉动巴卢和巴希拉，那两只大野兽好像被唤醒了似的，出发了。

“拉住我，”巴希拉轻声说，“把你的手放在我肩膀上，不然我一定会走回去，回到卡阿那里了，啊……”

“老卡阿还只是在转圈子。”莫格里说，“咱们走吧。”说完，他们三个穿过墙上的豁口，悄悄朝丛林走去。

“呜噗！”巴卢重新站到那些宁静的树下说，“我可不想再和卡阿结盟了。”他浑身发抖。

“他比我们知道得多。”巴希拉颤抖着说，“如果我留下来，不一会儿，我就会被他给吃了。”

“很多猴民在月亮再升起来之前就会走上那条路的。”巴卢说，“他会顺利捕食的——以他的方式。”

“不过，所有的这一切又能表示什么呢？”莫格里问，对于这条大蟒蛇的魔力，他什么都不知道，“除了傻转圈子一直到天黑，我什么都看不出来，而且他的鼻子都流血了。呵呵。”

“莫格里！”巴希拉生气了，“他鼻子破了是为了救你。我的耳朵、身体两侧、爪子和巴卢的脖子和肩膀被咬破了，也是因为你！不管是谁，好多天都不能痛痛快快打猎了！”

“这不重要。”巴卢说，“重要的是莫格里回来了。”

“你说得没错。但是我们为他付出了很多时间。本来这些时间是可以用来打猎的。我们受了好多伤，掉了好多毛——我背上一半的毛都掉了——最重要的是我们的尊严被践踏了。记住，莫格里，我是只黑豹，却被迫向卡阿求助，而巴卢和我就像饿得乱蹦乱跳的小鸟一样被弄得不知所措。一切的一切，莫格里，都是因为你要和那些猴子玩耍。”

“没错，你说得没错。”莫格里很懊恼，“我给大家带来了灾难，心里难受极了。”

“知错就好，‘丛林法律’怎么讲的，巴卢？”

巴卢不愿意给莫格里招惹更多的麻烦，但是他又无权篡改法律，所以他含糊其辞：“懊恼永远不能为惩罚求情！但是，巴希拉，他还小！”

“我知道。但是他捅了娄子，现在必须接受挨打的惩罚。莫格里，你还有没有什么想说的？”

“没有。我做错了，你们都受伤了，公平点来说，我应该接受挨打。”巴希拉爱怜地拍打了他六下。从一只豹子的角度来看，这几下拍打得很轻，甚至都拍不醒正在做梦的豹崽子。但是对这个小男孩来说——他只有七岁——这几下子可是一顿痛打。打完之后，莫格里打了个喷嚏，一声不响地站起身来。

“行了，就这样吧！”巴希拉说，“跳到我的背上，小兄弟。我们要回家了。”“丛林法律”的一个妙处就是：惩罚了却一切恩怨，既往不咎！

莫格里靠着巴希拉的背睡着了，他睡得真香，甚至连巴希拉到了狼穴，把他放到狼妈妈身边时，他还在睡。

3. 老虎！老虎！

打猎顺利吗，胆子大的猎手？

兄弟，天很冷，我久久地守候猎物。

你捕捉的猎物在哪里？

兄弟，他还躲藏在丛林里。

你引以为傲的威风呢？

兄弟，它已经逝去。

你匆匆忙忙要去哪儿？

兄弟，我回我的老窝，在那里终结我的生命！

我们回头继续讲上一个故事。莫格里和狼群在会议岩一战之后，就离开了狼穴，下山来到村民居住的耕地里。但是他没留在这里，因为这儿离丛林很近，他也很明白，在大会上，至少为自己树了一个死敌。他急匆匆地继续赶路。沿着顺山谷而下的大路，即使这路崎岖不平，他也健步如飞。赶了将近二十英里路，他来到一块自己并不熟悉的地方。山谷变得开阔起来。这里是一片广袤的平原，零星散布着块块岩石，一条条沟涧穿流其中。平原的尽头是一座小小的村庄，另一头是茂密的丛林，黑压压一片，一直延伸到牧场旁边。牧场和丛林的边缘十分清晰，好像有人用一把锄头砍掉了森林。平原上，牛群漫山遍野地在吃草。放牛的孩子们看见了莫格里，拔脚就走，一边走一边喊叫。在每个印度村庄周围徘徊的黄毛野狗在汪汪狂吠。莫格里继续前行，因为他饿了。当他来到村庄大门的时候，看见了已经被挪至一旁的一棵大荆棘丛，这是傍晚用来挡住大门的。

“哼！”他说。因为他夜间出来找食物的时候，经常看见这样的障碍物，想必这里的人也害怕丛林里的兽民。他在大路边坐下了。等到有个男人走过来的时候，他就站了起来，指了指自己张大的嘴巴，意思是饿了。那个男人盯着他看了一会儿，然后跑回村里，在唯一的那条街上，大声叫着祭司——那个穿着白衣服、额头上涂着红黄色记号的高高的胖子。祭司来到大门前，跟着他来的还有百十个人。他们聚精会神地看着，说着，喊着，对莫格里指指点点。

“这是些没礼貌的人。”莫格里自言自语道，“只有灰猿才这样。”他把黑黑的长头发甩到脑后，看着这些人，禁不住皱起了眉头。

“你们不要害怕。”祭司说，“看看他胳膊上和腿上被狼咬的伤疤。他只是个从丛林里逃出来的狼孩而已。”

事实上，和狼崽子们在一起玩耍，他们一不留神，就会对莫格里下口重了点，所以他的胳膊上和腿上会有很多浅色的伤疤，可是他明白，这根本不是咬，真正意义上的被咬是什么感觉他非常清楚。

“哎哟！哎哟！”几个妇人异口同声，“被狼咬成那个样儿！可怜的孩子，他那么漂亮。他的眼睛真有神！我对天起誓，米苏阿，他长得很像你那个被老虎叼走的儿子！”

“让我看看。”一个女人说，她的手腕和脚踝上都戴了很多沉甸甸的铜镯子。她仔细地看了看莫格里，“确实有点像。他比我的孩子要瘦一点，但是相貌一个样。”

祭司很聪明。他知道米苏阿家是当地最富有的，于是他仰起头向天空望了片刻，然后一本正经地说：“被丛林夺去的，丛林又归还了。我的姐妹，把这个孩子带回家去吧。别忘了谢谢祭司，因为他能看透人的命运。”

“我以赎买我的那头公牛起誓，”莫格里心想，“这样跟当初被狼群接纳入伙的仪式真像！罢了，既然我是人，我就必须变成人。”

妇人向莫格里招手，让莫格里跟她去她的小屋。人群渐渐地散开了。小屋里有一张床架，刷了红漆；一个大柜子，是陶土制成的，用来收藏粮食，上面有很多奇特的凸出的花纹；六口铜锅；一面真正的镜子在墙上挂着，是农村集市上卖的那种。

她给他一大杯牛奶和几块面包，伸手抚摩他的脑袋，凝视着他的眼睛。她真的把莫格里当成了自己的儿子。老虎当初拖他进了森林，现在老天又把他送回来了。于是她喊道：“纳索。哦，纳索。”但是莫格里没有一点儿反应。“你不记得那天我给你穿上了新鞋子？”她碰了碰他的脚，可是这只脚很坚硬，像鹿角一样。“不。”她很悲伤，“这脚从没穿过鞋子，可是你跟我的纳索非常像，你就当我的儿子吧！”

莫格里心里有点慌，因为他以前从来没有在这些地方待过。但是他看了看茅草屋发现，如果他想逃走，随时可以撕开茅草屋顶，窗户也没有上闩。“如果听不懂人话，做人又有什么用呢？”他终于对自己说，“我现在像个哑巴，什么都不懂，就像人来到森林里跟我们待在一起一样。我应该学会他们的语言。”

他在狼群里，学过森林里大公鹿的挑战声，也学过小野猪的哼哼声，那是正儿八经地学的。因此，只要米苏阿一张嘴，他就马上跟着学，说得一点儿也没错。没过多久，他就已经学会说小屋里很多东西的名字。

到了该睡觉的时候，又出现问题了。因为莫格里不肯睡在这个像捕杀豹子的陷阱的小屋里。他们一关上房门，他立马就从窗子跳了出去。“随他高兴吧。”米苏阿的丈夫说，“你要知道，以前他从没在床上睡过觉。如果他真的是老天派来替代我们儿子的，就一定不会离开的。”

莫格里伸直了身子，在一片长在耕地边上的高高的柔软草地上躺下。但是还没等他闭上眼睛，一只软软的灰鼻子就凑了过来，拱他的下巴：“醒醒吧，小兄弟。”

“嗬！”灰兄弟是狼妈妈最年长的一个孩子，他说，“跟着你跑了几十里路，你就这么招待我？实在是太不值得了。你身上沾满了篝火味和牛群的气味，完全像个人。醒醒，兄弟，我有消息要告诉你！”

“丛林里一切都好吗？”莫格里抱住了他，问道。

“都好！除了那些被火烫伤的狼。哎，听说，谢尔汗去了很远的地方，要等重新长出皮毛后才回来。他的那些皮毛烧焦得很厉害。他发誓回来之后要把你埋葬在韦根加。”

“那可不一定，我也保证过。不过，听到有消息感觉真不错。我现在累了。那些新鲜的东西让我疲惫不堪。不过，灰兄弟，你一定要经常给我通风报信啊！”

“那些人不会让你忘了你是一头狼吧？”灰兄弟很焦急。

“永远不会，我永远记得我爱你，爱我们全家。可是我也会永远记得，我是被赶出狼群的。”

“你要记住，这一群人也有可能把你赶出去的。人总归还是人，小兄弟，他们说话像池塘里的青蛙，呜里哇啦的。下次下山，你去牧场边上的竹林里找我。”

从那天晚上开始，莫格里几乎三个月没有出过村庄。他正忙着学习人们的生活方式和习惯：首先，他得穿衣服，这让他很不舒服；其次，他得学会关于钱的事，可是他一点也弄不明白；另外，他还得学习耕作，但是他不知道耕种有什么用。他常常对村里的小娃娃们火冒三丈。幸亏有“丛林法律”，这让他学会了按捺火气。因为在丛林里，保持冷静可以维持生命和寻找食物。但是当他们奚落他不会做游戏，也不会放风筝，或者取笑他发音不正确的时候，他真想伸手抓起他们，并把他们撕碎，只是，他知道杀死这些赤手空拳的小孩是不公平的，所以他没动手。

莫格里也不清楚人和人之间的种姓差别。有一次，卖陶器的小贩的驴子摔了一跤掉进了土坑。莫格里拉住驴子尾巴，把它拽了上来，还帮助小贩码陶罐，以便他能够运到卡里瓦拉集市上去卖。这事震惊了所有的人。因为卖陶器的小贩种族卑微，至于驴子，就更卑贱了。可是当祭司责怪莫格里的时候，莫格里却恐吓他说要把他也放到驴背上。祭司就把这事告诉了米苏阿的丈夫，还说最好让莫格里去干活，越快越好。村子里的首领告诉莫格里，第二天就得赶着水牛去放牧。莫格里很高兴。那天晚上，因为他已经被指派做村里的雇工，他便有资格去参加村里的晚会。每天晚上，人们都在一棵巨大的无花果树底下，围坐在一块石头砌成的台子四周。这儿是村里的俱乐部。首领、守夜人、剃头师傅（他是村里的消息通）以及村里的猎人老布尔迪阿，他有一支陶尔牌老式步枪，他们都来这儿集会吸烟。在枝头高处叽叽喳喳说个不停的是一群猴子。石台里面的洞里有一条眼镜蛇，人们每天晚上给他供奉一小盘牛奶，因为他是蛇神。老人们围坐一团，聊着天，抽着水烟袋，直到深夜。他们净讲一些关于神啊、人啊以及鬼啊的美妙动听的故事，布尔迪阿还经常讲一些更耸人听闻的丛林兽类的生活方式的故事，听得那些坐在圈子外的小孩子一愣一愣的。大部分的故事是关于动物的，因为他们就住在丛林边上。鹿和野猪经常来吃庄稼，有时候在傍晚，老虎公然在村口逮走一个男人。

莫格里对他们谈论的东西是有一些了解的。他不得不遮住脸，不让他们发现他在笑。于是，当布尔迪阿把枪放在膝盖上，兴致勃勃地讲着一个比一个神奇的故事的时候，莫格里的双肩就一直在抖。

现在布尔迪阿正在解释，那只拖走米苏阿儿子的老虎是一只鬼虎。“这只老虎被几年前去世的狠毒的老放债人的鬼魂附体了。我说的是实话。”他说，“因为有一回暴动，烧掉了普朗·达斯的账本，他也被打了，从此，他走路就是一瘸一拐的了。我刚才说的那只老虎，也是个瘸子，因为他的脚印总是深浅不一。”

“是的，是的，你说的肯定是事实。”那些白胡子老头一起点头称是。

“难道那些故事全部都不是谎言吗？”莫格里开口了，“那只老虎一瘸一拐的，是因为那是天生的。这是众人皆知的事实啊。说什么放债人的魂附到一只比豺的胆子还小的野兽身上，胡说八道！”布尔迪阿大吃一惊，半天说不出话来。首领也瞪大了眼睛：“嗬，难道这是那个丛林的小东西？”布尔迪阿说：“既然你这么聪明，为什么不把他送到卡里瓦拉去？政府出一百卢比[①]悬赏。否则，大人说话，小孩别插嘴。”

莫格里起身想要离开：“我在这儿躺着听了一晚上！”他回头喊道，“布尔迪阿的故事里有那么多关于丛林的，可是几乎全是捏造的。丛林离他家一步之遥，既然如此，我怎么能相信他讲的那些所谓的他亲眼见过的鬼啊、神啊、妖怪啊之类的故事呢？”

“确实应该让这个孩子去放牛了。”首领发话了。他被莫格里气得火冒三丈。

很多印度的村子习惯于大清早让几个孩子赶着牛群出去放牧，晚上再赶它们回来。那些牛群甚至能把一个人踩成肉泥，却任由一些还够不着他们鼻子的孩子们嬉闹。这些孩子只要跟牛群在一起，就不会有危险，因为连老虎都不敢袭击一大群牛。可要是孩子们跑开去摘花，或者捕捉蜥蜴，有时候就会被老虎叼走。大公牛拉玛是这群牛群的头领，莫格里骑在它的背上，穿越村庄；那些长着向后弯曲的长角和凶猛眼睛的蓝灰色水牛，一头头地从它们的牛棚中走出来，一路跟着。莫格里非常明确地告诉跟他一同放牧的孩子，他是头领，他用一根长竹竿敲打水牛，这根竹竿被磨得光溜溜的。他又告诉小男孩卡米阿，叫他们自己去放牧牛群，要多加小心，不要

---

①卢比和下文中的安都是印度的货币单位。

到处乱跑。他要继续赶着水牛走。

印度人的牧场到处是岩石、低矮的树丛、杂草和一条条小溪。牛群一到了这里，就分散开来，消失不见了。水牛习惯待在池塘和泥沼里，他们经常躺在温暖的烂泥坑里打滚、晒太阳。莫格里把水牛赶到草原边上——韦根加河流流出丛林的地方，他从拉玛的脖子上跳了下来，直接跑到一片竹林里去寻找灰兄弟。

“喂！”灰兄弟发话了，“我在这里等你很久了。你怎么开始放牛了？”

“这是命令，”莫格里说，“我只是暂时做。关于谢尔汗，你有没有什么消息？”

“他已经回来了。他在这个地区等了你很久。现在，他走了，因为他能吃到的猎物太少了。但是，他想要杀的是你。”

莫格里说：“这样很好。他不在的时候，你或者其他兄弟有一个坐在岩石上，方便我一出村就能见到你们。他一回来，你们就待在平原中央那棵达克树①下。我们不用自己送上门去。”莫格里找了一块阴凉地，躺下睡着了。他四周有很多水牛在吃草。在印度，放牛是天下最逍遥自在的活儿。牛群一边走一边嚼着草，躺下，然后又爬起来继续前行。它们甚至不哞哞叫，而只是哼哼。水牛们几乎不出声，只是陆陆续续地走进烂泥潭，一点点钻进污泥里面，最后只剩下鼻孔和青瓷色的眼睛露出水面。它们呆呆地瞪着，就像一根根木头。烈日晒得石头迸开。牧牛的孩子听见一只鸢鹰（总是只有一只）在天空中几乎看不见的地方发出叫声。他们知道，如果他们或者是一头母牛死了，那只鸢鹰就会俯冲下来。而在远处，另一

①印度东部的一种树，它的花叶能做黄色染料。

只看见它下落，就会跟着飞下来，结果来了一只又一只，几乎在他们断气之前，就会出现二十只饥饿的鸢鹰。孩子们睡醒后，接着继续睡。他们用干枯的草叶编成了小篮子，逮几只蚂蚱放里面；或者捉几只蛐蛐，看它们打架。要么他们就摘些黑色和红色的坚果编成项链，观察一只在岩石上趴着晒太阳的蜥蜴或是一条在水坑旁边抓青蛙的蛇。然后他们唱起了冗长的歌曲，结尾的地方都带着特色口音。这样的白天好像比很多人的一生还要长。他们或者用泥巴捏一座城堡，一些泥人、泥马、泥水牛，在泥人手里插上芦苇，他们自己当国王，捏几个泥人当作军队；或者，他们假装自己是神，受人膜拜。天色渐渐晚了，孩子们呼唤着，水牛不紧不慢地爬出黏糊糊的烂泥，发出枪声一样响亮的声音，一声又一声，然后一个接一个地穿过平原，回到村子里，那里有闪亮的灯火。

莫格里每天都带着水牛们来到属于它们的池塘里，每天他都能看到灰兄弟，那一英里半以外的平原上的脊背告诉他，谢尔汗还没有回来。每天他都躺在草地上，倾听着周围的声音，在睡梦中回忆在丛林里度过的时光。在那些既漫长又寂静的早晨，哪怕谢尔汗在韦根加河的丛林里伸错了瘸腿、迈错了步，莫格里也能够听见。

终于有一天，他没有看见灰兄弟出现在老地方。他笑了，领着水牛们来到达克树旁边的小溪里。金红色的花朵开满了一树。灰兄弟就坐在那里，身上的毛都竖起来了。

“他躲了一个月，是为了让你放松警惕。昨晚他和塔巴克一起翻过山了，正紧紧地追踪你呢！”灰狼气喘吁吁地说。

莫格里皱起了眉头：“我倒是不怕谢尔汗，但是塔巴克太狡猾了！”“不用担心。”灰狼舔了舔嘴唇说，“黎明时分，我遇到了他——塔巴克。现在他正在向鸢鹰卖弄聪明呢！但是，在我折断他的脊梁骨之前，他全都招了。谢尔汗打算今天傍晚在村庄大门口等你——特意等你！他现在正躺在韦根加的干涸的大河谷里。”

“他吃过了吗？他是不是什么都没吃就出来打猎？”莫格里问。这个答案对他来说可是关乎性命的。

“天刚刚亮的时候他杀了猎物—— 一头猪，他也喝过水了。记住，谢尔汗从来不肯饿着肚子的，哪怕是为了报仇！”

“笨蛋，笨蛋，简直什么都不懂！他吃吃喝喝，还以为我等他吃饱喝足睡好之后再动手？哎，他现在躺在什么地方？如果我们有十个，我们就可以在他躺着的地方除掉他。只要嗅到他的气味，这些水牛就都会冲上去。我们不会说他们的语言，是不是我们可以转到他们脚印后面，好让他们闻出来？”

他跳进韦根加河，游了一段，来消除他的踪迹。“这肯定是塔巴克教给他的，他自己是绝对不会想到这个办法的。”莫格里咬着手指头思考着，“韦根加河的大河谷通向不远处的平原，连半英里都没有。我带着牛群，从丛林里绕过去，一直把他们带到出口，然后杀过去！不过，他会溜走的。我们必须堵住另一头的出口。灰兄弟，你能帮我把牛群分成两部分吗？”

“我可能不行，但是我带了一个好帮手！”灰兄弟跳进一个洞里，然后，洞里有个灰色的大脑袋伸了出来，那是莫格里十分熟悉的。

“阿克拉！阿克拉！”莫格里拍起了手掌，叫道，“我早就知道，你是不会忘记我的。我们手里有要紧的工作要做。阿克拉，把牛群分成两半。让母牛和小牛待在一起，公牛和水牛待在一起。”

两只狼在牛群里穿进穿出，牛群呼哧呼哧昂起脑袋喷着鼻息，分成了两队：母牛站在一起，把她们的小牛夹在中间，她们眼睛圆睁，前蹄擦地，只要哪只狼速度稍慢，她们就会冲上去踩死他。在另一群里，成年公牛和青年公牛也喷着鼻息，跺着蹄子。虽然看上去挺吓人的，但是事实上并没那么凶恶，因为小牛不需要他们保护，就算是六个猎人，也不太可能把牛群分开得这么利索。

“还需要做什么？”阿克拉气喘吁吁地问道，“他们又要跑到一起去了！”莫格里跨上拉玛：“阿克拉，把公牛赶到左边去，灰兄弟，等我们走了以后，你把母牛集中到一起，把她们赶进河谷！”

“赶进去多远？”灰兄弟一边喘着粗气问，一边又咬又扑。

“赶到谢尔汗跳不上的高高的河岸上！”莫格里喊道，“一直留在那里，直到我们下来！”阿克拉吼着，公牛像一阵风似的开始狂奔，灰兄弟拦住了母牛。母牛向灰兄弟冲过去，灰兄弟稍稍比她们快一点，引着她们跑向河谷底。而阿克拉这时候已经把公牛赶到左边很远的地方了。

“干得漂亮！再冲一下，他们就开始跑了。小心！现在要小心一些！阿克拉你再扑一下，他们就会向前冲过去了。哎哟，这可比赶黑公鹿要带劲！这些家伙跑起来快得出乎你的意料！”莫格里叫道。

“想当年……我也猎捕过这些家伙！”阿克拉在尘土飞扬中喘着粗气说道，“要我把他们赶进丛林里去吗？”

“哎，好吧，赶吧！快点赶他们吧！拉玛已经狂躁不安了。唉，要是他能知道我需要他帮什么忙该有多好！”

这回，公牛被赶往右边。他们横冲直撞，闯进了高高的灌木丛。在半英里外，其他那些放牛孩子已不再带着牛群观望，他们拼命地跑回村里，喊叫着说水牛全都疯了，都跑掉了。

其实，莫格里的计划十分简单。他只不过想绕个大圆圈，绕到河谷出口，然后带着公牛下山，把谢尔汗困在公牛和母牛群之间，然后擒住他。因为他知道，谢尔汗吃过食物、喝过大量的水之后，是没有力气战斗的，也爬不上河谷两岸。他现在安慰着公牛。阿克拉已经退到牛群的后面，只是偶尔哼哼几声，催促着落后的水牛快点走。他们绕了个很大很大的圆圈，因为他们不愿意离河谷太近，以免谢尔汗觉察到什么。最后，莫格里终于把已经被绕糊涂了的牛群带到了河谷出口，来到一块草地上，这块草地急转直下，斜插入河谷。站在那块高地上，可以透过树梢的缝隙俯瞰平原，但是莫格里却只看着河谷两岸。

当他看到两岸十分陡峭，几乎直上直下的时候，他非常满意。因为岸边长满了藤蔓和爬山虎，就算老虎想要逃出去，他也找不到站脚的地方。

“让他们喘口气，阿克拉。”他抬起一只手说，“他们还没有闻到他的气味呢！让他们喘口气。我得告诉谢尔汗谁来了，他已经掉进了我们的陷阱。”

他把手围在嘴边呈喇叭形，冲着下面的河谷大声喊叫，这就像是冲着一条隧洞喊叫，回声在岩石间弹跳。

过了很久，传来一头刚刚吃饱喝足醒来的老虎慢吞吞的咆哮声，倦意仍在。

“是谁在那里叫？”谢尔汗说。这时候，一只华丽的孔雀从河谷里拍拍翅膀，惊叫着飞出来。

“是我，莫格里。偷牛贼，现在是审判你的时候了！下去。赶他们下去。快点，阿克拉！下去。拉玛。下去！”

牛群在斜坡边稍微停顿了片刻。但是当阿克拉放开喉咙发出狩猎的吼叫声的时候，牛便像轮船穿越激流似的飞奔而下，沙石飞溅。他们只要奔跑起来，就无法阻挡。他们还没有进入峡谷的河床，拉玛就嗅到了谢尔汗的气味，大声吼叫起来。

“哈哈！”莫格里骑在拉玛背上说，“现在你知道了吧？”只见很多乌黑的牛角、喷着白沫的牛鼻子、鼓起的眼睛像洪流一样冲下河谷，如同山洪暴发时滚下山的大圆石头。体弱的水牛都被挤到河谷两边了。他们冲进了爬山虎里。他们知道接下来要做什么。水牛群要是疯狂地冲锋陷阵，什么都阻挡不了。谢尔汗由于听见了他们雷鸣般的蹄声，就想站起来，只见他拖着笨笨的身子走下河谷，左瞧右看，想要找一条生路。但是河谷两边的高坡都是笔直的，他只能朝前走。谢尔汗肚子里满满当当全是食物和水。现在让他干什么都行，除了战斗！牛群踩到了他刚才离开的泥沼，不停地吼叫，直到回声充满了狭窄的河沟。莫格里听见了谷底传来的回声，看见谢尔汗转身。到生死攸关的时候，老虎面对公牛比对着带了小牛的母牛要好一点。接着，拉玛不小心被绊了一下，差点摔倒，踩着什么软乎乎的东西过去了。那些公牛都跟在他身后，他们迎头冲进了另一群牛中。那些不算强壮的水牛挨着这些冲撞，都被掀翻了。这次冲刺让两群牛都涌进了平原，他们角抵，蹄踩，喷着鼻息。莫格里瞅准时机，从拉玛脖子上溜下来，拿着他的棍子四周挥舞。

“快点，阿克拉，得把他们分开，不然他们会彼此斗起来！把他们赶开，阿克拉。嗨，拉玛。嗨嗨嗨，我的孩子们，慢点，慢点，现在没事了。”

阿克拉和灰兄弟跑来跑去，咬着水牛腿。牛群虽说想回过头冲进河谷，但是莫格里却设法让拉玛掉转方向，其他的牛便跟着他来到牛群打滚的泥沼。

谢尔汗不需要牛群的践踏了，因为他死了，鸢鹰们已经飞下来开始啄食了。

“弟兄们，他死得像一条狗！”莫格里边说边摸着他的刀。自从他和人一起生活之后，这把刀就一直挂在他脖子上的一个刀鞘里。“不过，反正他是压根不想战斗，把他的毛皮放在会议岩上一定很漂亮，我们得抓紧时间动手了！”

一个在人们中间长大的孩子，做梦都不会想到自己去剥掉一只十英尺长的老虎的皮。但是莫格里做到了。他比谁都了解一头动物的皮是怎么长的，也知道怎么把它剥下来。然而这是件很费力气的活儿，莫格里用刀又砍又撕，累得直哼哼，干了一个钟头。两头狼在一边懒洋洋地看着。只有当他命令他们的时候，他们才去帮忙拽拽。

不一会儿，一只手搭在了他的肩膀上，他抬头一看，是那个有支陶尔步枪的布尔迪阿。孩子们告诉村里人，水牛全吓跑了。布尔迪阿便怒气冲冲跑来，一心想要给莫格里一顿教训，因为他没有照顾好牛群。狼一看有人来了，就马上溜走了。

“这是谁的蠢主意？”布尔迪阿很生气，“你以为你能剥下老虎皮？水牛是在哪里踩死他的？哦，这还是那只瘸腿虎呢！他还值一百卢比的赏金。好吧好吧，把牛群吓跑的事情，我们就不予计较了。等我把这虎皮拿到卡里瓦拉去，也许还会把赏金分你一卢比。”他从围腰布里取出打火石和火镰，蹲下身子烧了谢尔汗的虎须，当地很多猎人总是这么做，以免老虎的鬼魂缠上自己。

“哼！”莫格里好像是对自己说的，与此同时撕下了老虎前爪上的皮，“原来你想把老虎皮拿到卡里瓦拉去领赏钱啊？也许还会给我一个卢比？可是我有我自己的主意，我要留下虎皮自己用！喂，老头儿，把火拿开。”

“你就这么对村里的猎人头领说话吗？你杀死这头老虎，凭的是你的运气和那水牛的蛮劲儿，这只老虎刚刚吃饱了，不然，这时候他早就跑到二十英里开外去了。你连怎么好好剥皮都不会，小叫花子。好哇，你确实应该教训我不要烧他的胡须，莫格里，现在你连那一个卢比的赏钱也捞不着了，我还要好好揍你一顿！离这尸体远点！”

“凭着赎买我的公牛起誓，”莫格里说，他正千方百计地剥下老虎的肩胛皮，“难道整个中午我都要听这么一位老人唠唠叨叨没完吗？喂，阿克拉，这人真烦！”

布尔迪阿正弯腰朝向老虎脑袋，突然发现自己被脸朝上掀翻在草地上，一头灰狼站在他身边，而莫格里继续剥着老虎皮，仿佛整个世界只有他一个人。

“好吧，”他低声说道，“你说得完全对，布尔迪阿，你永远也不会给我那一份赏钱，这头瘸腿老虎过去跟我有摩擦——是很久之前的过节了，而最后的胜利者是我！”

平心而论，如果时光倒退十年，布尔迪阿在森林里遇见阿克拉，一定会跟他较量一番的。但是一头听命于这孩子的狼——而这个孩子又和吃人的老虎很久以前有过私人冲突，那么这头狼就不是一头普普通通的野兽了。布尔迪阿认为这是巫术，是最厉害的巫术。他很想知道，他脖子上的护身符是不是能够保护他。他躺在那里，一动也不敢动。他害怕莫格里也变成一只老虎。

“国王，伟大的国王！”他终于屈服了，嘶哑着嗓子低声叫道。

“嗯。”莫格里没有扭头，但是他抿着嘴笑了。

“我已经老了，我有眼不识泰山，不知道你非同一般。你能让我站起来离开吗？你的仆人会把我撕碎吗？”

“去吧，祝你一路顺风。只不过下一次再也别插手我的猎物了。放他走，阿克拉。”

布尔迪阿一瘸一拐地拼命跑向村子。他不住地回头看，害怕莫格里会变成什么可怕的东西。他一到村里，就讲了一个全都是关于魔法、妖术和巫术的故事。祭司听了，脸色变得非常阴沉。

莫格里继续做他的事情，但直到将近傍晚，他和狼才把那张巨大的花斑皮从老虎身上剥下来。

“我们先把它藏起来。把水牛赶回去。来，帮我把他们赶到一块吧，阿克拉。”

在雾蒙蒙的暮色中，牛群被汇聚在一起。当他们走进村子时，莫格里看见了火光，听见海螺呜呜作响，铃儿叮叮当地摇来摇去，村里一半的人几乎都在那里等着他。“这是因为我杀死了谢尔汗！”他告诉自己说。但是一阵石子像雨点一样密集地在他耳边呼啸而过，村民们喊着：“巫师、狼崽子、丛林魔鬼！滚，快点滚！不然祭司会把你重新变成一头狼！开枪！布尔迪阿，快点开枪！”

“砰”的一声，那只旧陶尔步枪开火了，一头年轻的水牛中了枪，痛得吼叫起来。“巫术，这也是巫术！”村民们叫喊，“他会让子弹拐弯，布尔迪阿，那是水牛！”

“这是怎么回事？”石头越来越密集，莫格里丈二和尚摸不着头脑了。

“你这些兄弟跟狼群没什么不一样。”阿克拉镇定自若，坐了下来，“我看，如果那子弹能说明什么的话，应该是他们想把你驱逐出去。”

“狼，狼崽子，滚，滚开！”祭司摇晃着一根神圣的罗勒树枝叫喊道。

“又是叫我滚吗？上次让我滚，因为我是一个人；现在却因为我是只狼！我们走，阿克拉。”

一个妇人——米苏阿——跑到牛群这边来了。她边跑边喊：“啊，我的儿子，我的儿子，他们说你是个巫师，会把自己变成野兽，我不相信，但是你还是赶紧走吧，否则，他们会杀了你的。布尔迪阿说你会巫术，但是我明白，你替纳索报了仇！”

“回来，米苏阿！”人们喊着，“回来，不然我们连你一起扔！”

莫格里恶狠狠地笑了一下，时间很短，因为一块石头恰巧打在他的嘴巴上：“快点跑回去吧，米苏阿。这是他们傍晚时分在大树底下编织的荒诞的故事。我给你儿子报了仇，再见。快点跑吧，因为我要赶牛群回去，他们跑得太快了！我不是巫师，米苏阿，再会！”

“好啦，就再赶一次，阿克拉。”他叫道，“把牛群赶回去！”水牛也急于回去。他们几乎不需要阿克拉的咆哮，旋风一样地冲进大门，把人群冲得七零八落。

“仔细数数吧！”莫格里很轻蔑地说，“说不定我偷了一头牛呢。仔细数数吧，因为我再也不会给你们放牛了！再见，人的孩子们，你们得好好感谢米苏阿，要不是她，我会带着我的狼沿着你们的街道追捕你们。”他转身离去，带着孤狼阿克拉。当他仰望星空的时候，心里是满满的幸福：我再也不用待在陷阱里睡觉了，阿克拉，我们去拿谢尔汗的皮，离开这里。不，我们不能伤害这个村庄，因为米苏阿对我特别好！

当月亮在平原上空升起的时候，整个世界变成了乳白色。惊恐的村民看见了莫格里，他身后跟着两头狼。他的头上顶着一包东西，狼一样地小跑着赶路。狼的小跑就像大火一样，把拉长的距离一下子就消除了。于是他们更加惊慌，使劲敲响了庙宇里的大钟，吹起了海螺。米苏阿痛哭不已。布尔迪阿把他在丛林里的历险故事添油加醋，讲了又讲，最后的版本竟然变成阿克拉用后脚直立起来，像人一样说话。

莫格里带着两头狼来到会议岩，月亮就要落下去了。他们先来到狼妈妈的山洞。

“他们把我从人群里赶出来了，妈妈。”莫格里喊道，“可是我兑现了自己的承诺，带来了谢尔汗的皮！”狼妈妈费力地从洞里走了出来，后面跟着狼崽们。她一看见虎皮，眼睛就变亮了。

“那天他把脑袋和肩膀塞进洞口，想要吃了你，小青蛙，我就对他说：捕猎别人的，总归是要被人捕猎，干得漂亮！”

“小兄弟，干得好！”灌木丛里传来一个低沉的声音，“自从你离开了丛林，我们都觉得孤单了好多。”巴希拉跑到莫格里的光脚板下，他们一起爬上会议岩，莫格里把虎皮铺在阿克拉常坐的那块又扁又平的石头上，用四根竹钉把它固定好。阿克拉躺在上面，发出了召集大会时的召唤声。“瞧啊，仔细看看，狼群诸君。”那声音，跟莫格里初次被带到这里时他的呼叫一模一样。

自从阿克拉被赶下台后，狼群就群龙无首了。他们可以随心所欲地打猎、斗殴。习惯的力量真大，他们还是回答了召唤。他们中间，有的跌进了陷阱，变成了瘸子；有的中了枪弹，走起路来一瘸一拐；有些吃了不干净的东西，浑身的毛变得癞巴巴的；还有很多狼下落不明。但是能来的全都来了。他们来到会议岩，看见摊在岩石上的谢尔汗的花斑毛皮，大大的虎爪连着空荡荡的虎脚，在空中摇来晃去。

就在这个时候，莫格里灵感乍现，编了一首不怎么押韵的诗歌。他高声喊叫了出来，一边喊，一边在那张毛皮上蹦跳。皮毛让他踩得嘎嘎作响。他用脚后跟打着拍子，直到累得喘不过气来。灰兄弟和阿克拉也在他的诗节中间吼叫。

“好好看看，哦，狼群诸位，我是不是兑现了我的承诺？”莫格里作诗结束以后问。狼群一起叫道：“是的！”

一头毛皮凌乱的狼号叫：“还是你来当我们的领袖吧，啊，阿克拉，再来领导我们吧；啊，人娃娃，我们讨厌这种没有法律的生活，我们想要重新获得自由，做自由的兽民！”

“不，”巴希拉温柔地说，“不行。等你们酒足饭饱之后，就又会发疯。叫你们自由的兽民，是有原因的。你们已经为了自由而战了，现在你们已经自由了，尽情享受吧，狼群诸位仁兄。”

“人群和狼群都驱逐了我，”莫格里说，“从今往后，我要独自打猎了！”

四只小狼说：“我们和你一起！”

于是，从那天开始，莫格里离开了那里，四只小狼一起陪着他在丛林打猎。但是他并不是一生一直孤独的。因为过了好多年，他长大了，结婚成家了。

不过，那个故事应该讲给成年人听了。

4. 白海豹

啊，听话，我的孩子。天色已晚，
黑漆漆的海面上，闪烁着墨绿色的光芒。
波涛滚滚，如絮絮低语般起伏。
月亮正低头看我们入眠。
你枕着柔软的浪花，随波浪起伏。
啊，长着鳍的小家伙累了，睡吧，
没有风暴的侵扰，没有鲨鱼的追赶，
在柔软的大海怀抱里安然入睡吧！

事情发生在几年前的诺瓦斯托西纳。这个地方在遥远的白令海上的圣保罗岛上，又叫东北岬。故事讲述的是一只名叫利默欣的冬鹪鹩，一阵风把它刮到了一艘开往日本的轮船的帆缆上。我当时在那艘船上，把它救了下来，并把它带回我的船舱，给它取暖，喂它进食，直到它恢复体力飞回圣保罗岛。它脾气很古怪，但却是一只诚实的小鸟。

不到万不得已，人们是不会去诺瓦斯托西纳的。但那里的海滩却是世界上最适合海豹居住的地方，因此每到夏季，从寒冷的灰蒙蒙的大海去那里的海豹一下子就有几十万只，那里是海豹们的天堂。

西卡奇也知道这一点，因此，每年春天，无论他在什么地方，总是径直游向那里，像一艘鱼雷艇那样。为了占领离海最近的岩石——那是一块绝佳的地盘——他不惜耗费一个月与他的同伴通过打架夺取。

西卡奇是一头超过十五岁的巨大的灰色海豹，肩胛上长着又长又密的鬃毛，露着长长的恶狠狠的犬牙。他能用前肢的阔鳍支撑着身子站直，离地面能有四英尺高；如果有人敢而且能称出他的体重，估计他能有七百磅。他浑身布满了伤疤，那是多次恶战的勋章。可他还是蠢蠢欲动，随时发动新的战斗。

他经常存心歪着头，做出一副不敢正眼看他的对手的样子，接着他就会迅速发动袭击，如同闪电。他用长牙狠狠咬住另一头海豹的脖子。就算那头海豹拼命想逃，西卡奇也不会轻易松口。

但是，西卡奇从来不追击被打败了的海豹，因为那是违反海滩上的规则的。他只想在海边找个地方做窝去喂养小海豹。但是，每年春天，至少有四五万头海豹来这找地方做窝，所以，尖叫声、咆哮声、怒吼声和撞击声充斥着这片海滩。

在一个名叫哈钦森的小山头上，你可以眺望到方圆三英里半的地方。这里密密麻麻全是正在打架的海豹。浅海滩边，到处可见在海水中攒动的海豹，他们争前恐后地登陆，想要占领地盘。他们在水里打，在沙滩上打，甚至连做海豹窝的玄武岩也被他们打架给磨得光溜溜的，他们像男人一样愚蠢和倔强。他们的妻子来到岛上不会太早，大概要到5月底或者6月初才来，因为她们可不想受到荼毒。那些两三岁或三四岁的没有成家的年轻海豹，则三个一群五个一伙，穿过正在打架的斗士们，进入离大海一英里半的内陆，在沙丘上玩耍。那些在地上长出来的绿油油的小草、小树什么的，全被蹭得精光。人们把这样的海豹叫作“霍卢斯契基”，译为“单身汉”，仅仅在那个地方，这样的海豹数目就达二三十万头。

一年春天，西卡奇刚刚结束自己的第四十五场战争。这时，他的妻子玛特卡刚爬出海。她的皮毛又软又滑，如同绸缎，她的眼神温柔如水。他一口咬住她颈背上的皮，把她提起来放到自己的地盘上，生气地说：“你又来晚了，去哪了？”

通常，西卡奇会在海滩上停留四个月，在这段时间里，他几乎不吃任何东西，因此，他总是臭着一张脸，玛特卡很识趣地没还嘴，她看了看四周，温柔地说：“还是你想得周到，这是我们的老地方。”

“当然要找老地方！”西卡奇说，“看看我！”他身上遍体鳞伤，有的伤口还在流血，一只眼睛受了伤，几乎要失明，腰侧伤痕累累。

“唉，你们这些男人啊，你们这些男人！”玛特卡给自己扇着风，说，“你们为什么不能静下心来，和和气气地协商一下地盘的归属呢？看你这样儿！仿佛跟逆戟鲸打了一仗！”

“从5月中旬开始，我就一直在打架。今年的竞争太激烈了，至少有上百头海豹从卢坎龙海滩来这儿找地方做窝，他们为什么不待在自己的地方呢？”

“我总是想，要是换个地方，比如水獭岛，而不到这块拥挤不堪的地方来，我们会过得更快活！”玛特卡说。

“呸！只有‘单身汉’才去水獭岛！我们要是去的话，他们会说我们是胆小鬼。亲爱的，我们的面子没处放啊！”西卡奇骄傲地把脑袋埋进他胖胖的双肩里假寐，待了几分钟。其实他一直很警惕，随时备战。现在，所有的海豹，包括他们的伴侣都已上岸，很远的海上都能听见他们的喧闹声，这声音比最猛烈的风暴的呼啸还要强。在这片海滩上，少说也有一百多万头海豹——男的女的，老的少的，还有那些单身汉：他们打架斗殴，一片混战，“咩咩”地爬来爬去，一起嬉闹——他们成群结队，进出海面。放眼望去，海滩上密密麻麻全是躺着的海豹，他们在氤氲的雾气中，一小队一小队地战斗。在诺瓦斯托西纳，几乎天天有雾，然而一旦太阳出来，刹那间就会到处银光闪闪，五彩缤纷。

在混乱中，玛特卡的孩子柯蒂克出生了。跟所有的小海豹一样，他的头部肩部很大，眼睛呈浅蓝色，水汪汪的，但是皮毛却有点与众不同。这让他的妈妈禁不住笑嘻嘻打量道：“西卡奇，我们的孩子将来会是白色的。”

“瞎说。”西卡奇喷着鼻息说，“你见过世界上的海豹有白色的吗？”

“我也没见过。”玛特卡说，“不过从今往后就会有了。”于是，她低声吟唱着温柔的海豹歌曲。所有的海豹妈妈都这么唱歌给宝宝听：

> 如果你不满六个星期，千万不要去游泳，
> 否则，你会头重脚轻沉到水底。

海豹娃娃，夏天的风暴和逆戟鲸都是我们的死对头啊！
　都是死对头。
亲爱的小豹子，是最凶最凶的死对头，
但是你们可以玩水啊，让自己慢慢强壮起来。
如此便会诸事顺心，
你们是大海的孩子！

那只小海豹刚开始当然听不懂。他在母亲身边爬来爬去。当他的父亲吼叫着在滑溜溜的岩石上滚上滚下跟别的海豹打架的时候，他知道要爬到一边去。玛特卡经常下海捕食，两天才喂一次孩子。但是在喂他的时候，他总是能敞开肚皮美美地饱餐一顿，所以长得倒也特别壮实。

他自己做的第一件事，是向内陆爬。他在那里看到了成千上万只跟自己一样的小海豹。他们像小狗一样，一起玩耍，睡在干净的沙子上，睡醒了继续玩。在海豹窝那边的老海豹们不屑于搭理他们。“单身汉”们只在自己的地盘上玩，所以，海豹娃娃们可以随心所欲地玩。

玛特卡去深海捕鱼，回来后马上就来到他们的游乐场。她像母羊叫自己的小羊羔一样呼唤着，除非她听见柯蒂克的回应，否则不会停止。然后她用前鳍开路，径直走向他，把小海豹们左右推开，掀翻在地。其他的海豹妈妈也这样找自己的孩子，因此这个游戏场上的小海豹们总是得不到安宁。玛特卡跟柯蒂克这样说：“孩子，这里没有什么能伤害你，除非你躺在泥水里，把皮毛弄得癞巴巴的；或者伤口破了，把硬沙子揉了进去；还有就是在风浪里游泳。”

小海豹跟孩子一样，刚出生的时候也不会游泳，但是又总是蠢蠢欲动。柯蒂克第一次下海，一个浪头过来，就把他卷进了没顶的深水里。就像妈妈的歌谣里唱的那样——大脑袋沉下去，小小的后鳍浮了起来。要不是又有一个浪头把他打了回来，他就被淹死了。

于是，他躺在海滩边的水坑里，波浪正好没过他的身体，他学习划动双鳍让自己的身体漂浮起来。当然，他会小心翼翼地躲开那些能把他卷走的大浪。两个星期后，他终于学会了用鳍划水。在这段时间，他反反复复地在水里练习沉浮，不知道被呛了多少次。有时候他太累了，就爬上海滩，在沙堆里小憩一会儿，然后再次下海练习，直到他自己感觉到了如鱼得水的境界。

于是，你想象一下，他和他的伙伴们是多么高兴！他们要么对着大浪迎头而上潜下水去；要么，跨着高高的海浪，随浪涌向遥远的海滩，只听得“扑通”一声，水花四溅，他们也落到地上；要么，就像老海豹一样，用尾巴支撑着身体站起来，挠着自己的脑袋；或者，爬上伸出浅海湾的长满杂草的滑溜溜的岩石顶做游戏。有时候，水里会有一条薄薄的像大鲨鱼鱼翅的东西正紧贴着海岸漂过来，他认识，这是逆戟鲸格兰普斯的鳍。格兰普斯很凶恶，他要是抓住年轻的海豹，就会毫不犹豫地吞下去。所以，柯蒂克会像离弦的箭一样逃向海滩。那只鱼翅便会慢慢地若无其事地扭摆开去。

一进入10月，海豹们便三三两两地离开圣保罗岛。此时，这里不再有为争夺喂养小海豹的窝而起的战争了，“单身汉”们也可以随意地自由玩耍了。玛特卡对柯蒂克说：“明年，你就长大了，但是你得先学会捕鱼。”

柯蒂克和妈妈一起出发横渡太平洋，他跟妈妈学习怎样仰天躺着睡觉：把鳍紧贴身子收拢，小鼻子露出水面一丁点儿。什么样的摇篮也比不上太平洋上的波浪舒服，因为漫长的波浪摇荡起伏，柯蒂克全身的皮肤都被冲得痒酥酥的。玛特卡说，这是他正品尝海水的味道。那种感觉若是有点刺痛，又有点酸麻，这说明坏天气就要来了，他应该赶紧离开这里，所以要快点游。

“不用多久，”她说，“你就知道该游向哪里了，不过我们现在最好跟着波帕斯，他是一只聪明的海豚。”一群海豚在海底飞快地游着，小柯蒂克使出吃奶的劲儿紧跟着。“你们怎么知道往哪游呢？”他气喘吁吁地问。海豚的头领翻了翻白眼，一头扎了下去。“我的尾巴觉得有点刺痛，小家伙。”他说，“那就是说，一场风暴马上就要来了。跟上，如果你在‘黏糊糊的海水’（他指的是赤道）的南边，你的尾巴有点刺痛的感觉，那就说明你前面有风暴，那么你就得往北游。快点游吧，我觉得这儿的海水有点儿不对劲。”

柯蒂克时时刻刻都在学习。这只是他学会的很多很多事情中的一件，玛特卡教给他怎么沿着海底的沙洲追鳕鱼和比目鱼；从海草丛中的洞穴里挖出黑贝；还有怎么绕过海底一百英寻[①]深的地方的沉船残骸：在鱼群中间，像一颗射出的子弹一样，掠进这边的舷窗，又从另一边游出来。当电闪雷鸣的时候，玛特卡教他如何在浪尖起舞，有礼貌地向短尾巴的信天翁和战舰鹰晃动自己的鳍问候他们，怎么样让鳍紧贴身子、弯起尾巴，一下子跃出水面三四英尺高。她还告诉他，不要搭理飞鱼，因为他们身上没有肉。她教他在海底十英寻深的地方开足马力前进的时候，怎样一口咬下鳕鱼的肩胛肉；还教他坚决不要被小船或者渔船，尤其是划艇诱惑。不到半年时

①英寻，海洋测量中的深度单位，1英寻等于6英尺。

间，他对于深海捕鱼的技巧已经相当娴熟了。这段时间，他一直待在水里。

忽然有一天，在胡安·费尔南德斯岛附近，当他正半睡半醒躺在温暖的海水里时，觉得全身晕乎乎、懒洋洋的，就像人类感觉春天要来了一样，他的脑海里又浮现出七千英里外的诺瓦斯托西纳的海滩，那里既舒服又结实，他和同伴们在那里玩游戏，他仿佛又闻到了海草的气味，听见了海豹的咆哮，看见了海豹们扭成一团。霎时间，他掉转方向，不停地游向北方。一路上，他遇到了几十个同伴，他们都游向同一个地方。他们对他说："柯蒂克，你好！今年我们都长大了，可以在卢坎龙那边的激浪上跳舞了，还可以在嫩草地上玩了，不过，你这身毛皮是从哪里弄来的？"

柯蒂克的皮毛现在几乎成了纯白色的了，这可是他引以为傲的，但是他只是说了句："快点游吧，我太想念那里的陆地了！"于是他们全都回到了那片故土。他们出生在那里，他们听见他们的长辈在雾气里战斗。

那天晚上，柯蒂克和一岁的海豹们一起跳起了火焰舞。在那个夏天的夜晚，从诺瓦斯托西纳一直到卢坎龙，大海里到处都是熠熠发光的火焰。每头海豹都像是燃烧着的油，在身后留下了一道亮痕。当他们跳跃的时候，波浪被他们迸发出的闪亮的火光击碎成无数片发着粼光的条纹和旋涡。后来他们上了岸，来到"单身汉"的地盘，他们在青嫩的麦子地里肆意翻滚，互相聊着他们在海里的经历。他们讲起太平洋，就像男孩子们讲起他们去采摘干果的那个树林。要是有人能听懂他们的话，那么他回去一定可以描绘出一幅从来没有人画过的大洋地图。一群成年的"单身汉"从哈钦森山上蹦跳而下，喊道：“小家伙们，让开道！海水深着呢，你们才知道多少东西？等你们绕过合恩角再说吧！喂，你这个一岁的小家伙，你这身白外套从哪弄来的？”

“不是弄来的，”柯蒂克说，“是自己长出来的。”他正想跟说话的那家伙干一仗，突然从沙丘后面来两个长着黑头发和扁平红脸庞的人。柯蒂克从来没见过人，于是他低下了头。而那些霍卢斯契基只是慌慌张张地往旁边躲，然后呆呆地坐在那里干瞪眼。这两个人是岛上捕海豹的猎人首领克里克·布特林和他的儿子帕塔拉蒙。他们来自一个离小海豹窝不到半英里远的小村庄，他们正在考虑把哪些海豹赶到屠场去（海豹和羊一个样，是被赶着走的）以便能套上海豹皮外套。

帕塔拉蒙说：“嘀，快看，这里有只白海豹！”

尽管皮肤上沾满了油腻和煤烟，克里克·布特林的脸色还是瞬间变得苍白。他是阿留申岛民，那里的人一般都很讲究。接着他念叨起祷词。“别碰他，帕塔拉蒙。从我出生开始，我还从没见过一只白海豹。也许，他是老扎哈罗夫的鬼魂，去年那场大风暴把他带走了。”

“我也没打算到他跟前去。”帕塔拉蒙说，“他是不吉利的。不过，你确定这真的是老扎哈罗夫吗？我还欠他几个海鸥蛋。”

“别看他。”克里克说，“赶那群四岁的海豹吧，虽然工人们今天应该剥二百张海豹皮，不过，季节才刚开始，他们还不太熟练，一百张也就够了，快点！”

帕塔拉蒙在他们面前敲起了一对海豹肩胛骨。他们都呆住了，只是呼哧呼哧喘气。他往前走了几步，海豹们便开始移动，于是，克里克就领着他们往内陆走。他们根本就没有想过掉头回去。好几十万只海豹眼睁睁看着同伴们被赶走，却不管不问，只是各自玩各自的。只有柯蒂克提出为什么，只是没有人、也没办法告诉他。他们只知道，每年有一个半月到两个月的时间，人们总是这样来赶走海豹。

“我要跟着他们。”他说。他果真跟着那群海豹爬了过去，眼珠子都要掉出来了。

“那只白海豹跟来了！”帕塔拉蒙喊了起来，“有史以来第一次有海豹自己独自去屠宰场！”

“嘘——别往后看！”克里克说，“那是扎罗哈夫的鬼魂，一定是的，我一定得告诉神父。”

到屠宰场的这半英里路，他们要走上一个小时。因为克里克知道，要是海豹们走得太快，他们就会发热，剥了皮后，上面的毛会一簇簇脱落。于是，他们慢吞吞地向前走，经过海狮颈、韦伯斯特府邸，直到他们来到海豹们看不见的撒尔特邸宅。柯蒂克气喘吁吁地、很好奇地跟在后面。他以为他已经到了世界的尽头，可是身后海豹营地的吼声仍然响亮，像火车隆隆地穿过隧道。接着，克里克坐在苔藓上，掏出一只笨重的锡锻怀表。半个小时过去了，这群海豹也凉快了下来。柯蒂克甚至听见了清晨的露珠从他的帽檐上滴落的声音。接着，十来个人走了过来，他们手里都拿着一根包着铁皮的三四英尺长的木棒。克里克把海豹群里的几只伤员或者赶路赶得太热的海豹指给他们看。他们脚上穿着海象脖颈皮制成的厚靴子，抬脚便把那几只海豹踢一边去了。接着，克里克说：“干吧！”于是那些人便举起了棍棒。

十分钟后，小柯蒂克就认不出他的伙伴们了，因为人们已经把他们的皮从鼻尖一直撕到后鳍，猛地扯了下来，扔到地上。那儿已经堆了一大堆。

看到这一幕，柯蒂克感到十分恐惧，于是他转身就一路疯狂地奔回到大海，这时，他的小胡须也已经一根根地竖了起来，在叫“海狮颈”的浅海滩上，坐着巨大的海狮，这些海狮通常情况下会一起待在这里，很少和外人来往。所以当柯蒂克跳进清凉的海里，不停地在海里摇晃着并痛苦地喘着粗气时，有一只海狮就好奇地问他：“那里发生了什么事情？”

“斯库奇尼！我已经感到孤独来到我这里了，”柯蒂克说，“那群人太可怕了，他们把海滩上的成年同伴们——霍卢斯契基们都杀死了。”

海狮扭头看了看，“胡说八道！”海狮说，“你听，你的朋友们还在那里大声嚷嚷呢，跟往常一样。一定是老克里克杀了一群海豹，被你看见了吧？三十年来，他一直那么做。”

“太恐怖了。”柯蒂克说。正说着，打来一个浪头，他一边往后退，一边划动双鳍打了个转，停住了身体。这时候，他距离一块齿形岩石边只有三英寸。

“漂亮！小伙子，你真的只有一岁吗？”海狮十分欣赏他的游泳技术，很高超，“我想，在你看来，这确实挺可怕的。但是，你们海豹每年总是来这。人们理所当然不会不晓得。除非你能找到一个无人岛，不然他们总会来赶走你们的！”

“世界上真的存在这样的岛吗？”柯蒂克问。

“二十年来，我一直跟着大比目鱼波尔图，反正我没找到过这样的岛屿。你好像很喜欢与长者交谈。你可以去海象小岛上找西威奇，说不定他知道。别跑那么快啊，那里离这儿有六海里呢！小家伙，我要是你，我就会先上岸去打个盹儿。”

柯蒂克表示赞同这个建议，所以他先游回自己的海滩，睡了半个小时。他睡觉的时候跟其他海豹一样全身抽动。海象小岛低矮多岩，岛上全是岩石台阶和海鸥窝，海象们成群结队地在那里生活。这个小岛位于诺瓦斯托西纳的东北方向。柯蒂克睡醒后就直接出发了。

他上了岸，那个地方离老西威奇很近。西威奇是一只北太平洋的丑陋的大海象，因为他长着粗粗的脖子和长长的牙齿，有肥胖的身躯，而且满身的疙瘩。他除了睡觉的时候外，是一只没有礼貌的海象。柯蒂克到那时，恰巧他在睡觉，身体半浸在海水里。

“该醒醒了。”柯蒂克大声喊道。因为海鸥此时的叫声让人感到震耳欲聋。

“嗨！哨！哼！发生了什么事情？”西威奇问道。他用长长的牙齿只敲了一下就把旁边的海象敲醒了，而其余的海象也用同样的方法把所有的同伴都敲醒了。醒来的海象环顾周围，可就是不看传来那个声音的地方。

“你好！看到我了吗？”这时海象看到白色的柯蒂克就像鼻涕虫一样在水面上漂来漂去。

“哦，让上帝……把我的皮剥了吧。”西威奇说道。海象们一起紧紧地盯着柯蒂克，就像在俱乐部里本来绅士们都在打瞌睡，忽然来了一个小男孩，大家都在盯着他看一样。可是柯蒂克看够了剥皮的事情，所以他已经不想再听到有关剥皮的事情了。于是他喊道："请问你们当中谁知道有可以让海豹去住而人却从没有到过的地方吗？"

西威奇闭上眼睛说："你去找找吧，我们都忙着呢，快离开这儿。"

柯蒂克知道虽然西威奇看起来很吓人，可他从来不吃一条鱼，他只会用鼻子挖蛤蜊和海草吃。于是，柯蒂克就学海豚那样腾空跳起，用尽最大的力气使劲喊道："你这个吃蛤蜊的家伙！吃蛤蜊的家伙！"后来，利默欣告诉我，几乎有五分钟的时间，那些总爱欺辱人的市长鸥、三趾鸥和海鹦们都在响应这句话，他们在不停地喊着："你这个爱吃蛤蜊的家伙。"那时候就算朝岛上开炮，大家也听不到炮声。但是西威奇在那里只是一边哼唧着，一边翻动着身体。

因为大声喊叫而喘不上气的柯蒂克问："现在你该告诉我了吧？"

西威奇回答道："去问海牛吧。只要他还活着就会告诉你。"

柯蒂克一面转身一面说道："可是我不认识海牛啊。"

"海牛是大海里唯一比西威奇长得丑的，"一只市长鸥一边在西威奇鼻子底下盘旋一边尖叫，"不仅丑，而且是非常没有礼貌的老头。"

海鸥还在尖叫着，而柯蒂克却已经回到了诺瓦斯托西纳。他觉得，虽然自己尽全力想帮海豹找个不被打扰的地方，但没有一只海豹对他的行为表示赞同。海豹们跟他说，霍卢斯契基总是会被人们赶走的事情一点都不奇怪，他看不惯这样的事情，只能怪他去过屠宰场。但是因为没有一只海豹亲眼看见过屠杀的惨烈场面，所以他们和他无法达成一致意见。更何况，柯蒂克的肤色是与众不同的白色。

“快点长吧孩子，长成跟你爸爸一样大的海豹。到那个时候，你也在海滩上有了一个小窝哺育小海豹，他们就不招惹你了。再过五年，你就能独立战斗了。”老西卡奇听了儿子的冒险经历之后对他说。就连他那温柔的母亲玛特卡也说：“屠杀，你永远也制止不了，去玩吧，柯蒂克。”于是，小小的柯蒂克，怀着十分沉重的心情去跳火焰舞。

那一年的秋季，他早早地离开了海滩，独自上路。他做了一个顽固的决定：如果海里真的有海牛，他就一定要找到他。他还要找一个海豹的天堂，那里有结实的海滩，是个安静的、人们找不到的海岛。于是他一个人从北太平洋找到南太平洋。有时候，他二十四小时内游了三百英里。他的冒险经历数也数不清：差点被长尾鲨、斑点鲨和双窖鲨抓到；遇到了所有在海洋里游荡的无赖；遇到了那些身体笨重但又彬彬有礼的鱼，甚至还有红色斑点的扇贝。他们居住在一个地方已经几百年了，所以他们引以为豪。然而他从来没有遇到过海牛，也没有找到一个中意的海岛。

就算他找到了一处结实的海滩，后面还有让海豹们在上面玩耍的海滩，只要远处的天边能看到冒着黑烟煮着鲸油的捕鲸船，他就完全懂得这意味着什么。有时候他能看出某个海岛上有海豹的痕迹，但是后来被捕杀了。柯蒂克完全有理由相信，只要人类来过一次，那么就会不得安宁。

有一次，他偶遇一只尾巴很短的信天翁。信天翁对他说，克圭伦岛是世界上最安全、最清净的地方，可是柯蒂克却在那里遭遇了一场大冻雨，电闪雷鸣。他差点在黑乎乎的、险恶的悬崖上丢了性命。但是当他准备顶着风暴离开的时候，他也看到这里曾经有过一块哺育小海豹的营地，跟其他所有他到过的海岛一样。

利默欣提到了好些海岛的名字。他说，柯蒂克花五个季节的时间来寻找他的理想天堂，而每年只在诺瓦斯托西纳逗留四个月，这个时候，他和他幻想中的岛屿总是遭到霍卢斯契基们的奚落。他去过加拉帕戈斯群岛——赤道线上一块干燥到极点的地方——他在那里差点被烤煳；他去过乔治亚群岛、南奥克尼群岛、埃默腊尔德岛、小南丁格尔岛、果夫岛、布维岛、克罗泽群岛……甚至还到过好望角阴暗的一个小小的岛屿。可是不管到了哪里，海里的居民告诉他的全都是一样的：海豹来过，但是被人们赶尽杀绝了。甚至，当他游了几千英里，到了太平洋以外的海域，在那里有个叫科连特斯角的地方，那里的几百头皮毛脏乱的海豹对他说，人们也来过这里。那时候，他刚从果夫岛回来。

这些经历深深地伤透了他的心，他绕过合恩角北上回家乡的途中见到了一只年纪很大的海豹。他已经没有力气去捕捉食物了，在一座树木翠绿的小岛上住着。柯蒂克为他捉鱼，对他诉说自己的烦恼："我马上要到诺瓦斯托西纳去了，即使以后和同伴一起被赶到屠宰场去，我也不会反抗了。"

老海豹说："当人们将我们玛撒弗埃拉海豹灭绝得只剩我时，海滩上有个传说——将来，会有一只从北方来的白海豹带领海豹们去一个安全的地方。我等不到那天了，但别的海豹还有希望，你就再努力一次吧。"

这个说法给了他极大的鼓舞，当夏天他回到诺瓦斯托西纳时，他已经长得像他的父亲一样是个成年海豹了，肩膀上有白色卷曲的毛发，看起来很威武。妈妈想让他结婚成家，可他却说："下个季度吧，就像最靠近海滩的是第七个海浪一样。”

在柯蒂克要进行最后一次探险的前夜，他在卢坎龙海滩上与另一只认为自己也可以在下一年结婚的海豹跳舞，他们一晚都在跳火焰舞。

他跟着一群让他身体保持良好状态的比目鱼向西游去，因为他每天至少需要进食一百磅鱼。最后他累得在熟悉的柯珀岛的巨浪窝里睡着了。当他在午夜被汹涌的海水推着撞向水底长满海草的海床时，他慢慢地醒了。突然，他发现在海滩的浅水里有些巨大的生物在吃海草，柯蒂克从没有见过这种生物，他们身长二十到三十英尺，没有尾鳍，但有一条就像铲子的尾巴。不吃草时，他们会用尾巴支撑身体，互相鞠躬敬礼时还会摇晃着他们的前鳍。

“你们好！找食物顺利吗？”柯蒂克问道。那巨大的生物摆动着前鳍向他鞠躬。柯蒂克看到他们的上嘴唇分成两半，吃食物时可以把上嘴唇扯到一英尺长，嘴里装满海草后就把裂口合住，然后就开始咀嚼。

柯蒂克说：“这么吃真不利索。”他们又开始鞠躬，现在柯蒂克有些着急了。他说：“你们不用显摆比别人多一节的前鳍。我知道你们很有礼貌，请问你们尊姓大名是什么？”可是他们只是呆呆地看着他，嘴唇嚅动着却并不说话。

忽然柯蒂克知道他找到海牛了，因为他们就像那只在他是小海豹时遇见的市长鸥说的一样：“他们是唯一比西威奇还丑而且更没有礼貌的动物。”于是他赶紧回到海里。

海牛仍旧在海草丛中撕扯吞咽着海草。柯蒂克尽其所能，用各种他在漫游途中学来的语言向他们提问。海族语种几乎跟人类的一样多。只是，因为海牛脖子上少了一块骨头，所以他们不会说话，无法回答他。据说，他们在海底甚至跟同伴们都无法交流，但是，因为他们的前鳍上多了一块骨头，所以，他们前鳍的上下挥舞也勉强算是一种交谈语言。

到天亮的时候，柯蒂克的耐心几乎已经磨没了。他的克制力已经飞到了九霄云外。这时候，海牛开始向北旅行，还不时用可笑的鞠躬方式商讨什么。所以他们的速度很慢。柯蒂克无奈地跟在他们后面，自言自语："像他们这么愚笨的物种，既然还能存活，说明有安全的栖息地。对他们有好处的地方，对我们来说也足够好。不过，要是他们能快点就更好了！"

这种旅行对柯蒂克来说是一种折磨。海牛们白天不过行进四五十英里，到了晚上就停下来进食，而且离海岸很近。柯蒂克绞尽脑汁，不管是绕圈子还是在他们上面或者下面游，他们都无动于衷。他们过了赤道，每几个小时，就会聚在一起鞠躬商议。柯蒂克差点把自己的胡须咬下来，他实在是忍受不了了。要不是他发现他们是在追随一股暖流，否则，真的对他们不客气了。

有天晚上，他们像石头一样沉进了闪闪发光的海水里，迅速地游了起来。柯蒂克惊讶地跟着他们，自从认识他们以来，这还是第一次见他们速度这么快。在他的印象里，海牛游泳的技能并不出色。岸边有一处峭壁，底部深深埋在水底，他们朝那游去，他们钻进了离水面二十英寻的峭壁底部一个黑乎乎的洞穴。过了很久很久，柯蒂克虽然几乎要窒息了，但还是一直跟着他们。

"我的大脑缺氧了！"他浮出水面，大口大口地喘着粗气，"这段长长的潜游，还是值得的。"

只见海牛四下散开，正悠然自得地吃着草。这片海滩，是柯蒂克见过的最出色的：一望无际的岩石，光溜溜地延伸到数英里之外，很适合做海豹的哺育场所；岩石后面那片倾斜伸向内陆的坚实的沙地，可以做嬉戏场；还有可以让海豹在上面起舞的大浪，供海豹打滚的茂密的野草以及爬上爬下的沙丘。最让人拍手叫绝的是，海水的味道告诉他，这里没有人类的脚印。作为一只海豹，他是不会弄错的。

为了弄清楚这儿能不能捕到很多鱼，他沿着海滩游了过去，数了数那在流动的雾气中若隐若现的低洼多沙的小岛。一连串的沙洲浅滩和暗礁出现在北边出海的地方，没有船只能开到离海滩六英里以内的范围。小岛群和陆地之间的深水区，延伸到垂直的峭壁脚下，那条隧道的出口就在悬崖下面的某个地方。

“这儿几乎跟诺瓦斯托西纳是一样的，但是要远远好于那里。”柯蒂克说，“海牛远比我想象的聪明。就算这里有人，他们也没有办法从峭壁上下来。而且，海边的沙洲会把船撞碎。这儿就是大海里安全的地方。”

他急于要回去，回到诺瓦斯托西纳，他想念留在家里的海豹们。但是为了能够回答所有提出的问题，他还是仔细地考察了一番。

然后，他开始潜水，摸清楚隧道的出口之后，迅速南游。柯蒂克回头望了望悬崖，甚至他自己也很难相信，他曾经来过这里。谁也不会想到这里是海牛和海豹的世外桃源。

即使他飞快地游，也还是用了六天时间才赶回去。当他从海狮颈下面上岸的时候，他看到了那个一直在等他的海豹。他俩对视了一眼，她知道他找到了他想找的岛屿。

但是，大家都嘲笑他，包括那些单身汉和他的父亲。

一头与他年龄相仿的年轻海豹说：“这话听起来挺好，柯蒂克，可是你无权命令我们出发。你要知道，我们曾经为了我们的哺养营地战斗，而你只是在海里游来荡去。”

“可是那时候我不需要战斗啊，我只是想跟你们一起去一个很安全的地方生活，为什么要打架呢？”柯蒂克说。

“哦，既然你愿意当缩头乌龟，我也没什么意见。”那头年轻海豹不安好心地笑着。

“要是我赢了，你愿意跟我一起去吗？”柯蒂克生气地问，因为现在的局势看起来他不得不打一仗，他的眼睛泛着绿油油的光。

“很好。”年轻海豹轻蔑地说，“只要你打赢了，我就跟你去。”他没有时间退缩了，因为柯蒂克已经冲了过来，一口咬向年轻海豹的脖子，接着，他朝后一歪，俯下身来，拽他到海滩上，使劲摇晃，把他打翻在地。接着，柯蒂克吼了起来：“五个季度以来，我费劲全力，找了一个安全的海岛。可要是不给你们点颜色看看，你们就是不相信，那么我们只能比试一下了。小心点。”利默欣每年都能见到数万头海豹的战斗。他跟我说，在他短短的一生当中，从没见过像柯蒂克那样的攻击：他对着他能找到的个头最大的海豹发动进攻，卡住对方的喉咙，让对方呼吸困难，噼里啪啦打一顿，直到对方求饶。然后再转向下一头海豹。你要知道，柯蒂克从没像大海豹那样禁食，而他的深海旅行又锻炼了他的体能。最有意思的是，他从没打过架。他生气的时候，卷曲的白色鬃毛就竖了起来，眼睛里满是怒火，大犬牙发着白光，好神气！

他的老父亲西卡奇看着他把那些老海豹像大比目鱼一样推搡，把那些身强力壮的单身汉撞得东倒西歪时，他再也坐不住了，吼了一声：“也许他很傻，但是他很出色，不是吗？儿子。我站在你这边。”柯蒂克大吼着应了一声。于是老西卡奇也参加了战斗。他的胡须竖了起来，吼起来像个火车头。玛特卡和柯蒂克未来的妻子退到一边，为他们加油助威。这场决斗，父子俩得胜。他俩肩并肩，边吼叫边在海滩上神气十足地走来走去。

北极光在雾气中闪烁的时候，天刚黑。柯蒂克爬上了一块光溜溜的岩石，低头看着受伤的海豹们和凌乱的战场：“你们已经得到了教训。”

老西卡奇也被咬得伤痕累累，费力地站直身说：“逆戟鲸也就把他们教训成这个样子，臭小子，我真为你自豪。不仅如此，我还要跟你一起去那儿，如果真有那个岛的话。”

“你们这群白痴，谁跟我走？说，不然我又要打你们了！”柯蒂克吼叫起来。

长长的海滩，疲倦的喃喃声像潮水拍打海岸般此起彼伏：“我们跟你去。我们愿意跟随白海豹柯蒂克。”

柯蒂克很骄傲，他把脑袋垂到双肩里，闭上了眼睛。他不再是一只白海豹，他全身都红了，可是，他对自己的伤口却不屑一顾。

一周后，他和他那将近一万的大军浩浩荡荡地开往北方海牛的世外桃源隧道，柯蒂克带领着那些被留下的家伙——称为白痴的海豹们离开。但是第二年，留下的海豹和跟随科蒂克离开的海豹在太平洋上相遇了。跟随柯蒂克的那群海豹讲了很多有关新家的故事，于是每年都有更多的海豹离开诺瓦斯托西纳。

当然，事情不是一蹴而就的。因为海豹们总是要耗费时间盘算一番。但是，年复一年，每年都有更多的海豹离开那里，离开卢坎龙，离开其他的营地，去往那个安静又隐蔽的世外桃源。每年夏天，柯蒂克都坐在那里，看那些海豹在他周围不受人类干扰地嬉戏玩耍，而他也一年比一年更加高大、肥胖、壮实。

5. “里基 · 蒂基 · 塔维”

有一个洞穴，他钻了进去。红红的眼睛，皱巴巴的皮肤。
小红眼睛如此说：
纳格，与死亡共舞吧！
眼对眼，头顶头。
跟上节奏，纳格，
舞蹈不会结束，直到分出胜负。
悉听尊便，纳格，
你一招，我一式，互不相让。
快逃吧，纳格！
哈，死神放过了一个。
轮到你了，纳格。

在塞戈利驻屯地，有一幢宽大的平房。在浴室里，里基 · 蒂基 · 塔维单枪匹马作战，长尾缝衣莺达尔奇给了他援助，麝鼠丘琼德尔当了回军师，而以往，他从来不敢跑到房屋中间，只是贴着墙根儿走。所以，真正投入战斗的，只是里基·蒂基·塔维自己。

他是一只毛皮和尾巴长得有点像小猫的獴，但是他的脑袋和生活习惯却跟黄鼠狼有点相似。他的眼睛是红色的，他的鼻子不停地嗅来嗅去，那鼻尖也是浅红色的。他可以用任何一条腿去挠身体的任何地方；他能让尾巴鼓起来，上面的毛蓬松得像一只刷瓶子的刷子；他在草丛里奔跑的时候，总是发出这样的喊声：里基——蒂克——蒂基——蒂基——恰克!

有一年夏天，发了一场大洪水，洪水把他从家里冲了出来，冲到了路边的沟里。起初他还能咕咕地挣扎，后来他只能紧紧抓住沟边漂浮的一把青草，直至昏了过去。当他醒来的时候，烈日当空，他躺在一条花园小路的中间，湿漉漉、脏兮兮的。一个小男孩正在说："这里有只死了的獴，我们为他举行葬礼吧？"

"不要。"他妈妈说，"我们把他带到屋里吧，给他擦擦水，说不定他还活着。"

他们把他拿进了屋里，一个人用拇指和食指把他拎了起来，这是男主人的手。他说："他还活着，只是被水给呛坏了。"他们找了些棉絮，把他包了起来，放在火堆旁边取暖。他慢慢地暖和过来，睁开了眼睛，并打了个喷嚏。

男主人很高大，是个英国人，刚刚搬进这幢平房。他说："现在没事了，别把他吓着了。我们看看他打算干点什么。"

要吓唬到一只獴可没那么简单，因为他全身都是好奇细胞。所有的獴都信奉一条格言——快去看看是怎么回事。而里基·蒂基是一只货真价实的獴。他看了看棉絮，认为这不是食物，便围着桌子跑了一圈。之后坐下来梳理自己的皮毛，又挠挠痒，然后跳到了小男孩的肩膀上。

“特迪，不要害怕，这表示他喜欢你，想要跟你做朋友！”小男孩的父亲如此说道。

“哎哟，他蹭得我的下巴好痒！”特迪说。

里基·蒂基把他的小脑袋伸到小男孩的衣领和脖子中间看了看，又闻了闻他的耳朵，便爬到了地板上，坐在那里揉鼻子。

“上帝啊，这是野生动物吗？他看起来好温顺，是因为我们对他好吗？”特迪的妈妈说。

“獴都是这样子，”她的丈夫说，“只要不拎着他的尾巴，也不打算把他关起来，他就会整天跑来跑去的。我们给他点东西吃吧！”

他们给他一小块生肉，里基·蒂基吃得津津有味。吃完后他就跑到外面的门廊上晒太阳。他把他的皮毛蓬松开，把它彻底晒干。他觉得那样就舒服多了。

“这幢房子里有那么多我没见过的东西，简直比我全家人看到的东西加起来还要多，我要仔细研究研究。”

那段时间，他整天在屋里游荡，差点在洗澡盆里被淹死；他把鼻子伸进了墨水瓶里，又伸到男主人的雪茄烟头上，把鼻子烫伤了，原因是他爬到了男主人的膝盖上，想看看字是怎么写出来的；天黑的时候，他跑进特迪的房间，那是儿童室，他去看看煤油灯是怎么点着的；特迪上床的时候，他也爬了上去。只是，他天生活泼好动，只要一听见声音就要起来看个究竟。特迪的父母睡觉之前进来看了看特迪。这时候，里基·蒂基正躺在枕头上，还没睡。特迪的妈妈担忧地说：“我不喜欢这样，说不定他会咬伤特迪。”

“不会的，有那个小野兽看守着，特迪比大猎狗在跟前还要安全。比如，要是有蛇爬进来……”

“别说了，希望不会发生这样可怕的事情。”特迪的母亲打断了父亲的话。

早晨，里基·蒂基坐在特迪肩膀上，在门廊上吃香蕉和煮熟的鸡蛋。他轮流坐在他们一家人的膝盖上，因为这家人都希望有一天这只獴能够成为家獴，他可以随意地在房间进进出出。里基·蒂基的母亲以前住在将军的府邸，她曾经小心地教给里基·蒂基，当遇到白人的时候，如何跟他们相处。

后来，里基·蒂基的活动范围扩展到了外面的花园，他的好奇心也被调动了起来。外面有一座很大的花园，一丛丛的尼尔元帅玫瑰、酸橙树、橙子树和一簇簇竹林、一块块高大茂盛的草丛才占据了花园一半的面积，每一丛玫瑰都有一座凉亭那么大。这种玫瑰，是1864年培育出来的，以拿破仑麾下的元帅道尔夫·尼尔的名字命名。里基·蒂基咂咂嘴：“在这里打猎绝对棒极了！”他一想到这儿，尾巴就变成了瓶刷。他肆意地在花园里跑来跑去。他听到悲恸欲绝的声音，循着声音来到一处荆棘丛，那是长尾缝衣莺达尔奇和他妻子的家。他们用植物纤维缝合了两片巨大的树叶，中间铺上柔软的棉花和羽毛，这是一个非常完美的鸟巢。但是现在，他们正坐在边上哭得伤心欲绝。

“发生什么事情了？”里基·蒂基问。

“昨天，我们的一个孩子跌出了巢，纳格把他给吃了，我们太伤心了。”达尔奇解释说。

“天呐，这真是个悲剧。不过我刚刚搬来，冒昧问一下，纳格是谁啊？”里基·蒂基说。

正在这时，荆棘丛下浓密的草丛里传来了低低的嗞嗞声——这可怕冰冷的声音，把达尔奇和他的妻子吓得连话也不敢说就缩回了自己的巢里，而里基·蒂基也被吓得一下子跳出去两英尺。接着，大黑眼镜蛇纳格的脑袋和鼓胀的头一点点出现在他们的视线中，他的身体足足有五英尺。当他的身体离开地面三分之一时，他会像风中的蒲公英一样左右摇摆来平衡自己。他的蛇眼如此邪恶，死死地盯着里基·蒂基。蛇的表情不会出卖他的内心。

“谁是纳格？”他说，“我就是，当第一条眼镜蛇鼓起头，为正在睡觉的大梵天神遮住阳光的时候，大神就在我们身上打下了他的印记。看吧，你不害怕吗？”

他更加卖力地鼓起头，背面的眼镜印记在里基·蒂基看来，像是一只搭钩纽扣的孔眼。一分钟之后，里基·蒂基就不再害怕了。虽然他以前根本没见过活的眼镜蛇，但是他的妈妈给他吃过死的。他知道，獴一旦成年，遇到蛇就要战斗，并且吃掉蛇，这是獴们毕生的信条。纳格也知道，其实他内心深处，还是有所忌惮的。

“好吧，”里基·蒂基又竖起了他蓬松的尾巴，“不管有没有印记，你吃掉那只跌出巢的雏鸟，是不对的。”

纳格正在盘算着什么。他看着里基·蒂基身后草丛里极其微小的动静。他知道，只要有了獴，他们一家迟早都得面临死亡。但是，为了放松里基·蒂基的警惕，他微微低下脑袋，偏着脑袋说：“我们谈一谈吧，你能吃蛋，我为什么不能吃鸟呢？”

“小心，注意你身后！”达尔奇喊道。

里基·蒂基没有浪费时间去看后面，他用力往空中跳得很高。

纳格那个狡猾的妻子——纳吉娜从他身体下面溜过。原本她想趁机杀死他，可他听到了她失败后暴怒的声音。现在他跳在了她的背上，因为还太年轻，他不知道现在是杀死她的有利时机。他咬了一下后，便跳开了。受伤的纳吉娜用她的尾巴进行反击，但被他躲过去了。

纳格用力去扫鸟巢，可达尔齐早就把巢筑在了荆棘丛的高处，现在鸟巢来回摇晃，蛇就是够不到它。纳格说："坏极了，达尔齐坏极了。"

里基·蒂基发怒了，他的眼睛发热变红了。他像袋鼠一样坐在自己的尾巴和后腿上观察四周的情况，嘴里喳喳叫个不停。但是纳格和纳吉娜已经躲起来了。蛇一旦进攻受挫之后，往往一言不发，也没有什么迹象能看出他的下一步企图。里基·蒂基对于同时对付两条蛇还没什么把握，也就没有跟踪他们，只是坐在房子附近的碎石小路上思考。这件事对他来说可是十分严肃的事情。有些自然历史的书上说，蛇獴在战斗时，如果獴被咬伤，就会跑开去寻找一种能够治伤的草药。事实上，这是一种谬论。

有时候输赢只在眨眼之间。蛇出击獴的头部的时候，动作比人的眼睛快得多，蛇獴之争的关键比任何药草还要神奇。里基·蒂基知道，他还很年轻，一想到自己想办法躲开了背后的蛇的攻击，他还是很欣慰的。所以，他的自信开始增强。这时，特迪一路小跑过来，里基·蒂基很享受他的爱抚。但是，还没等特迪弯下腰来，里基·蒂基就发现什么东西在尘土里微微蠕动了一下。他听见有个声音轻声说："小心点，我要杀了你。"他叫克赖特，是一种专门生活在泥土里的棕色小蛇，由于他的身体常常蒙满灰尘，又十分细小，所以人们常常注意不到他。又因为他和眼镜蛇一样有毒，所以，对人们有更大的危害。

里基·蒂基的眼睛又变红了，他用一种传承下来的、特殊的晃动摇摆姿势跳向克赖特。这种姿势看上去有点滑稽。可是就是这种步子，却又巧妙地让身体保持了平衡，以至于他可以随时转向他喜欢和想要去的方向。与蛇对抗，这是他的优势。只是现在的里基·蒂基还体会不到。现在他与克赖特的战斗远比和纳格的更危险，因为克赖特身体小，转身快。如果里基·蒂基不能咬到他的命门——背后紧挨脑袋的地方，那么里基·蒂基的眼睛或者嘴唇就会受到反击。只是里基·蒂基不知道的是，他的眼睛全变红了，他前后摇晃着身体，寻找攻击的好时机。克赖特出击了，里基·蒂基往一边闪了一下，准备与他短兵相接。可是那个蒙满尘土的、小小的灰脑袋迅速发动攻击，差一点点就咬到里基·蒂基的肩头了。里基·蒂基不得不闪身躲避，跳过克赖特。可是那个邪恶的脑袋紧追不放。

特迪冲着屋里喊："哦，快来，我们的獴正在跟一条蛇打仗！"里基·蒂基听见了特迪母亲的尖叫声。特迪的父亲跑了出来，手里紧紧拿着一根木棒。但是，等他跑出来的时候，克赖特的攻击过了头，里基·蒂基起身跳到了蛇背上。他低下脑袋，冲着蛇的命门狠狠咬了一大口，一个筋斗翻下来。这一口要了克赖特的命。里基·蒂基正想跑过去美美地吃一顿，忽然想起，吃得太胖会使动作受到影响。于是，他放弃了美食。在特迪父亲捶打死去的克赖特时，他走向荨麻树丛，在泥土里打滚。里基·蒂基心想："我已经杀死了他，你捶打他不是多此一举吗？"而接下来发生的事情让他目瞪口呆：特迪母亲一把把里基·蒂基从土里抱起来，哭着说他是特迪的救命恩人；特迪父亲说他是上帝派来的天使。他觉得，这些激动和忙乱有点滑稽。事实上，他不知道他们在干吗。在他眼里，特迪母亲也可能只是因为他在泥土里玩而抚摩他。他觉得，这里的生活很惬意，很快活。

那天晚上，他在餐桌上的酒杯中间来来回回，可以随意吃任何想吃的东西，他吃了太多的东西，以至于肚子撑得大大的。虽然特迪母亲称赞了他，一直宠爱地抚摩着他，他坐在特迪的肩膀上很舒服，但是他的眼睛仍然时不时变成火红色，因为他想到了纳格和纳吉娜，他发出战斗呐喊：里基——蒂基——蒂克——恰克。

特迪把里基·蒂基抱上床，让他睡在他的下巴颏底下。里基·蒂基从来不咬人也不抓人。但是等特迪睡着，他便跑下来，在屋子的四周游荡。他遇到过麝鼠丘琼德尔，当时他正绕着墙根遛圈子。丘琼德尔是一只胆小的小动物，整夜呜咽吱吱叫。他没有胆子跑到屋子中央。

“别杀我，里基·蒂基，别杀我！”丘琼德尔几乎要哭了。

“你认为杀蛇的我会杀你这只麝鼠？”里基·蒂基高傲起来。

“会游泳的总是会被水淹死。”丘琼德尔悲伤地说，“说不定在哪个漆黑的夜晚，纳格会把我错当作你给杀了……”

“放心吧，绝对不会出现这种状况。”里基·蒂基说，“纳格只是在花园活动，而你从来都不去的。”

“我的表哥老鼠乔厄跟我说过……”丘琼德尔话说了一半就没接着说。

“跟你说什么？”

“纳格无处不在，里基·蒂基，我想也许你应该去跟乔厄谈一谈。”

“我不去，所以你得跟我说，快说，丘琼德尔，否则……”

丘琼德尔大哭，泪珠顺着他的胡须滚落。他坐了下来，哽咽地说：“我好可怜啊！我从不敢跑到屋子中央去，我什么都不该跟你说，你听不见吗，里基·蒂基？”

里基·蒂基屏住呼吸仔细聆听，一片寂静，但是他觉得他听见了轻微的沙沙声——这大概是世界上最轻微的——像一只黄蜂在窗玻璃上爬。那是蛇的鳞片蹭在砖结构建筑物上的干巴巴的摩擦声。

“那是纳格或者纳吉娜。”他自言自语，“他正在爬浴室的下水道。你说对了，丘琼德尔，我确实应该找乔厄谈一谈。”

他悄悄跑到特迪的浴室，但是没发现什么。他又跑到特迪母亲的浴室，那灰泥墙根下面，被撬起了一块砖作为下水道口，以便放洗澡水。里基·蒂基从澡盆旁边溜了过去，听见了纳格和纳吉娜的对话。

“等到房子没人住了，他就不得不离开了，到那时，花园就又是我们的啦。悄悄进去，记住，先咬死杀克赖特的大个子男人，然后你出来叫我，我们一起去捕杀里基·蒂基。”

“只是，你能确定，杀死里面的人，对我们来说是有利的吗？”纳格问道。

“那当然！要是这房间里没人住了，那么花园里就不会有獴了。要是平房空了，花园就是我们的天下了，想想瓜地里正在孵化的蛋，说不定明天就有破壳而出的了，我们的孩子需要既宽敞又安静的地方成长。”

纳格说："我没考虑到这个，不过我们好像没有必要去围捕里基·蒂基。我先咬死男女主人，可以的话，再加上那个小孩，然后我们就悄悄走开。只要房子一空出来，里基·蒂基就会离开了。"

里基·蒂基被这些话气得浑身发颤。慢慢地，下水道里露出了纳格的脑袋，接下来是他那冷冰冰的五英尺长的身躯。里基·蒂基虽然生气，但是看到这么大的眼镜蛇，心里也是很害怕的。纳格在黑暗中盘起身体抬起头，向浴室张望，他的眼睛在黑暗中闪闪发亮。

里基·蒂基心想："如果我现在动手，纳吉娜就会知道，但是如果在平地上，我会处于劣势，我该怎么办呢？"

纳格摇晃着，去喝给浴盆添水的最大水罐的水。"很好喝，纳吉娜。克赖特被杀的时候，大个子男人拿着一根木棒，他可能还拿着木棒，但是他早晨洗澡的时候肯定是不会拿着的，我就在这等他来洗澡。你听见了吗，亲爱的？我要在这个地方等到早晨。"

外面无人应答，纳吉娜已经离开了。纳格顺着水罐盘成一圈一圈的。里基·蒂基静悄悄地守在那里。一小时以后，他开始慢慢移动。纳格睡着了，里基·蒂基盯着他巨大的背部，考虑从哪下口："如果第一下咬不到脊背，他还会继续打，如果他……哦，里基！"他瞧着头下面粗大的脖子，有点发怵。那个地方难度比较大，但是别的地方不能咬死他，之后还会激怒他。

"必须一口咬到头部，而且咬上了就不能松口。"他心想。

接着，他就跳了起来。头部稍微离开水罐，里基一口向水罐弯曲的罐颈下面咬去，用背死死顶住红色的陶罐鼓起来的地方，以便压住蛇的脑袋。这仅仅让他获得了一秒钟。而这一秒钟也为他赢得了时间，接着，他便像一只被狗咬住的老鼠一样被甩来甩去、来回旋转——上上下下、左左右右、来来回回转起了圈子。但是他的眼睛变红了，嘴巴死死咬住了蛇。蛇像赶车的鞭子，狠狠抽打着地板。他们打翻了勺子、肥皂盒、浴刷，撞上了浴盆边缘。他还是咬住不松口，而且越来越紧。因为他觉得自己要被撞死了，为了家族荣誉，他就是死也要咬紧牙关。他现在头昏脑涨，浑身跟散了架似的。突然，一股热风带着雷鸣般的声音从身后而来，红红的火舌烤焦了他的皮毛。原来这是那个大男人打的枪，他冲着纳格的头开了枪。

里基·蒂基闭着眼睛死死咬住不放，他以为自己已经死了，但是蛇已经不动了。大个子男人抱他起来，说："又是那只獴，爱丽斯，这次，他救了孩子。"接着，特迪母亲进来了，她脸色苍白。里基·蒂基看了看纳格，趺趺撞撞地回到特迪的卧室。后半夜，他感觉自己仍旧一直在摇晃，不知道自己的身体是不是已经碎成了四十块。

早晨醒来，他浑身酸疼，但是他对自己的表现很满意。"现在就剩一个纳吉娜了，她可比纳格要厉害得多。哦，对了，她的卵不知道孵化了没有，不行，我得去找达尔奇。"

里基·蒂基来不及吃早饭就跑去荆棘丛。达尔奇正在放声高歌——凯旋之歌。清洁工打扫了纳格的尸体，所以他的死讯已经遍及整个花园。

里基·蒂基生气地说："哦，你这个笨蛋，现在是唱歌的时候吗？"

"纳格死了，死了，死了。"达尔奇大声高歌，"英雄里基·蒂基咬住不放。男人拿来枪，砰砰两声响，纳格就被炸成两半啦！啦啦啦，他再也不能吃掉我的小孩子了。”

“你说得没错。不过，纳吉娜在哪？”里基·蒂基仔细地观察了四周，问。

“她跑到下水道那里，叫着纳格的名字。”达尔奇继续高歌，“纳格却被挑在木棒上扔了出来，清洁工把他扔到了垃圾堆上。让我们一起歌唱英雄吧！”达尔奇深吸一口气，继续放声高歌。

“如果我能爬上你的鸟巢，我一定把你的娃娃也扔出去！”里基·蒂基说，“你从来不知道什么时候应该做什么事情。你在自己巢里是安全了，可是我还得战斗！闭嘴，别唱了，达尔奇。”

“伟大而美丽的里基·蒂基，我不唱了。你有什么吩咐，英雄里基·蒂基？”

“我第三次问你，纳吉娜去哪儿了？”

“正在牲口棚的垃圾堆上哀悼纳格，长着白牙齿的英雄里基·蒂基。”

“别管我牙齿白不白！不过她的蛇卵在什么地方？”

“瓜地里最靠近围墙的那块地的尽头，那里阳光很好，她把卵藏在那里已经好几个星期了。”

“你之前从没想过要告诉我她那些危险的蛇卵就在那个地方？你的意思是，在最靠近围墙的那块地的尽头？”

“里基·蒂基，你该不会是……想吃掉她的卵？”

“准确地说，不是吃掉，达尔奇，你要是有一点脑子的话，你就回到牲口棚去，假装你的一只翅膀折了，诱使纳吉娜追你到荆棘丛这儿。我现在要是去瓜地，她还能看见我，但我必须去瓜地。”

达尔奇的脑子容不下太多东西，傻了吧唧的。刚开始，他认为杀死他们是不公平的，因为纳吉娜和他们一样，也是在孵卵。但是他的妻子很聪明，她知道蛇卵代表着眼镜蛇，于是，就把小娃娃托付给达尔奇，让他继续在那歌唱纳格的死亡。

她飞到垃圾堆旁边的纳吉娜面前，拍拍翅膀说：“啊，我的翅膀断了，小男孩扔了一块石头，砸断了我的翅膀。”她绝望地扑扇着翅膀。

纳吉娜抬起头，说：“我本来可以杀死里基·蒂基的，都是因为你的警告！说实话，你是来送死的吗？”她在尘土上滑行，向着达尔奇妻子的方向移动。

“男孩用石头打断了我的翅膀！”达尔奇的妻子尖叫。

“既然如此，我跟你说，我要找那个男孩算账。这样的话，我也算为你报仇了。我的丈夫今天死了，但是，在夜幕降临之前，那个男孩也就面临死亡了。你想跑吗？做梦！我一定要抓到你！小傻瓜，看我的！”

达尔奇的妻子心里很亮堂：她绝对不能那么做。因为鸟儿看见蛇的眼睛，就会吓得不敢动。达尔奇妻子继续拍打翅膀，哀戚戚地叫着，不离开地面，纳吉娜加快了脚步。

里基·蒂基听见她们离开了牲口棚，便走上小路，飞快地跑去瓜田。在那里，有二十五枚蛇蛋，个个都有矮脚鸡的蛋那么大，不过有一层灰白色的皮替代了蛋壳。它们被巧妙地藏在西瓜四周温暖的草坑里。

“我来的时间刚刚好。”他说，因为灰白色的皮底下已经能够看见蜷曲着的眼镜蛇娃娃了。他知道，一旦被孵化，每条小蛇都能立刻杀死一只獴，甚至一个男人。他飞快地咬掉蛇蛋的顶端，小心翼翼把小蛇碾碎。他还时不时翻动那窝蛇蛋，看看有没有漏掉的。最后，只剩下三个了，他开心地笑了。

就在这时，达尔奇的妻子的叫声传了过来："里基·蒂基，我把她引到那幢房子了，她进了U形走廊。快来吧，她要咬人了！"

里基·蒂基又压碎了两只，把最后一只叼起来，一个倒滚翻便滚出了瓜地。他急匆匆地奔向走廊。特迪和他的父母正在那里吃早饭，但是里基·蒂基看见了，他们没有吃东西，而是脸色苍白，呆坐着。纳吉娜在特迪椅子旁边的垫子上蜷成一圈。她与特迪的距离使她可以轻而易举地突袭特迪赤裸的腿。现在她正在唱着一支胜利的歌曲。

"小家伙，你的爸爸杀了我的纳格。你不要动，我还没做好准备，等会儿，你们三个人都不能动，你们一动，我就会出击。你们不帮忙，我也要出击，哦，杀死我丈夫的那个愚蠢的人！"

特迪看了看他的父亲。他的父亲也没什么好办法，只是说："特迪，你千万不要动，要安静地待着。"

这时候，里基·蒂基来了。他喊着："转过身来，纳吉娜，转过身来我们决斗吧！"

"会的，"她目不斜视地说，"我得跟你算算咱们的账了。看看你的朋友们，他们脸色苍白，一动也不敢动。他们害怕了。别动，要是再往前走一步，我可就不客气了。"

"那先看看你的蛋吧！在围墙附近的瓜地里。去吧，纳吉娜，去看看吧！"

纳吉娜稍微转了转身，看到了走廊上的蛇蛋："快把它还给我！”

里基·蒂基用两只前爪捧住蛇蛋，但是眼睛又变红了：“为了只蛇蛋，你愿意付出什么代价？为了一条小眼镜蛇呢？还是它将来是王？他是最后一只蛋吧？蚂蚁正在瓜地里吃其他所有的蛋。”

为了一只蛇蛋，纳吉娜忘了一切。她猛地转过身。里基·蒂基看见特迪父亲迅速伸出大手，把特迪从小桌子上拽了过去。特迪安然无恙。里基·蒂基欢笑着说：“上当啦，上当啦，蒂克——恰克——恰克。小孩没事啦，昨天是我在浴室里咬住了纳格的脑袋。”

他高兴地四腿并拢，又蹦又跳。他脑袋挨着地面，上蹿下跳，蹦个没完：“他想把我甩开，可是没办法。我把他杀了，在大个子男人把他炸成两半之前。里基·蒂基·恰克——恰克。来吧，纳吉娜，我们决斗吧，我送你去跟他团聚。”

纳吉娜发现，她错过了杀死特迪的最好时机，而蛇蛋却还在里基·蒂基的手里。“把蛋还给我，把我最后一个蛋还给我，我就走，再也不回来。”她低下头说。

“是的，你会走的，而且再也不回来：因为你就要跟纳格在地狱相聚了！决斗吧，失去丈夫的纳吉娜。大个子男人拿枪去了，我们决斗吧！”

里基·蒂基围着纳吉娜不停地跳跃，总是刚好处在纳吉娜的攻击死角，他的小眼睛红红的，像燃烧的炭块。纳吉娜强打起精神，不断地扑向里基·蒂基，可是里基·蒂基纵身一跃就躲开了。纳吉娜一次又一次地出击，可是几乎每次她的头都会“哐当”一声撞在门廊的草垫上，然后她的脑袋就像弹簧一样缩回去。后来，里基·蒂基围着她绕圈，想寻找机会从背后偷袭，纳吉娜也紧跟着转圈子，让她的头部总是对着他的脑袋，因此，她的尾巴便“噼噼啪啪”地打在草垫上，发出像风吹枯叶一样的声音。

里基·蒂基已经忘了那只蛇蛋仍然放在门廊上，可纳吉娜却没有忘记，她朝蛇蛋移动，越移越近，最后她趁着里基·蒂基松口气的时候，一下子把蛇蛋含在嘴里，转身就逃。而里基·蒂基紧追不舍，他知道，必须抓住纳吉娜，否则，所有的问题又得从头再来一遍。眼镜蛇要逃命，那速度可真叫快，就像一鞭抽在马脖子上。纳吉娜直奔荆棘树旁高高的草丛逃去，奔跑中的里基·蒂基希望有谁能拦住纳吉娜，可惜只听见达尔齐还在家里唱着他那支可笑的胜利之歌。好在达尔齐的妻子比较聪明，纳吉娜刚过来，她就飞出来在纳吉娜头顶上拍打着翅膀。如果达尔齐也来帮忙，纳吉娜可能就跑不了了。受到达尔齐的妻子的干扰，纳吉娜低下头，继续前进。就是这一瞬间的耽搁，里基·蒂基追上了纳吉娜。纳吉娜刚钻进自己的洞穴，里基·蒂基就咬住了她的尾巴，他们一起钻进了纳吉娜和纳格曾经居住的那个洞。无论多么聪明、勇敢、经验丰富的獴，也不愿意追着一条眼镜蛇进入他的洞穴。洞里很黑，什么也看不清，里基·蒂基不知道洞穴哪里会变得开阔，让纳吉娜有机会转过身来攻打自己。他狠狠地咬住，不敢松口，伸开两脚当作刹车，死死抵在洞穴两边闷热潮湿的泥土上，他们就这样僵持不下。后来，达尔齐看到洞口的草停止了摆动，说道：“里基·蒂基完了！我们要为他的死亡致哀。英勇的里基·蒂基死了！纳吉娜肯定在洞里杀死了他。”

于是达尔齐临时编了一支非常悲伤的歌，并在洞口唱了起来。

正当他唱到最感人部分的时候，洞口的草又摇晃起来，里基·蒂基满身泥土，舔着胡须，一步一步，步履蹒跚地爬出了蛇洞。达尔齐惊讶地叫了一声，停止了歌唱。里基·蒂基抖了抖身上的泥土，打了个喷嚏，说道："好啦，一切都结束了，那个寡妇再也不会出来了。"住在草丛中的红蚂蚁听见了，立刻排起队伍，一个接一个地下到洞里，想看看纳吉娜还在不在，里基·蒂基讲的是不是实话。

里基·蒂基累了，就在草地上躺下，缩起身子，很快就进入了梦乡，他睡呀睡呀，一直睡到天都黑了。辛辛苦苦地干了一天的活，真的要好好休息了。

他醒来以后说："达尔齐，好啦，我要回家了，你告诉铜匠鸟，让他转告花园里的动物，纳吉娜死了，不要害怕了。"

铜匠鸟是一种能发出和小锤子敲打铜锅的声音一样的鸟。他是印度每一座花园里的街头公告人，他会向每一个愿意听的人通报所有的新闻，这也是他能发出这种声音的原因。里基·蒂基还没回到家呢，就听到铜匠鸟像个小小的就餐铃一样发出了"注意"的声音，然后就用那平稳不变的声调报告主要内容："叮——咚——当！纳格死了！叮咚！纳吉娜死了！叮咚！叮——咚——当！"听到这个消息，花园里的小鸟都高兴得唱起了歌，连池塘里的青蛙也兴奋得呱呱叫起来，那是因为纳格和纳吉娜不光吃小鸟，也经常吃青蛙。

当里基·蒂基回到屋子里的时候，特迪和他的父亲、母亲（她看起来仍然十分苍白，因为她曾经昏了过去）都跑出来迎接他，一家人抱着他都哭了起来。那天晚上，里基·蒂基吃完了特迪一家给他的所有食物，一直吃到再也吃不下了，简直要撑死了。吃完饭他便伏在特迪的肩头睡觉了。晚上很晚的时候，特迪的父母到特迪的房间来看他，他还在特迪的肩头呼呼大睡。

特迪的母亲对特迪的父亲说："他救了我们的性命，也救了特迪的性命。想想吧，是他救了我们一家人所有人的性命啊。"

獴的警惕性很高，听到有动静，里基·蒂基猛然一惊，醒了过来。"哦，是你们呀，"他说，"你们还担心什么呢？花园里所有的眼镜蛇都死了。如果他们不死的话，这儿还有我呢。"里基·蒂基有骄傲的资本，但是他并没有得意忘形，他像所有的獴一样，用自己的武器（牙齿）和自己的武艺（跳跃、踢和咬）照料着花园，此后再也没有一条眼镜蛇敢在围墙之内露面了。

6. 大象们的图梅

我永远记得我是谁，我憎恨皮鞭和枷锁，
我记得我的力量和丛林中的故事。
我不会为了一捆甘蔗向人类出卖自己的力量，
我要回到我的同类和兽民中间。
我要离开这儿，直到阳光灿烂的明天，
去迎接和风的轻吻，体味泉水温柔的抚摩。
我要折断木桩，忘掉脚踝上的铁环，
我要重访自由的伙伴，重温失去的爱。

卡拉·纳格的意思是“黑蛇”，是一头大象的名字，他已经为印度政府工作了四十七个年头，这些年来，什么活都干过。大象二十岁刚好成熟，他就在那个时候被捉住了，他和母亲拉达在同一次围猎中被捉住，然后一直为印度政府干活，直到快七十岁才停止。1842年，他的力气还没长够，就帮人推出陷在烂泥里的大炮，人们在他脑门儿上放了一大块大皮垫子，靠着这个，他能干好多活，那是阿富汗战争以前的事。在他的象牙还没长出来的时候，妈妈就告诉他，胆小的大象总是要受到更多的伤害，卡拉·纳格受益匪浅。

第一次遇到自己驮的一发炮弹爆炸的时候，他尖叫着乱跑，结果跑到了一个堆放着来复枪的台子上，那些尖刀把他扎得遍体鳞伤。经过这件事，他觉得妈妈的话太对了，此后他就不再害怕了。在为印度政府服务的大象中，他是最受人喜欢的，并得到了最好的照顾。在上印度的进军中，他驮过一千二百磅重的帐篷；他还被安置在起重机的吊篮里，被吊到轮船上，经过几天几夜，越过海洋，在离印度很远的地方驮迫击炮。那是一个满眼都是岩石的国家。战争中，他看到西奥多皇帝死去了，埋葬在马格达拉。后来，他又被装到轮船上运到别处。他听士兵们说，那艘轮船获得了阿比西尼亚战争奖章。十年间，他经历了很多，他看到大象伙伴们在寒冷、疾病、饥饿中死去，而他自己也在阿里·木西德中过暑。后来他又被换了工作，往南走了几十英里，在毛淡棉的一个木材厂里运送柚木。在木材厂，有一头年轻的大象偷懒，逃避干活，卡拉·纳格差点把他弄死。

发生那次事故以后，人们又给他换了一个工作，让他和另外几十头受过专业训练的大象去卡洛山抓捕野象。虽然印度政府对大象严格保护，但是有一个专门抓捕野象的部门，这个部门负责抓捕野象、训练野象，让野象学会帮助人类干活，然后再把他们送往全国各地。

卡拉·纳格足有十英尺高，这是到肩膀的高度。他的象牙也被人们整理过，人们把它截成五尺长，截断的地方用铜箍套牢，防止象牙受伤。有了改造过的长牙，他比没受过训练的、长着尖象牙的象能干的事多得多了。

抓捕野象，首先得经过几个星期的驱赶，先把分散在山中的野象往一个预先设置的围栏里赶，等到那四五十头野象都被赶进了围栏，巨大的、用树干捆成的吊门就关上了，野象无路可逃。最后的抓捕一般都是在晚上，捕猎人举着火把，围着栅栏，野象怒气冲冲，大吼大叫，撞来撞去。人们指挥卡拉·纳格进入野象群，教训那些最强壮的家伙，逼迫他们老老实实地待着。与此同时，骑在象背上的人就用绳子套住比较弱小的象，并把他们绑紧。

卡拉·纳格非常聪明，他善于打架。年轻时他在与老虎打斗时积累了一些经验，老虎攻击他时，他把柔软的鼻子卷起来，以免受到伤害，然后又快速甩头把老虎撞飞。把老虎打倒后再把自己的脚踩到老虎身上，直到老虎惨叫一声咽了气，躺在地上软塌塌的，只等着卡拉·纳格去拽他的尾巴。

陪伴卡拉·纳格的赶象人是图梅一家。卡拉·纳格被抓捕是很早以前的事，他说："'黑蛇'除了我，谁都不怕。我家三代人轮流喂他，照料他。他会活着看到我们第四代人的。"黑图梅的儿子大图梅把卡拉·纳格带到阿比西尼亚，现在是大图梅带着他在卡洛山抓捕野象。大图梅的长子小图梅已经十岁了，四英尺高，身上只围了一块布片。按照习俗，长大了就由他接替父亲大图梅的位置，指挥卡拉·纳格，掌管重重的刺棒——那是驯象用的，刺棒已经被他父亲、他祖父和他的曾祖父用得光溜溜的了。小图梅说："'黑蛇'也怕我。"小图梅是在卡拉·纳格的影子下出生的，不会走路时就在象鼻子尖上玩耍了，会走路后就赶到水里。当大图梅把这棕褐色的小娃娃放到卡拉·纳格的象牙下，并告诉他向未来的主人致意时，他就不会幻想着不服从小图梅那尖声尖气的命令了。

小图梅像个大人似的迈着大步慢慢走到卡拉·纳格身边说："哟，你怕我，对不对？把脚一只一只地抬起来。"卡拉·纳格照他说的做了。"哇，好。"小图梅很得意，摇晃着头发蓬松的脑袋，学着爸爸的口气说："政府为大象付钱，可惜那是我们赶象人的。'黑蛇'，等你老了，不能给政府干活了，会有一个有钱的邦主把你买走，那时，他会按你的个头和表现付钱。然后你就不用干活了，顶多也就是耳朵上戴上金耳环，背上放一顶金象轿，身上再披一块缀满金子的红布，走在邦主队列的前头。那时，老黑蛇，我坐在你的脖子上，手持一根银象棒。一帮人拿着棍子跑在我们的前面，喊着'邦主驾到，行人闪开'，那叫一个美啊。"小图梅转念一想，又说："唉，还是不如在丛林中打猎好玩。"

"哼！"大图梅说，"你这个孩子，像一头水牛犊子那么野性。在这些山里这么跑上跑下的不是什么好差事。我不喜欢在山上捕猎，等我老了，给我一个砖砌的野象训练地，一头象一个棚，还得有大树桩，把象拴得结结实实的；再有平坦宽阔的场地，我可以在上面训练那些家伙。我不想住这种暂时的营地。啊，坎普尔的临时棚房还是不错的。离那儿不远就有一个集市，一天只干三个小时的活儿，没事的时候去逛逛。"

小图梅知道坎普尔的象场，什么话也没有说。跟爸爸不一样，他非常愿意过营地的生活，讨厌那些宽阔平坦的大路，讨厌每天要到仓库中去找草料，讨厌只能看着卡拉·纳格在尖木桩上焦躁不安地来回走动、无事可做地消耗时光。

小图梅喜欢山里的生活，他喜欢坐在卡拉·纳格的脖子上，穿过只能容一头象走过的马道，来到峡谷里；观看在几英里之外吃草的野象；欣赏惊慌失措的野猪、孔雀在卡拉·纳格的脚下奔跑。山上有使人头晕目眩的暖雨，山峦、峡谷缥缈，早晨雾蒙蒙的，白天驱赶野象，不知道晚上会在哪儿扎营；对待野象，既要坚定，又得小心翼翼。夜里赶猪时那拼命的奔跑，熊熊燃烧的火堆及吵嚷、喧闹的氛围，这一切都让他着迷。当那些野象像山崩地裂一样轰隆隆涌进围场，发现再也无路可逃时，就四处寻找出口，往自认为能冲开的地方撞。捕象人就用震天的喊叫、熊熊的火把和空包弹把他们赶回去。

那个时候，任何一个小男孩都派得上用场，而我们的小图梅能顶得上三个男孩。他拿着火把挥来挥去，拼命大喊。到从围场向外开始赶象时，真正的好时机才来到克达围场。那情景，简直就是世界末日，赶象人用手势代替说话，由于环境太嘈杂，他们听不见自己说话，人也喊累了。这个时候，小图梅会爬到一个围场立柱的顶上，那里高，看得到围场内所有角落，即使立柱颤动他也毫不害怕。一头棕发飘散在他肩膀上，在火光中他就像是一个小妖精。喧闹声稍一平息，他就尖声鼓励卡拉·纳格："去，去，'黑蛇'！扎他！扎他！当心，当心！抽他，抽他！柱子！啊！啊！嗨！呀！加油！"他的声音压得过愤怒的吼叫声、猛烈的撞击声、绳子的拍打声和那些被拴住的大象的哼哼声。卡拉·纳格和野象之间的大战不断地在克达围场里进行，那些老捕象人擦去脸上的汗水，朝正在木柱顶上高兴得扭动着的小图梅点头称赞。

在木柱上站得久了，胆子越来越大，他不光扭动。一天夜里，他从木柱上滑下来，钻到两头象中间，把绳套松开的一头扔给一个赶象人，那赶象人正在努力抓住一头小象的腿，小象乱踢乱动，很难对付，非常危险。忠实的卡拉·纳格发现了小图梅，用鼻子把他绕住，递给了大图梅，大图梅又惊又气，“啪”地打了他一下，把他又送回到木柱上。

第二天早晨，大图梅骂了小图梅一顿：“象场还不好吗？收拾帐篷的活儿还不好吗？非得自己去捕象吗？不知好歹的东西！那些比我挣钱少的傻瓜赶象人已经向彼得森·塞希伯报告了这件事。”看到爸爸这个样子，小图梅吓坏了，他太小，也不了解白人。但是他觉得彼得森·塞希伯是世界上最了不起的白人。彼得森是克达围场抓捕野象行动的总头领，他比任何人都了解大象的习性，为印度政府捕捉了很多野象。

“会——会出什么事吗？”小图梅问。

“出事？要出大事了！彼得森·塞希伯是个疯子，他可能要求你去当个赶象人。他干吗要抓捕这些野家伙呢？这个丛林，到处是热病，赶象人不论在什么地方都可能睡觉，最后会被大象踩死在这里的。幸好这些谣言没事了，没惹出什么乱子。到下个星期捕猎一结束，由于我们是从平原上来的，他们就会送我们到车站，然后我们可以顺顺当当地回家，忘掉这里的一切。儿子，我很生气，你怎么会掺和到那些肮脏的阿萨姆的丛林居民中去呢？卡拉·纳格谁都不怕，只听我的话，为这我才和他一起来到这里。但他只是一头大象，他不能帮那些赶象人用绳子拴野象。所以我很放心，我是一名称职的赶象人——不是一个猎手——我是说一名赶象人，一个服役期满就能得到养老金的人。大象图梅家族会在克达的污泥中被踩在脚下吗？坚决不能！你是一个坏孩子！淘气的孩子！没出息的儿子！去给卡拉·纳格洗一洗，护理一下他的耳朵，看看他的脚上有没有扎刺……不然彼得森·塞希伯肯定把你当成一个非法猎人给抓起来。一个偷猎大象的丛林熊。呸！丢人！去！”

小图梅一声也没吭，转身找卡拉·纳格去了。他检查卡拉·纳格的脚的时候，把自己所有的委屈都告诉了大象。小图梅一边把卡拉·纳格那硕大的右耳翻上去，一边说：“没关系，虽然他们把我的名字告诉了彼得森·塞希伯，或许——或许——谁知道呢？嗨！我拔出来一根大刺！”

接下来的几天很平静：把大象赶到一起，新捕获的野象夹在两头被驯服的大象之间，以防他们在离开丛林前往平原时惹太多的麻烦；再就是清点剩余的物资，像毯子、绳子以及其他一些进山带来的物品。

彼得森·塞希伯乘坐着他的母象普德米尼来了，这是一头非常聪明的大象。捕猎季节就要结束了，他要把各个营地的工钱都付清。他的一个雇员坐在树底下的一张桌子旁，给赶象人付工钱。赶象人拿到钱后就回到自己的大象旁，加入准备出发的队伍中。那些捕兽人是彼得森·塞希伯长期雇用的克达人，他们年复一年地留在丛林中，现在或是坐在象背上——那些大象是彼得森·塞希伯的财产，或是挎着枪靠在树上，拿那些赶象人寻开心。看到那些新捕获的大象冲出队列到处跑，他们就哈哈大笑。

大图梅朝发工钱的雇员走过去，小图梅紧跟在他身后。马舒阿·阿巴是追捕人的头儿，他低声对他的一个朋友说：“这小家伙是块好材料，可惜他要回到平原去。”

彼得森最了解大象的习性，而大象是最安静的动物，所以他练就了非常灵敏的耳朵，任何一点声音都休想逃过他浑身的耳朵。他一直坐在普德米尼背上，听到了马舒阿的话，转身问："怎么回事？我还不知道平原赶象人中有一个男人聪明到去拴一头死象呢。"

"不是男人，而是个小男孩。在最后一次围捕野象的时候，他进入了克达围场。我们要捉那头肩上有块红斑的小象，把他从他母亲那儿拖走时，他把绳子扔给了巴冒，帮了我们的大忙。"

说着，马舒阿·阿巴用手指了指小图梅，彼得森看了一眼小图梅，有些怀疑："他把绳子扔给了巴冒？他还没有拴马桩高呢！小家伙，你叫什么名字？"

小图梅鞠了个躬，吓得连话都说不出来。卡拉·纳格在他身后，于是小图梅做了个手势，卡拉·纳格就把他卷到自己鼻子上，抬到和普德米尼的额头一样高的地方，这样正对着彼得森·塞希伯这个自命不凡的家伙。小图梅用双手捂着脸，他还是个孩子，虽然知道关于大象的一些事，但是面对大人，他也和所有的孩子一样会怕羞。

"啊哈！"彼得森微笑着说，"你为什么训练你的大象让他学会这个技巧？是等晾玉米穗的时候，帮你从屋顶上偷玉米吗？"

"不是偷玉米，穷人的保护人，而是瓜。"小图梅回答说。在场的人全都哈哈大笑起来，当他们是孩子的时候，大多数人都教过自己的大象那个本事。小图梅悬在离地六英尺高的地方，羞得自己好想地上有个缝钻进去。

看到这种情况，大图梅皱着眉说："他叫图梅，是我的儿子，塞希伯，我没有管教好，他是个坏孩子，长大了会坐牢的。""不可能！”彼得森·塞希伯说，“这么点的孩子就能面对整个克达围场，了不起，怎么会下大狱呢？小家伙，给，这儿是四个安那，拿去买糖吃吧。你有勇敢而又聪明的脑袋。早晚你会成为一名出色的猎人的。”大图梅的眉头皱得更紧了，他就怕让儿子去当猎人。“好好记住，不管你是否勇敢，捕象的围场不是孩子们玩的地方，太危险了。”彼得森接着说。

“我永远不能去那儿吗，塞希伯？”小图梅不太相信，喘了口气，大声问。

“对，”彼得森笑着说，“除非你看见大象跳舞，那是最适合的时间。等你看见大象跳舞了，就来见我，那时候我会请你进入所有的围场捕捉野象。”

这回大家笑得更厉害了，大象跳舞是个流传在赶象人中间的一个故事。丛林中隐藏着一些空旷的平地，那些地方被人称为大象舞场，但那些地方只能碰巧找到，关键是没有人见过大象跳舞。当一个赶象人向别人吹嘘自己的技能和勇敢的时候，别人就会打趣他说：“你什么时候看见过大象跳舞？”

卡拉·纳格把小图梅放下来，小图梅又对彼得森·塞希伯深深鞠了个躬，然后就和他父亲走了。回去以后他把那四个银安那给了他的妈妈，妈妈正在喂小弟弟吃奶。他们一家人全都上了卡拉·纳格的背，于是大象队伍开始下山了，直奔平原。一路上大象呼噜着、尖叫着。对那些新加入的大象来说，那不是愉快的旅程，他们在每次过河时都要制造麻烦，赶象人软硬兼施，不时地诱哄或敲打他们。

大图梅很生气，怨恨地戳了戳卡拉·纳格。小图梅却高兴得不得了。那个了不起的白人彼得森·塞希伯注意到了他，还给他钱，那感觉，就像是一个列兵被叫出受到了指挥官的表扬一样。

“妈妈，他说大象跳舞是什么意思？”见父亲脸色难看，他便轻声地问妈妈。

没等妈妈回答，爸爸开口了：“意思就是你永远成不了这些追捕人中的一员——喂，前面的，什么东西把路堵上了？”

原来是前面几头大象不走了，一名叫阿萨姆的赶象人生气地转过身来，喊道：“把卡拉·纳格带过来，撞一下我这几头幼象，让他们老实点。为什么彼得森·塞希伯选了我和你们这些稻田里的笨蛋一起赶象？把你的象拉过来和他们一起并着走，让他用象牙戳那些家伙。这些新象都好像着了魔，要不然，就是他们嗅到丛林中他们同伴的气味儿了。”

卡拉·纳格撞击那头新象的肋骨，他老老实实地继续赶路。大图梅说：“最后一次捕捉的时候，我们把山上的野象都赶出来了。围捕的时候只有你粗心。需要我把整个队伍整顿一下吗？”

“听他的！”另一名赶象人说，“都赶出来了！嗬！嗬！你们可真聪明，你们这些平原居民。除了从来没见过丛林的污泥脑袋，谁都明白，他们知道这个季节的围猎结束了。因此，所有的野象今夜都会——我干吗要对牛弹琴？”

“他们会做什么？”小图梅喊道。

“呦，小家伙，是你啊！好吧，我只告诉你，因为你头脑冷静。大象们会跳舞的，你那赶出了山上所有野象的父亲，今天夜里可有必要给他的木桩子上双道链子了。”

“这是为什么？”大图梅说，“我们一家照顾大象都四十年了，我祖父、我父亲都照看大象，可是我们从来没听说过这种关于大象跳舞的神话。”

一路上，他们说着话，拌着嘴，蹚过了小河。他们的第一站是去一个为迎接新象而刚设立的营地。在离营地还很远的时候，大象们就发起了脾气。赶象人把这些象的后腿用链子拴在了尖尖的木桩上，用特别粗的绳子拴住那些新捕来的大象，把饲料放在野象面前。山里的赶象人不向山下走了，他们要趁着天亮回到彼得森·塞希伯那儿，他们告诉那些平原赶象人当夜要格外小心。当平原赶象人问他们究竟是为什么的时候，他们哈哈大笑，没有告诉他们。

小图梅喂卡拉·纳格吃饱了晚饭。当夜色慢慢降临到营地的时候，小图梅感觉说不出的高兴，他要去寻找一只手鼓，尽情玩一会儿。当印度男孩儿的内心充满激情的时候，他不会到处乱跑，也不会疯疯癫癫地吵闹。他会坐下来，自己尽情欢乐。小图梅想起彼得森·塞希伯的话啦！他要找到自己想要的东西，不能让自己失望！临时营地卖糖果的小贩借给小图梅一只小手鼓，这是一种用手拍打的鼓。当星星出现在天空的时候，小图梅盘起双腿，坐在卡拉·纳格面前的饲料中间，把手鼓放在腿上，尽情地敲啊敲，对荣誉他想得越多，就越敲得欢。没有伴奏的曲子，没有观众的喝彩，只有他小图梅独自坐在大象卡拉·纳格面前的饲料中间，这就够了，那嘭嘭的鼓声就让他快乐得不得了。

新捕来的大象躁动不安，想要挣脱拴住他们的绳子，尖叫和长鸣此起彼伏。小图梅听见母亲在营地的小屋中哄他的小弟弟睡觉，母亲唱着非常甜美、催人入睡的摇篮曲，那是一支非常古老的、赞美伟大的湿婆神的歌曲，湿婆神告诉世间万物各自应该吃什么。歌曲的第一段是：

湿婆，他给我送来收获，让轻风把我吹拂。
很久很久以前的一天，他坐在门口，
分给我们每人一份食物、命运安排和劳作，
从宝座上的国王到路边的乞丐，无一例外。
湿婆——我们的保护神，他创造了一切。
伟大的神啊，伟大的神！他创造了一切，一切，
分给骆驼的是灌木，分给母牛的是饲料，
分给我的小儿子，打瞌睡的小脑袋，是妈妈的怀抱！

听着妈妈的歌，每段末尾小图梅都要拍出一阵快乐的嘭嘭声，他越来越入迷，直到自己也困了，才在卡拉·纳格身边的饲料上躺下，打着哈欠，舒展身体。

夜深了，大象们也累了，一个挨一个地趴在地上，最后只剩下卡拉·纳格站在队伍的右边，他慢慢地来回摇晃着鼻子。有风吹过群山吹到这里，卡拉·纳格就动动耳朵，尽力去听。夜静悄悄的，空中却充满了各种声响，竹竿碰撞发出的嘎嘎声，灌木丛中小动物的沙沙声，小鸟的咯咯声（鸟儿夜间醒着的时候更多，没想到吧），远处水滴落下的声音，当这些声音一起响的时候，就显得夜晚更加寂静了。小图梅小睡了一会儿，醒来一看，皎洁的月光照着大地，卡拉·纳格仍然站在那里，支起双耳，倾听远处的声音。小图梅翻过身子，看卡拉·纳格巨大的身躯挡住了一半的天空。就在这时，小图梅听到“呜——嘟”的叫声，这是从很远的地方传来的大象的声音，听起来比寂静中穿针眼的声音还要小。

好像所有的大象都听到了那个声音，他们一块从地上站起来，就像是听到了发令枪响一样。他们吼叫着、咕噜着，要离开这儿。睡梦中的赶象人被吵醒了，他们走出帐篷，检查大象的情况，用大锤把尖木桩子砸回地里，重新系紧绳子，打好结，直到所有的大象再次安静下来。一头新象特别不安，几乎要把拴他的木桩拔出来，大图梅就把卡拉·纳格的腿链子取下来，拴在那头象的腿上，把那头象的前脚和后脚用链子拴在一起，这样他就使不出自己的力气。然后拿一圈草绳拴在卡拉·纳格的腿上，告诉卡拉·纳格："你要记住，你被拴得很紧，不要乱跑。"这样的事，大图梅的父亲还有大图梅的祖父都干过几百遍了。奇怪的是，卡拉·纳格没有像往常一样发出服从命令的咯咯声。他仍旧站在那里，耳朵像扇子一样展开，捕捉空气中的声音，头微微仰起，朝向莽莽苍苍的卡洛山，透过月光一直在看。

大图梅不放心，就对小图梅说："小心看着点，有什么事就叫我。"然后就进小屋睡觉去了。小图梅看了会儿，困了，正要睡觉，忽然听见拴着卡拉·纳格的草绳"嘣"的一声绷断了，那是椰壳纤维编的绳子，经不住卡拉·纳格的挣脱。就像云彩轻轻地飘出峡谷一样，"嘣"的一声绷断了，卡拉·纳格挣脱了木桩走开了。月光下，小图梅光着脚跟在后面一路小跑，他一边跑一边压低声音叫道："'黑蛇'，带上我！老'黑蛇'，带上我！"卡拉·纳格停下脚步，悄无声息地转过身，朝着小图梅走了几步，放下他的鼻子，把小图梅绕到自己的脖子上。不等小图梅坐稳，卡拉·纳格又跑了起来，进入了丛林。

看到卡拉·纳格跑了，象群里又是一阵疯狂的吼叫和咕噜声，然而，接着就安静了下来。卡拉·纳格继续向前走。在丛林中穿行很有趣，高高的青草滑过卡拉·纳格身体两侧，就像波涛拍打船舷，野胡椒的藤蔓擦过他的脊背，就像是母亲的手轻拍自己的孩子入睡，竹子被他的肩膀碰得咔嚓作响，又像是顽皮的孩子折断了树枝。除了这些时候，卡拉·纳格行进时没一点儿声响，他轻松地穿过浓密的卡洛森林，好像那森林根本就不存在。这是在往山上走，尽管小图梅透过树枝不断地看着星星，但是他还是不知道是在朝什么方向前进。

终于，卡拉·纳格到达了山路的最高处，他站了一会儿。借着明亮的月光，小图梅可以看见那密密麻麻的树梢连成一片，一望无际，山谷中，云雾缭绕。小图梅向前倾着身子仔细看，他忽然觉得自己下面的森林苏醒了——对，是苏醒了，生机勃勃。一只吃水果的棕色大蝙蝠从他耳边飞过，灌木丛中传来一只豪猪的吱吱的尖叫声，他还听到一头小熊在潮湿而又温暖的土地上拼命地扒土，一边扒，一边使劲儿地闻着。卡拉·纳格又走开了，树枝从小图梅头上划了过去。卡拉·纳格往溪谷走下去，这回他可不是静悄悄的了，他像一个被猎手追杀的猎物，一口气走下一个陡直的斜坡。巨大的象腿移动起来像活塞一样稳当，每一步都是八英尺，身体各关节褶皱的皮肤随着脚步的移动发出窸窣的声音。脚下两侧的灌木丛像波浪一样轻轻地起伏，发出刀子划破帆布的声音。卡拉·纳格用肩膀左右顶开的小树又弹了回来，猛击到他的大腿上。当他左右甩着头开辟道路的时候，一串串缠到一起的大簇的藤蔓从他的鼻子上挂了下来。小图梅紧紧地趴在卡拉·纳格的粗脖子上，以免弹回来的树枝会把他抽到地上。好难挨，他真希望自己没有离开象场。

来到谷底了，草地又湿又软，卡拉·纳格的脚一踩，就陷进了泥里，发出“扑哧扑哧”的声音。溪谷谷底云雾缭绕，小图梅感到浑身寒冷。谷底水流湍急，乱石横生，水花四溅，卡拉·纳格小心地探着路，大步走过河床。流水在大象腿的周围旋转着，哗哗作响。除了流水声外，小图梅还听见远处有大象的吼声，上游下游都有，他们大声的吼叫和愤怒的呼哧呼哧的喘气声，环绕在小图梅四周的雾霭中。小图梅冻得牙齿咯咯作响，几乎要喊出来：“啊！象群今晚都出来了。我能看到大象跳舞啦。”卡拉·纳格咆哮着穿过了谷底的河流，从水里走到岸上，擤干净鼻子，然后开始了另一次攀爬。这次，不光是他自己了，也不用自己开路了。许多大象刚刚从这里经过，他们已经开辟了道路，就在卡拉·纳格和小图梅的面前，足有六英尺宽，路上的野草在慢慢直起身子，恢复原状。小图梅向后看了一眼，紧跟在他们后面有一头巨大的野象，一双小眼睛灼灼放光，他刚从浑浊的水中走出来。这时，被前面的大象分开的树木又慢慢合拢了，大象们走啊，爬啊。一路上吼叫声、撞击声和他们身旁树枝折断的声音不绝于耳。

最后，卡拉·纳格在这座山顶上两棵树的中间站住不动了。他面前是一片有三四英亩大小、形状不规则的空地，有一圈树围着这片空地，这两棵树就在那一圈树当中。小图梅仔细一看，那一片地被踩得像砖地一样结实。空地的中央也有几棵树，但是它们的树皮被蹭掉了，露出白生生的树心，在月光的照射下显得非常光滑，泛着白光。几根蔓藤从树枝上垂下来，开着白色的钟形花朵。空地上没有一片绿叶，除了被踏平的地面之外，空无一物。

月光下，地面一片铁灰，只有大象的影子是漆黑的。小图梅趴在卡拉·纳格的脖子上，屏住呼吸，瞪大眼睛，仔细看着。这时候，越来越多的大象从空地四周树干间晃晃悠悠地进入了空地。小图梅只能从一数到十，他就一遍一遍地扳着手指数，后来，都忘记数了几个十了，他的头开始发晕了。在这片空地周围，能听到大象往山坡上行进的声音、树枝折断的啪啪声、石块滚动的咕噜声以及大象发出的吼声。但是一旦他们走到空地周围的一圈中，他们就像幽灵一样无声无息地移动。

来这儿的象什么样的都有：有长着白牙的野公象，脖子和耳朵的褶皱处都落上了树叶、坚果和无花果；有步履缓慢、带着小象的肥胖母象，小象只有三四英尺高，长着黑里透红的皮肤，他们在母象的肚子下面钻来钻去；有刚露出象牙的年轻大象，他们很自豪地站在那里；有身体细长、骨瘦如柴、拘谨的老母象，凹陷的脸上挂着焦虑，鼻子像粗糙的树皮；有凶猛的老公象，从肩膀到腰间伤痕累累，这是岁月留下的印记；还有一头象，一根长牙断了，身体的一侧还有一道可怕的抓痕，非常清晰，那是老虎给他留下的。

大象们或是头挨头地站在一起，或是成双成对地在空地上走动，更多的大象自己来回摇摆、晃动。小图梅知道，只要自己稳稳地趴在卡拉·纳格的脖子上，他就不会有事儿的。因为，即使是在克达围场抓捕野象的冲撞和混乱之中，野象也不会用鼻子把人从驯象的脖子上拽下来。而这些象，今天夜里来到这儿，并没想到会有人类出现。忽然，森林里传来脚镣"咔嗒咔嗒"的响声，他们一起把耳朵竖向前去，倾听是谁来到这里，原来是普德米尼——彼得森·塞希伯的宝贝象，他挣断了链子，呼哧呼哧地上了山坡。这个聪明的母象一定是挣脱了木桩，从彼得森·塞希伯的营地来的。小图梅还看见了另一头从附近山上某个营地跑来的象，虽然他不认识这头象，但是单看这头象的背上和胸部有深深的绳子磨痕，就可以确定他也是挣脱绳索后赶来的。

又过了一会儿，再也没有大象在森林中走动的声音了，卡拉·纳格从他待的地方摇晃着走出来，来到象群中间，发出一阵咯咯的声音，所有的大象都开始行动了，他们用自己的语言交谈，并且开始走来走去。

小图梅仍然趴在卡拉·纳格的脖子上不动，他看到那几十个宽阔的象背，几十双忽闪忽闪摆动的耳朵，几十条上下甩动的鼻子，几十双炯炯有神的小眼睛。他听到大象的长牙偶然碰到一起时发出的咔嚓声，听到两条象鼻子缠在一起时发出的窸窣声，还听到大象巨大的身躯相互之间的摩擦声以及那些小尾巴不停地轻轻拍打和咝咝的响声。后来，一片云彩飘过来遮住了月亮，小图梅待在黑暗之中，什么也看不清。但是，象群并没有停止他们的舞会，仍旧静静地匆匆走动，拥来挤去，以上各种声音仍不时入耳。他知道，所有的大象全都围着卡拉·纳格，自己根本没有机会退出这个聚会。他只能咬紧牙关，趴在卡拉·纳格的脖子上发抖。在克达围场，有火把，有捕象人的叫喊声，在这儿，在黑暗中，只有他独自一人，更可怕的是，一只大象把鼻子甩上来碰到了他的膝盖，还好没有发生别的事。

又过了一会儿，一头大象带头吼了起来，于是全体大象都跟着吼了起来，持续了五到十秒钟，那真是惊天动地。树上的露水像雨一样地洒落下来，接着就响起了一阵低沉的隆隆声。一开始声音并不大，小图梅也分辨不清那是什么声音。后来隆隆的声音越来越大，卡拉·纳格也开始行动了，他先是抬起了一只前脚，接着又抬起了另一只脚，然后又让两脚着地，就像打鼓一样有规律。所有的大象都一起跺脚，听起来就像在洞口敲击战鼓。露水全都从树上落下来，一滴也不剩，而巨大的隆隆声仍在继续，大地都在颤抖，震得小图梅用双手捂住耳朵，他想挡住那声音。然而巨大而又刺耳的声音毫不留情地穿透了他的全身——这可是数百只沉重的大象脚踏在光秃秃的地面上的声音。

有几次，小图梅感觉到卡拉·纳格和其他所有的大象似乎猛地往前冲了几步，而且那重重的捶击声也变调了，好像是绿色植物被踩碎了发出的声音，没过两分钟，坚硬地面上的隆隆的跺脚声又开始了。他觉着在离他不远的某个地方有一棵树在“嘎吱嘎吱”地响，他伸出手去想触摸那树干，但是卡拉·纳格往前挪动位置，并且一直在跺脚，他没有摸到，他不知道自己究竟是在什么地方。大象们只是跺脚，不出声，只有一次，几头小象一起尖叫起来。接着他听到了一下重重的撞击和蹭地声，于是隆隆声又继续响起来。这样大概持续了两个小时，小图梅趴在卡拉·纳格的脖子上，又累又怕，全身都疼。慢慢地，从空气中他感觉到黎明就要来临了。

清晨的阳光给绿色的山峦镶上了淡黄色的金边。第一缕阳光就像是一道命令，隆隆的跺脚声停止了，没等小图梅从巨大的响声中回过神来，甚至他还没来得及变换自己的姿势，所有的野象都散去了，顺着山坡，没有任何迹象甚至也没有沙沙声响或者絮絮耳语能表明野象去了哪里，空地上只有卡拉·纳格、普德米尼和那头有绳子伤痕的象。

小图梅瞪大眼睛看啊看，只见夜间的那片林中空地变大了，有更多的树木留在了空地中央，但是，周边低矮的灌木丛野草都退了回去。他又仔细看了看地上，现在他才明白夜间的践踏是怎么回事了。那些大象用力跺脚，把灌木和草丛踏在地上，把多汁的植物压成了渣子，把那些渣子又踏成了薄片，薄片又成了细细的纤维，那些纤维成了坚硬的土地，大象们踏出了更多的空地。

“哇！”小图梅双眼疲倦、发困，“卡拉·纳格大王，咱们跟普德米尼走吧，先到彼得森·塞希伯的营地去，不然我就会从你的脖子上掉下去了。”第三头象看着卡拉·纳格和普德米尼都走了，他也呼哧呼哧地喷着气，转了个圈，走上自己回家的路，他可能是几十英里外某个土著小邦主的家产。

两小时后，人们刚开始吃早饭，满身污泥的普德米尼和卡拉·纳格踉踉跄跄地进了彼得森·塞希伯的营地，那些夜间加了两道链子的大象看到他们就开始吼叫。

小图梅面容憔悴，脸更小了，眼更大了，头发中满是树叶，全身都被露水淋透了。他强打精神向彼得森·塞希伯致意，并且有气无力地叫着：“跳舞——大象跳舞！我看见了，可是——我快要死了。”卡拉·纳格卧下的时候，他从他的脖子上滑了下来，晕了过去。

土著人的孩子非常坚强，两个小时后，小图梅喝了一杯热牛奶、一点白兰地和一点点儿奎宁。他非常满足地躺在彼得森·塞希伯的吊床上，枕着彼得森·塞希伯的猎袋。一群身上带着伤疤、说话粗野的老猎手在他面前坐了三排，一起看着他，听他讲自己的故事，好像他是个精灵。孩子讲故事都很简短，故事最后是这样结尾的：

“好啦，就是这样，如果我有一句谎话，你们就去看看，你们会发现象群把他们的舞场又踏出了更大的一片地方，而且，你们会发现有十条加十条，许许多多个十条的小路通向那个舞场。他们一起用脚踩出了更大的一片地方。我看见了那地方，是卡拉·纳格驮着我我才看到的。你们瞧，卡拉·纳格的腿都累坏了！”

小图梅还很累，又躺下继续睡，睡了整整一下午，一直睡到黄昏。在他睡觉的时候，彼得森·塞希伯和马舒阿·阿巴出发了，他们沿着那两头大象的足迹，翻过那些小山，一直走了十五英里。彼得森·塞希伯从事捕象业已经有十八年了，过去他发现过一次大象跳舞的地方。马舒阿·阿巴也是一个经验丰富的老手，所以他们用不着亲自去看那块林中空地到底发生了什么事，或是用他们的足尖去扒寻那块板结、坚实的土地了。

“这孩子说的是实话，”马舒阿·阿巴说，“这一切都是昨天夜里干的。我数了一下，有七十条小路穿过河流。看，塞希伯·普德米尼的脚链把那棵树的皮都刮掉了！对，他一定去过那儿。”

他们四目相对，又移开目光，想说什么又没说。大象比任何人都聪明，不管是白人还是黑人都比不上他们。对此他们两人都很吃惊。

马舒阿·阿巴说：“我跟随着我的象王四十五年了，我从来没听说过哪一个孩子看见过大象跳舞，但是这个孩子看到了。以所有山神的名义发誓，但是——我们能说什么呢？”他说不下去，摇了摇头，和彼得森·塞希伯一起返回营地。晚饭时间到了，彼得森单独在自己的帐篷里吃饭，但是他觉得应该在营地举行一次盛宴，庆祝一下，于是令手下人弄来两头羊和几只鸡，还有两倍的米、面和盐。

大图梅早上起来，儿子和卡拉·纳格都不见了，怕出意外，他就心急火燎地从平原的营地上山找他的儿子和他的大象，在路上他听说了儿子的事。他一来到彼得森·塞希伯的营地，就看到了自己的儿子和大象。营地正在大象前面为小图梅举行一个盛大的宴会。小图梅在高大的棕色捕象人、追象人、赶象人、拴象人和那些知道所有驯服野象秘密的人手中传递，他们把刚宰杀的丛林公鸡胸脯的血涂在小图梅的额头上，这表明他是一个来自丛林又在整个丛林之外的丛林人了。

宴会的最后，火焰熄灭了，火堆的红光使大象们看上去就好像是浸到了血里。所有克达围场捕象人的头儿——马舒阿·阿巴，他是另一个彼得森·塞希伯，四十年来他没见过一条象踏出来的路，他是克达围场捕象人的偶像，他太伟大了，除了马舒阿·阿巴，他没有别的名字。他一下子站了起来，把小图梅高高举到自己的头顶："我的兄弟们，听着。营地里的大王们，你们也听着。我，马舒阿·阿巴，要说几句话！这个小家伙从此不再叫小图梅了，而要叫，大象们的图梅，就像我们称呼他的曾祖父那样。从来没有人见过的情景，却被他看见了，并且是在那漫长的黑夜里。他得到了象民的宠爱和丛林之神的宠爱。他将会成为一名伟大的捕象人，他会比我更伟大，比我马舒阿·阿巴更伟大！他将用他明亮的眼睛去追寻着新的足迹、旧的足迹和混合的足迹！在克达围场，当他在野象的肚子下面奔跑去拴住他们的时候，他没有受到伤害；即使他跌倒在一头奔跑的公象脚下，公象也知道他是谁，不会踩到他。啊嗨！我的锁链下的大王们，"马舒阿·阿巴一边说一边沿着那排拴象的木桩快步行走，"这就是那小家伙，他看见了你们在秘密的地方跳舞，而从来没人见过那景象！给他荣誉吧，我的大王们！敬礼，我的孩子们！向大象们的图梅致敬！恒河 · 普萨德，啊哈！希拉 · 古伊，伯契 · 古伊，库塔 · 古伊，啊哈！普德米尼，在舞会上你看见他了，还有你也看见了，卡拉 · 纳格，你是大象群中的珍珠！啊哈！起来！向大象的图梅致敬。”

随着马舒阿 · 阿巴最后一声发狂的尖叫，营地里所有的大象都甩起鼻子，鼻尖碰到前额，发出象群最高级的致敬——惊人的、响亮的、持久的吼声。那是只有印度总督听过的克达围场的致意。然而这一次是为了小图梅，因为他单独在卡洛山的中心地带看见了从来没有人见过的景象——象群在深夜跳舞。

7. 女王陛下的仆人们

> 你能够用数学里的计算方法得出它，
>
> 只不过特威德尔德姆和特威德尔迪[①]却使用了不一样的方法。
>
> 你能够用手捏它，转动它，你也能够把它编起来，直到结束，
>
> 只不过彼利·温基和温齐·波普使用了不一样的方法。

几乎下了整整一个月的大雨，一个住着三万多人，成百上千头的骆驼、大象、马匹、公牛和骡子的营地无休止地在下雨，在一个叫作罗沃尔·平迪[②]的地方聚集了所有的人，他们准备迎接来自印度总督的亲自检阅。然而这次检阅是因为总督要接待一个国家的君主埃米尔的访问。有趣的是一个规模有八百多的人和马，随身保护着埃米尔的卫队，他们来自中亚后面的某个地方，一辈子也难得见识到一个营地或者一辆火车。每当太阳下山后，马群中总会有一些马

①这是英国作家卡洛尔所著《爱丽丝镜中游》中的一对兄弟。这两个形象最早为约翰·拜伦（1692—1763年)创造，用以讽刺两派作曲家。

②罗沃尔·平迪，旁遮普的两大军事基地之一，现在巴基斯坦境内。

挣脱掉绑着他们的绳子，在夜幕中穿过泥泞的营地跑来跑去；还有几只骆驼会挣脱绳子四处乱窜，有的被绑帐篷的绳子绊倒。你能够想得到这么喧闹的动静对于那些在床上极力想睡觉的人们是多么的烦恼。因为我所住的帐篷搭在距离骆驼队很远的地方，所以我以为骆驼群并不会给我带来危险。但在一个夜晚里，有人来我的帐篷大喊道："赶快出来！你的帐篷被他们弄走了！快！"

我知道他所说的他们是谁，所以我穿上了雨鞋、雨衣，赶紧跑出帐篷，来到了泥泞地里。我用来猎狐的猎狗小维克森也从另外一边跑出来。然后传来了一阵吵闹和嘟囔声、笑声，我亲眼看到自己的帐篷的木杆断裂，然后整个帐篷坍塌了，呼啦啦地乱晃起来，好似一个着了魔的鬼魂。原来是一头笨拙的骆驼莽撞地冲了进去。尽管我全身湿透了，也很不高兴，但还是禁不住地笑了起来。然后我就向前跑去，我想去看清楚到底一共有多少头骆驼跑了出来，所以我在烂泥地里向前走，不一会儿就看不到营地了。

最后，我被一门大炮的尾部绊倒，这时候我才发现自己已经在一个离炮兵部队很近的地方，在晚上就有大炮停放的地方。为了不再在伸手不见五指的黑夜淋着毛毛细雨，并且还在泥泞的土地里跑来跑去，我干脆把身上的雨衣披在一门炮的炮口上，再用在附近找到的几根推弹杆组合搭成了一个像帐篷样的小棚子，顺着另一门炮的末端躺下身子，而心里正在想着我的小维克森到底跑到哪儿去了，我所在的地方又是哪儿。

正当我想闭上眼睛的时候，耳边传来了马具叮当作响的声音和一下咕噜声，然后一头正在抖掉它耳朵上的水的骡子从小棚子旁跑过。从我所听到的鞍部上那些绳子、铁环、链子和杂物互相碰撞的响声，可以判断出这是一只属于一个螺式炮炮兵连的骡子。螺式炮是一种特别袖珍的炮，主要由两部分构成，在使用的时候需要把这两部分结合在一起。这些螺式炮被骡子运到一个骡子自己能找出路来走的任何地方，特别是在石头很多的地方，打仗的时候，这些炮能够派得上用场，并且十分有效果。

一头骆驼在骡子的身后跟着，那柔软的骆驼脚唰唰地陷入泥水里，他的脖子好比一只闲逛的母鸡的脖子一样上下晃动着。好在我精通这些动物们的语言——但不是那些野生动物的语言，而是在军营里的那些动物的语言——我是在土著人那里学的。

他肯定就是那只闯进我帐篷的骆驼了，因为他正在对那头骡子大喊着："完蛋了，我怎么办？能够跑去哪里？我刚刚和一些晃来晃去的白色物体打了一仗，然而我的脖子被他的一根棍子打伤了(其实是我刚才帐篷里那被撞断的木杆，听到这里我有点喜悦），我们还得继续往前跑吗？"

"原来是你啊，"骡子说，"刚才在营地捣乱的是你们这群骆驼吗？单单是为了这个，明天一早你们就知道被揍的滋味了。不过，这会儿我也可以赊一点儿东西给你。"

马具的叮当声又响了起来。那一只骡子往后退了几步，往骆驼的胸部踢了两脚，那声音好似两声鼓声一样。"以后，"骡子说，"你一定要知道千万别在三更半夜的时候闯入骡子炮兵连，还在那里喊着：'有贼，着火啦！'坐下，别再晃动你的脖子了。"

骆驼笨拙地屈下了双腿，好像一个蹲着的抽泣着的人。在黑暗的不远处响起了一阵有规律的蹄子声，然后一匹身材魁梧的军马踩踏着稳健的步伐奔走过来，就像是他在接受检阅一样。他跃过一门大炮的末端尾部，在骡子旁边站住了。

“面子都丢光了，”他喘着粗气说，“这星期，那些骆驼已经第三次吵闹着横穿了我们的队列。一匹马若没有足够的睡眠，又怎么能够保持最佳的状态。是谁？”

“你好，我是负责第一螺式炮炮兵连里面第二门炮的尾炮骡子，”骡子说，“我旁边的是你的一个朋友。我刚刚被打扰了睡眠，你呢？”

“我是第九枪骑兵团，E骑兵连，第十五号——迪克·坎利夫的坐骑。请靠边一点。”

“是吗？抱歉，”骡子说，“可能是夜色让我看不清。不过，这些骆驼也太不令人清静了，我是特地离开一下部队跑来这儿图个清静的。”

“两位官兵老爷，”骆驼唉声叹气地说，“晚上做的噩梦令我们心里害怕极了。而我只是第三十九土著兵团的一头普通的驮运辎重的骆驼，因此我并不像你们那么勇敢，老爷们。”

“你为什么不老老实实地在待在第三十九土著步兵团里驮军需品，却跑出兵团到处乱窜？”骡子说。

“实在是因为做的梦太恐怖了，”骆驼说，“非常抱歉。你听！那是什么声音？还要不要继续跑呢？”

“你好好待着，”骡子说，“不然这些大炮会碰断你那大长腿的。”他侧着一边的耳朵仔细听着。“是公牛！”他说，“炮兵营里的公牛。我敢肯定你们这些骆驼吵醒整个军营了。这下可要费大劲儿才能够把炮兵营的公牛聚到一块。”

因为大象们当时不愿意往开火的近处去，就得由一对闷闷不乐的大块头阉牛拉着沉重的攻城炮，他们的一条链子拖在地上的声音传入我的耳朵里，他们并排地走了过来。另一头炮兵连的骡子的脚几乎快踩到那条链子上了，并在拼命地叫着“比利”。

“这是属于一个新人队伍的，”那匹老骡子对着骑兵连里的军马说，“他正在喊的人就是我。唉！年轻人！我就在这里呢，别叫了，黑夜从来不会伤到所有人。”

那两头炮兵连的阉牛一块趴在地上，开始咀嚼胃里反刍的青草，而那一头喊叫比利的年轻骡子朝着老骡子走了过来。

“他们！”他说，“太恐怖了，比利！那些东西闯进了我们队伍的营地，在我正睡觉的时候。我以为他们会杀了我们。”

“一想到你这么一只训练有素、十四手宽[①]高的骡子竟在这位绅士面前给炮兵连丢人。”比利说，“我真想漂漂亮亮地踹你一脚。”

“不要紧！不要紧！”军马说，“年轻人起初难免没有经验。我三岁在澳大利亚第一次见到人的时候，我都吓得跑了半天。要是我当时看见的是一头骆驼，也会紧张的。”

我们在印度的英国骑兵中所有的马几乎都是来自澳大利亚，而且由骑兵们自己训练。

“这个没错，”比利说，“别怕了，年轻人。在当年，我第一次见到他们把那整套带有全副链子的马具架到我脖子上的时候，我猛地抬起前腿，把整套马具全给踢掉了。其实在那之前我还从未如此踢过东西呢，不过炮兵连的人都说还未曾见过这样的骡子呢。”

①一手宽等于四英寸，用来量马的高度。

“只是叮当响的并不是马具什么的，”那头年轻的骡子说，“那玩意儿现在已经没法引起我的兴趣了，比利。那些东西像树一样，它们的脖子在营地里起起落落地呼啸着呜呜的声音，情急之下我脖子上的绳子忽然断了，一时间又没找着我的主人，也不知道你在哪里，比利，于是我就跟着那些绅士们跑了。”

“呸！”比利说，“我知道那些骆驼四处跑开了后，我自己一个人就离开了。一旦一个在炮兵连里驮螺式炮的骡子竟然叫小公牛为绅士的时候，他一定是受了很大的惊吓了。在那边的家伙，你们两个是什么身份？”

那两头炮兵连的牛在嘴里来回嚼着反刍的食物，一齐回答说：“我们是大炮连第一门炮的第七对牛。在营地被骆驼弄得一团糟的时候我们正在睡觉，后来当我们突然被踩到的时候，就赶紧起身走了。在这泥地上舒舒服服地躺着，也比在睡觉时突然被打搅要好得多。我们两个对这位年轻的朋友说用不着这么害怕，只是他看见了太多骆驼，所以没法改变他的想法。唉！”

两头牛继续咀嚼着。

“这是因为真的受到惊吓了，”比利说，“你看看，都被炮兵连的公牛取笑了。不过我宁愿你喜欢这样，小伙子。”

听到这话后年轻骡子突然停住牙不嚼了，然后我隐隐约约听到他说了些像世上任何肥胖的老阉牛从未害怕过的话。那两头牛听完后只是唰唰地磨了磨犄角，然后继续咀嚼着。

“够了够了，别因为害怕而又恼羞成怒。没有比这种害怕更糟糕的了，”军马说，“在我看来，如果在夜里任何人因为看到了自己未知的事物而感到担心，都可以原谅。我们四百五十匹马就曾因为一匹新入伍的马讲了好多关于他在澳大利亚的家里鞭蛇的故事，而一次又一次地挣开拴住自己缰绳的木桩子，听完故事后吓得我们就连突然见到头上的一个松下来的绳子头儿，都紧张得要命。”

“在营地里还好，”比利说，“只是没出去的时候，倒不至于被自己吓跑了，就当是好玩儿的事儿。要是在部队的话，你有办法吗？”

“好吧，这得另当别论了，”军马说，“我所要做的就是当迪克·坎利夫骑在我背上，特别是他的两条大腿使劲儿夹着我的时候集中注意力，脑子里要注意脚下所踩的地方，放好后腿的位置，缰绳的指挥要随时服从。”

“什么是服从缰绳的指挥？”年轻骡子问。

“以在一些没人的空地的黑人之名，”军马哼了哼鼻子说，“是说，你在平时职责的训练中没有随时服从缰绳的指挥吗？”

“听从缰绳指挥就是一旦脖子上的缰绳一拉紧，就马上掉头过来，不然你怎么能有能力做其他事儿？能不能做到，关系到你的骑手的生死安全，当然也关系到你的生死。所以如果系在脖子上的缰绳一紧，就要有意识地挪动后腿，掉头。要是没有转身的余地，可以站起后腿，绕过来。”

“从来没有人这么教过我们，”老骡子惊讶地说，“那些训练我们的人一直要我们服从前面，说往东就得往东，往西就得往西，齐步走就得齐步走。我还以为是同样的结果了。嗯，你说的那种职责和站立可是需要高超技巧的，一定对你的后脚踝关节很不好吧？你是如何做到的？”

“不总是这样的，”军马说，“通常的时候，我要冲进一大群嘴里高声大喊、手中拿着大刀的粗鲁的人群中间——那些闪亮的长刀其实还不如蹄铁工的刀好——我时常还得注意着让我的骑手迪克脚上的靴子能够刚刚好挨到旁边一个人的靴子，而不会靠得太近。我能够知道迪克手中的长矛就在我右眼的右侧，于是我明白我暂时并没有危险。当我们置身于一团乱糟糟的人群中时，我可不愿意成为那个面对着迪克和我的人或马。”

“难道刀没有危险吗？”年轻骡子问。

“当然有危险了，我的胸前就有一处刀伤，不过这不能怪迪克。”

“如果的确使人受伤了，我很关心究竟是谁的错！”年轻骡子说。

“你当然要关心，”军马说，“如果你连自己的主人都信不过，自己当然可以马上跑走。我就看过一些马也这样，不过我不会因此而责备他们。而我的刀伤真的不是迪克的错。我看见一个人躺在了地上，经过他时我小心翼翼尽量不踩到他身上，结果却是他反过来朝我砍了一刀。要是再让我非得迈过一个躺在地上的人时，我一定会踩到他身上——拼命地踩上去。”

“嗨！”比利说，“这么想就有点犯傻了。不论什么时候，刀总是很凶狠的。真的需要做的事是安上一个稳稳当当的马鞍子登上山，使用自己的四条腿和耳朵，然后在一个岩脊上静静地、缓慢地、扭摆着向前进，一直到你发现自己已经超出其他人有好几百英尺的时候，脚下的岩脊只能容得下你自己的蹄子。之后你站好脚跟，不做任何声响，永远别要求一个人拉住你的头，然后你就睁开眼睛看着那些小罂粟壳掉进山脚下的树枝间。”

“你摔过跟头吗？”军马问。

“俗话说，如果一头骡子摔了跟头，那么你就能撕开母鸡的耳朵了[1]。”比利说，“有时候就算一只放歪了的鞍子会令一头骡子恼火，但也很少会有这种事发生。我很乐意向大家展示一下我们的动作。好极了。没错，为了能够理解那些人类的意思到底是什么，我花了三年的时间。这个技巧还没有鲜明地展示给别人看过，如果真的那么做了，很有可能就被人打枪子儿了。一定要懂得这个道理，年轻人。要一直尽可能地将自己隐藏起来，就算这样做会让你绕到一英里外。不然刚好要这么登山时，我就得在炮兵连打头阵。”

“还没能够进到人群中间时，就挨了打！”军马一边说，一边认真想着，“这个我可做不到。我得和迪克并肩作战。”

“噢，你不会的。你也知道那些火炮一到位，他们就能够立即全都装上弹药。那技术相当熟练，而且动作十分利索。不过要是刀的话——呸！”

已经好久了，那一头骆驼总是一上一下地晃动他的头，着急地想要插上一句。然后听见了他清嗓子的声音，支支吾吾地说：“我——我——我也有打仗的经历，但我既不是爬山，也不是奔跑。”

“你也就是这么一说吧，”比利说，“看不出来你像是既能爬山又能奔跑的样子。说说看你是如何打仗的啊，老家伙？”

“像是平常那样就行，”骆驼说，“只要我们都弯脚蹲下。”

“啊？我身上还有铠甲和兜胸皮带呢！”军马低声说，“为什么要蹲下？”

“我们只管蹲下，况且我们一共有一百多口子呢，”骆驼继

①意思是从没有的事（因为母鸡的耳朵不长出来）。

续说，“在一个大操练场上蹲着。人们在操练场外把我们驮的包裹和鞍具放起来，他们躲在我们的背后向外开枪，那些人总是这么做的，向操练场四处开枪。”

“哪些人？什么人都可以吗？”军马说，“我在骑术学校的时候他们也让我这样躺下，还让我们的骑主隔在我们背后开枪，不过我能信得过的这样做的人只有迪克·坎利夫。当枪的一端弄到我的肚子边时感觉痒痒的，另外就是，那样做的话，我的头就得放在地上，这让我什么东西都看不见了。”

“隔着你开枪的人还要讲究吗？”骆驼说，“身边有许许多多的人和许许多多的骆驼，并且烟雾弥漫，什么也不担心。我只是安静地蹲着，等待着结束。”

“那怎么会这样？”比利说，“连个噩梦都能让你在夜里惊动了营地。算了！算了！总之别让我要躺着之前还说要蹲着让人隔着我开枪啦，原本我的后蹄子和他的脑袋要来一次亲密接触的。还有比这更令人可怕的事吗？”

突然安静了许久后，其中一头炮兵连的公牛抬起头说：“这些都是很愚蠢的方法。打仗方式只有一种。”

“哦，说说看吧，”比利说，“不用在意我刚才说的。在我看来你们两个家伙是不会并肩站在一块打仗的吧？”

“方式只有一种，”那两头公牛一起说，它俩肯定是双胞胎，“就是这样的：只要听到‘双尾巴’一吼叫，我们全体二十对就都被放到那门大炮旁。”（“双尾巴”是在营地里对大象的称呼）

“‘双尾巴’怎么吼叫？”年轻骡子问。

“他们一吼叫就表明他们会停住双脚了。‘双尾巴’是真正的胆小鬼。所以我们就一块用力拖起那门大炮——嗨呀——嗬！——嘿呀！嗨嗬！我们没有像猫那样爬，也不像小鹿那样奔跑。我们二十对要一直穿过平原，除非将牛轭卸下来后才能休息。然后我们就可以在附近的野地上吃青草，这时那些大炮在平原上往围着泥墙的城镇里面不断地吼叫，泥墙上的碎块一片片地脱落了下来，一时间尘土飞扬起来，就像是牛群回家时一样。”

“哦！于是你们趁这个时间吃草吗？”年轻骡子说。

“不一定是那个时间。总归能够吃东西便是不错的选择。我们会一直吃到被套上轭具的时候，接着再和那些炮一块回到‘双尾巴’等候的地方。有时候城里的大炮也会向外打，有些牛就会因此被打死了，结果活下来的公牛反而有更多的草吃了，这就是命——仅仅是命中注定啊。无论如何，‘双尾巴’是个彻底的懦夫。这就是我所说的打仗的唯一方式。哈布尔是我们俩的家乡，我们的父亲是一头希瓦神牛，这个我们已经告诉过你们了。”

“不错，今晚真是让我受益匪浅，”军马说，“我们螺式炮炮兵连的绅士们，当大炮还在向你们开火，且‘双尾巴’远远地躲在后面时，你们难道还有想吃东西的念头吗？”

“有啊，就好比我们很想蹲下来一样，看着战士一个个倒在我们眼前，或是闯进手持武器的人群里一样。我可未曾听过刚才那些蠢话，说什么在岩脊上驮放稳当的鞍，要么让你自己拣路走，要么找一个你信得过的马夫，那么我就是你的骡。但是其他的事儿——没门儿！”老骡子比利跺了一下自己的脚。

“我想你说的话没错，”军马说，“每个人都是不一样的，并且我完全可以认为你的家族，特别是你父亲这边，所知道的事情还很有限。”

“你最好别老提起我的父亲，”比利不悦地说，对于每头骡子来说，这样提醒它的父亲是一头驴是相当不礼貌的，“我的父亲是南部的一位绅士，他能够把每一匹他遇到的马撂倒，踩踩踏踏，甚至能够把他撕成碎块。你给我记清楚点，棕色的傻大个布伦比！”

布伦比的意思是说那些没有被驯化的野马。设想一下，要是一匹街头拉车的普通马竟然管苏诺尔[①]叫“没用的老马”，他会如何反应？你完全可以知道这匹澳大利亚马心里是什么滋味了。我甚至都能够看到他眼中闪动着的眼白。

“给我闭嘴，来自马拉加[②]公驴的驴儿子，”他龇着牙说，“让你见识见识，我和墨尔本杯的获得者卡尔宾在母系方面的关系是怎样的；在我的老家，我们可不习惯被满是玩具枪和射豆枪的炮兵连里的鹦鹉嘴、猪脑袋的骡子粗暴地对待。准备好了吗？”

“给我起来！”比利尖叫道。他俩都用后腿站了起来，面对着面。正当我要看一场热闹的时候，黑暗中传来一个低沉的声音，冲着他俩喊道：“年轻人，你们在干什么啊？别闹了。”

他俩恶狠狠地哼了一声，迅速地低下了身子，不论是对马还是对骡子来说，一头象的话他们一句也听不进去。

“‘双尾巴’你最好别管！”军马说，“这种人我可看不惯。可不应该两头都有尾巴！”

“这恰恰是我所想的，”比利一边说，一边凑到军马跟前，

---

①苏诺尔是一匹在澳大利亚传统赛马中获胜的马。

②马拉加是西班牙南部一港口，而西班牙的驴被认为特别愚蠢，故这样说。

“咱们在某些地方其实有很大的相似处。”

“我认为咱们都从母亲那遗传了这些地方，”军马说，“不用争论了。嗨！‘双尾巴’，你被绑住了吗？”

“是啊，”“双尾巴”仰起鼻子大笑一声，“在夜里的时候我被绑住了。你们两个家伙刚才说的话我都听到啦。不过没事，我过不去的。”

公牛和骆驼低着嗓子说：“谁会害怕‘双尾巴’啊，这简直就是胡扯！”公牛又接着说：“很抱歉让你听到我们说的话了，但我们没有说谎。‘双尾巴’，在交战中你为什么会害怕？”

“是吗？”“双尾巴”说着，两条腿互相蹭着，好似一个背课文的小男孩儿，“我不确定你们明不明白。”

“不明白，但是我们得拉那些炮。”公牛们说。

“我知道，就连你们比想象中勇敢我也知道。不过我有特殊的情况。有一次我的炮兵连长说我简直就只是一个皮肤厚、不识时务的家伙。”

“这也许是另一种战斗吧？”比利说，这会儿他又变得有精神了。

“或许你们并不知道这意味着什么意思，但是我很清楚。意思就是非驴非马，而这正是我现在的情况。我能够清晰地看到一颗炮弹爆炸的时候会发生什么事，但是你们这些阉牛做不到。”

“我可以，”军马说，“反正我能够看到一些。我尽力地不去思考它。”

“我看见的比你多得多，并且我就顺着自己的意思去想它。我懂得对自己好点儿，我也懂得如果我病了，没有懂医术的人能够给我治好。他们不会给我的赶象人发工钱，一直到我康复了为止，而我的赶象人并不可靠。”

“嘿！”军马说，“这么说显而易见了，我可以信任迪克。”

“你想想，当我背上坐着一大群迪克的时候，我一点点舒服感也没有。我已经受够了这难受的滋味儿，但是没有它我就没有办法生活下去。”

“我们很纳闷。”公牛们说。

“我知道你们不明白。但我不会给你们解释的，你们连血是什么都不知道。”

“我们知道的，”公牛们说，“不就是红色的液体嘛，它会浸湿地面，还有腥味儿。”

军马扬起蹄子踢了一下，扑哧了几下鼻子。

“最好别再说它了，”他说，“一想到这东西都能让我现在闻见它的味儿一样呢。它能够让我想跑，如果迪克没有在我背上的话。”

“这里哪有血啊，”骆驼和公牛们说，“你怎么这么蠢？”

“那个东西不干净啊，”比利说，“虽然我不会想跑，但是一点也没兴趣提到它。”

“你们一直在这儿啊！”“双尾巴”摇着自己的尾巴说。

“是的，我们今晚一直都在这儿。”公牛们说。

“双尾巴”踢着自己的脚，让自己脚上的铁环“叮叮当”地发出声音：“噢，我不是在和你们说话。你们什么都看不到。”

“看得到啊，我们有四只眼睛可以看，”公牛们说，“还可以径直地往前方看去。”

“我要是和你们一样的话，就不需要你们去拉那些大炮了。我得像我的首领那样可以在开火前看到别人看不到的，他会全身紧绷着，不过要是知道得太多了也跑不了的。我如果像他一样，就能够去拉炮了。我要是能够像所有人那么聪明的话，今天也不会落到这份地步啦。我原本应该是森林之王的，每天可以自然醒，想洗澡时就洗个澡。我现在都一个月没洗舒服的澡了。”

“想得挺美啊，”比利说，“不过一个东西并不会因为一长串名字而感到舒服的。”

“喔！”军马说，“现在我能够理解‘双尾巴’是什么意思啦。”

“等我说完你再明白吧，”“双尾巴”不悦地说，“够了，说来听听你们为什么不喜欢这样！”

他开始疯狂地吼叫了起来。

“给我闭上你的嘴！”比利和军马整齐地说，不过我还听得见他俩颤抖着脚的声音。在一个漆黑的夜里，这么一头大象的吼叫的确够恐怖的。

“我不，”“双尾巴”说，“你们就不能说说看吗？难道要我求你们吗？哼——啊！哼——啊！哼——啊！”突然他停了下来，在黑暗里传来了一个弱弱的呜咽的声音，是我的那只维克森来找我了。我们两个懂得，没有什么比一只吠叫的小狗更能够让大象害怕的了，于是维克森停了下来去威吓那只绑在木桩上的“双尾巴”，并且绕在象的脚下对着他狂吠。“双尾巴”的脚拖着他来回地走，大声地呼哧着鼻子。“给我走开，讨厌的小狗。”他说，“不要在我的脚边乱闻，否则我一脚就可以踢死你。”

“我认为，”比利对军马说，“我们的朋友‘双尾巴’真的是个胆小鬼了。你看看，如果是我能踢过一次阅兵场的狗，我就能够得到一顿好吃的，那么我已经能够吃得比‘双尾巴’还要胖了。”

接着我吹了声口哨，浑身上下都是污泥的维克森向我跑来，他舔舔我的鼻子，说他在整个营地把我找了个遍。为了不让他为所欲为，我从来没让他知道我懂兽语。于是我只是把他抱到胸前，扣在外衣里面。“双尾巴”还在那里拖着大脚，跺着地，轻声地吼叫着。

“太吓人了，真的很吓人啊！”他说，“我们家族的每头大象都是这样的。唉，那只可恶的小狗跑哪儿去了？”

他用鼻子到处闻的声音很大，我都听到了。

“我们都有过被各种各样的方式模仿过的经历，”他继续说着，鼻子里还在喘着粗气，“你们看看，就在我吼叫的时候，你们这些绅士们都被我吓到了。”

“没被吓到，一点也没有，”军马说，“只是这么叫让我有种感觉，就像有些大黄蜂在我放马鞍子的地方飞来飞去的感觉。最好别再嚷嚷了。”

“我被一只小狗吓到了，而那头骆驼是被夜里的噩梦吓坏了。”

“非常幸运的是我们得以用不同的方式打仗。”军马说。

“我有一个疑问，”年轻骡子说，他已经沉默了好久，“我想知道的是，打仗到底是为了什么？”

“因为我们得到了命令，就要去打。”军马轻蔑地哼了一声说。

“得到命令。”骡子比利说，它的牙“咔嚓”一下咬住了。

“呼啃——嗨！”（这是命令的意思）骆驼咳了一声说。“双尾巴”和公牛们重复道：“呼啃——嗨！”

“也许没错。不过是谁发的命令呢？”那头新入伍的骡子问。

“那些走在前方的人——或是坐在你背上的，或是牵着你走的，或是在你身后揉搓着你的。”先是比利说，然后是军马、骆驼还有公牛，一个个依次说道。

“但他们又是接受谁的命令呢？”

“还有完没完啊，你问那么多想干吗，年轻人？”比利说，“你这是在欠揍吗？你只管做你分内的事，服从在你前边的人，别再问那么多了。”

“他说的一点儿也没错，”“双尾巴”说，“因为我在中间，我不能总是做到服从命令，但是比利说的也没错。只管服从好你旁边那个人发出的命令，不然你会使得整个炮兵连都乱了套的，甚至还会有一顿毒打等着你。”

炮兵连的公牛起身要离开了。“天快要亮了，”他们说，“我们还得及时赶回到自己的队伍里去。你们说的没错，我们只会用自己的眼睛去看，头脑也不灵光，不过我们仍然是今夜里唯一没有害怕的人。晚上好，各位勇士们。”

没有人回答，于是军马换个话题说：“刚才那只小狗去哪儿了？既然有只狗，附近可能就会有人在。”

“我在这里呢，”维克森汪汪叫着喊道，“和我的主人一起在炮的尾端下面了。你这只笨拙的怪兽骆驼，你，你把我们的帐篷弄乱了，让我的主人很愤怒。”

“啊！”公牛们说，“是不是一个白人？”

“那还会是什么人？”维克森说，“你以为我会让一个放牛的黑人照管吗？”

“啊！哦呜！吁唔！”公牛们叫道，“快跑！赶快离开这儿吧。”

他们在泥地上一个劲儿地往前挪动，用尽力气拉动陷在泥地里的弹药车车辕上的牛轭。

“算了吧，你们的力气根本不够，”比利看着热闹说，“别再白费力气了。就算拉到太阳升起来也还在原地动不了。这到底发生了什么事啊？”

两头牛的鼻子里呼着气，顿时发出一阵印度的牛特有的、长长的、嘶嘶的喷气声，他们疯狂地呼噜着往前使劲儿拉，再朝前一点，滑向了一边，然后奋力往下一踩，又滑向另一边了，差点儿就倒在泥地里。

“再这么下去，小心脖子会被弄断的，”军马说，“那些白人有那么可怕吗？我和他们天天都生活在一块。”

“他们——他们——会吃了我们！拉！”靠得比较近的那头牛喘着气说。这时牛轭子忽然“砰”的一声折断了，他俩才一起疲惫地停了下来。

以前我一直不清楚为什么英国人会让印度的牛这么害怕他们。我们乐意吃牛肉——那个东西牧牛的人绝不会吃的——自然我们的牛也不会喜欢的。

“我也得被自己的脚镣子打了！难以想象那两个大块头也会丢了脑袋？”比利说。

“不用担心，我去瞧瞧这位白人。我很了解，很多白人都会在口袋里放点儿东西的。”军马说。

“如果这样的话，我要先走了。我可不会像某些人善于阿谀奉承，说我有多喜欢他们。再说了，在这种地方睡觉的白人更有可能像是别处来的盗贼，何况我的背上还有大量的政府财物。走，年轻人，咱们是时候得回去啦。晚安，亲爱的澳大利亚！我们明天检阅时再见吧。晚安，老草包！别再让你的情绪没管教，好吗？晚安，‘双尾巴’！明天在现场的时候，你从我们身边过，别吼叫，那会乱了我们的队伍的。”

这时，军马的头往我胸前的衣服看了看，老骡子比利摆出一个老兵的臭架子，挪动着笨重的步子一瘸一拐地走开了，然后我把自己带来的饼干拿给了马吃。这时维克森，那一只扬扬得意又自以为是的小狗，吹牛说是他和我在附近饲养着好几十匹马。

“明天检阅的时候，我会乘坐着我的双轮轻便马车去参加，”维克森说，“到时候你会在哪儿？”

“就在第二骑兵中队的左侧。全体部队速度都要看我的步伐，小姐。”他彬彬有礼地说，“这会儿我得回到我的骑主迪克那儿去了。泥巴沾满了我的尾巴，看来他得花两小时来给我清洗梳理，才好去参加检阅仪式。”

在那天下午举行了全体三万人的大检阅。我带着维克森占了个好位置，离总督和埃米尔的位置很近。埃米尔头上戴着一顶俄国羔羊羊毛制成的黑色高礼帽，有一颗大钻石镶在帽子中间。在灿烂的阳光下，检阅的第一环节正在进行。步兵团走过去，抬起的腿波浪般一起一落，动作整齐，所有枪支呈现一线，让我们看得眼花缭乱。接着驰来的是骑兵部队，伴随着一曲优美的《邦尼 · 邓迪》[①]缓缓地跑过，这时候坐在那一辆小马车旁边的维克森竖起了耳朵。持长矛的第二骑兵中队迅速通过，那匹军马在里面，他的尾巴像纺成的丝线，他的头被拉到胸部，一只耳朵朝前，另一只朝后，为全体骑兵中队设定速度，他的腿走起来就像演奏的华尔兹乐曲那样平稳。接着过来的是大炮，于是我看见了“双尾巴”和另外两头大象，他们驾成一排，拉着一门发射四十二磅重炮弹的攻城加农炮，他们后面走着的是二十对同轭牛。第七对有一个新牛轭，他们看上去很不自然而且非常疲倦。最后过来的是螺式炮，骡子比利那架势就像他统率着所有部队。他的挽具被涂了油，而且被擦得锃亮，闪闪发光。我独自为骡子比利欢呼起来，不过他只顾着朝前看。

没多久，雨又开始下起来，蒙蒙的烟雨笼罩着，雾蒙蒙地都看不清部队的样子。他们在平原上铺开一个大半圆形，接着又展开变成一条直线，然后越变越长，直到前前后后足有四分之三英里长——一堵由人、马和大炮构成的坚固的墙。然后他们径直朝着总督和埃米尔走去，当他再靠近一些时，地面开始震动，就像一艘汽船上的蒸汽发动机快速转动时的甲板。

如果没有亲眼看到的话，你很难想象，这样缓慢而稳健地压过来的军队会给目击者一种怎样的壮观的效果，尽管这只是一次普通的阅兵而已。我望了望埃米尔的反应，在此之前，他还一直没显露出丝毫的震惊或其他感情，但现在的他目瞪口呆，睁着大大的眼睛抓紧了手中自己马的缰绳，朝后看了看。刹那间，他好像要拔出剑，从后面坐在马车里的英国男女之间杀出一条路来。整个队伍停

①这是大多数英国兵团用的曲子。原歌词为沃 · 司各特爵士所作。

了下来，大地也安静了下来，全体部队行礼，三十支乐队同时开始奏乐。检阅到此完毕，全体部队陆陆续续地返回自己的营地。其中一支步兵乐队开始演奏——

丛林的主人们回去了，成双成对，
永恒不变！
丛林的主人们回去了，成双成对[①]，
大象和炮兵连的骡子，共同走进了那个方舟，
只为了一起躲开那阵风雨！

我在这时听到了一位白发苍苍的中亚酋长在向一位军官询问。这位酋长是跟随着埃米尔一同来的。

“请问，”他说，“这样了不起的事情是怎么做到的？”

军官答道：“只要给他们一道命令，他们就会完成的。”

“难道那些动物能够有人类一样的智慧吗？”酋长问。

“这些动物和人一样会服从命令。不管是骡子、马、大象，还是阉牛，他们都会服从自己的驾驭者的命令，而他们的驾驭者却服从他们的中士，中士的上司是中尉，中尉的上司是他的上尉，上尉要听从少校的命令，而少校的上头是上校，上校则要服从统率三个兵团的旅长，旅长的上司是他的将军，将军上面还有总督，而总督则是女王的仆人。就是这么一回事儿。”

“在我们那里我们只服从自己的意愿。”酋长说。

“所以嘛，”那位当地的军官捻搓着胡须说，“你们的埃米尔不服从的话就必须来我们这里，接受我们总督的指令。”

①此句引自一首无名氏所作的关于诺亚方舟的老歌。

8. 让丛林进入

围堵住他们，遮盖住他们，尽量把他们包围在中间——
鲜花，灌木和树藤——
让我们遗忘掉那些画面和那些声音，
那些味道和那些种族的区别吧！

散落在圣坛石板边上发黑的灰烬，
唰唰的瓢泼大雨，
雌鹿们在未种植的田野上生育子女，
没有人会再去打扰她们；
没有门户的老墙壁倾塌，无声无息地，消失在世界里，
没有人会再住进去！

要是你曾经阅读过第一部《丛林故事》，那么你就应该知道，莫格里在会议岩上将谢尔汗的毛皮用竹钉固定在那里后，他对着存留下来的西奥尼狼群宣称自己以后还要一个人在丛林中打猎。然而狼妈妈和狼爸爸的四只小狼却说，想要和莫格里一起打猎。但在短

时间内就要改变一个人的生活是极其不易的——更别说是在丛林里。等到喧闹的狼群解散之后，莫格里首先最想要做的事情莫过于赶紧回到自己的狼窝去睡个痛快。然后，他会把自己和其他人发生的惊险旅程说给狼妈妈和狼爸爸听，他们愿意听什么他就会讲什么。在一天早晨的阳光里，当他摇晃着他那把剥皮刀的时候——谢尔汗的皮就是他用那把刀弄的——阿克拉和灰兄弟说，他明白一些道理了。然后，他俩就把水牛被赶到河谷的经历中他俩的丰功伟绩说了一遍。巴卢吃力地爬了上来，完完整整地把这件事都听了去。然而巴希拉欢喜得上下挠起了痒痒，他为莫格里安排的这场战斗的过程而感到兴奋。

已经日照三竿了，所以没有人想要睡了。说话的时候，狼妈妈会偶尔仰起头来，努力地享受着会议岩上那张虎皮在风中的味道。

"只是，如果说为了这儿的阿克拉和灰兄弟，"最后莫格里说，"我所做的还很少。啊，妈妈，妈妈！如果你看见那些黑压压的牛群像一条河流一样冲下河谷的场面，或者看到人群向我扔石头的时候牛群破门而入的样子就好了！"

"幸亏我没有看到最后的场面，"狼妈妈严肃地说，"我一点儿也不希望看着自己的孩子像豺狗似的被人追逐驱赶。这笔账我一定会跟那些人群要回来的，但是那个给你牛奶喝的女人我不会伤害她的。嗯，只有她我才会放过。"

"别激动啊，拉克莎！"狼爸爸慢条斯理地说，"你看，青蛙已经回来了，这么聪明的人，他自己的父亲要愿赌服输啦。只是，你头上的那道伤怎么来的呀？最好离人远点。"巴卢和巴希拉不约而同地附和起来："离人远点。"

莫格里依偎在狼妈妈的怀里，知足地弯起了嘴角，对他自己来说，再也不想看到、听到人的动静或者闻到人的那些味道啦。

“不过，要是……”阿克拉提高了声调说，“不过，要是人们不让你消停呢，小兄弟？”

“我们五个是在一起的，”灰兄弟一面打量着自己的伙伴，一面说，说到最后那个词儿时，猛地合上了下巴。

“那次捕猎我们不该缺席的，”巴希拉说，并轻轻地摇了摇尾巴，看看巴卢，“不过嘛，现在还去想那些人干什么啊，阿克拉？”

“事实上是这样的，”那只孤狼说，“在岩石上搭那张黄贼的皮之后，我在回来的时候顺着咱们的足迹，踩到脚印上转向旁边，最后一躺下，足迹都乱糟糟的了，这样子就不会有人跟着咱们的踪迹回到村子来。不过在足迹被我破坏得连自己也分不清时，蝙蝠蒙过来了，他飞扑在树林中，然后在我的头顶上悬着。蒙说：‘人娃娃被赶出来的那个村子，就像黄蜂的窝，叫得闹哄哄的。’”

“我扔了块个头很大的石头，”莫格里偷偷笑着说，他经常把熟木瓜往黄蜂窝上扔，以此来寻开心，而且在黄蜂还没来得及反应时，他早就躲在最近的池塘里去了。

“我向蒙询问，他还看见了些什么。他说，村口红色的花都开了，而且在旁边一些男人们都拿着枪坐那儿。我知道是怎么回事了，这个我是有经验的，”阿克拉看了看自己在大腿外侧和躯体上已经愈合了的旧伤疤，“人们拿着枪不是闹着玩的。小兄弟，不久你就会看到，一个拿枪的男人沿着我们走过的痕迹追来——要不是他已经在路上的话，我是不会这么说的。”

“他跟来干什么呢？人群不是都把我赶了出来？还不够吗？”莫格里气愤地说。

“小兄弟，别忘了你是个人。”阿克拉回了一句，“这不该是由我们这些自由猎手们来回答你，到底你的人类兄弟们想要干什么或是为了什么。”

当那把用来剥皮的刀子深深扎进地里的时候，幸亏阿克拉把自己的爪子缩了回来。莫格里动作的敏捷已经是一个普通人无法跟得上的，幸亏阿克拉是一只狼。但是就算一条狗，一条已经被人类驯化得乖巧的狗，也会从沉睡中被一个触碰到他身子的车轮惊醒，然后机警地在那车轮要往前走时，迅速地跳开，使自己安然无恙。

“以后的任何时候，”莫格里一边面无表情地说，一边把刀子放入刀鞘，“不要把那些人群和莫格里放在一块儿讲，分开说。”

“哟！这把刀子的尖儿还挺锋利呢，”阿克拉在那把刀子在地上扎过的地方认真地嗅了嗅说，“但要是和那伙人待在一起生活的话，你的眼睛也许变迟钝了，小兄弟。就刚刚你往下扎的那点儿时间，足够我杀死一头雄鹿了。”

巴希拉一下子跳跃了起来，站直了身子，往上拼命地伸着头，嗅着鼻子，并且他身上每一个弯曲的部位都挺直了。灰兄弟也赶紧地照着他的样子做，稍微往左靠了过去，面向着从右边吹来的风。正在此时，半蜷着身子的阿克拉迎着风跳过去五十码，也挺直了。莫格里钦佩地看着。虽然他鼻子那嗅东西的本事已经比人类好得多，但也永远达不到真正的丛林动物们的鼻子那般敏锐，而且他在炊烟袅袅的村庄生活了几个月，致使他的嗅觉还倒退了不少。尽管如此，他还是让手指浸湿，往鼻子上蹭了蹭，并且也挺直身板去闻高处的味道。那些气味尽管是最细微的，但也是最真实的。

“有人！”阿克拉号叫着并曲着身子伏下来。

“布尔迪阿！”莫格里蹲下来，“他是沿着刚才的痕迹来的，你看！那是他枪上反射着的光线。”

一开始只是微弱的光点，转眼间，光点就到了那支陶尔牌老式步枪的黄铜夹具上。奇怪的是，丛林中没有什么东西会随着那个光点闪动，要是天空中快速穿过一朵云彩，那么，那时候一片云朵，或是一个小水塘，甚至是那些光滑的树叶，都会明晃晃地闪着亮光。只是现在空中没有云彩，也没有一丝风动的痕迹。

“我就知道那些人会跟来的，”阿克拉炫耀地说，“我统率狼群可不是靠运气的。”

四只小狼安静地在旁边一声没吭，然后贴着地面溜下山脚去，钻进草丛中或者树底下的灌木丛中，像是在草地里消失的一只鼹鼠一样。

“你们要去哪儿，怎么不告诉我？”莫格里喊道。

“嘿！小声点儿，不一会儿我们就要让他的头骨在我们脚下滚动了！”灰兄弟答道。

“别走啊！别走！等一等！人又不会吃人的！”莫格里叫嚷着。

“除了现在，谁以前算是狼呢？那个拿着刀猛击我的可能就是个人。”阿克拉说。这时那四只狼闷闷不乐地掉头回来，趴了下来。

“需要我把要做的事情的全部缘由都说出来吗？”莫格里发狂地说。

“这是一个人啊！他说话了！”巴希拉小声地在胡子下面嘟囔着说，“即使在乌代尔布邦，当那些人在邦主的牢笼边围着时，也是这么说的。只是我们丛林的兽民都知道，万物中最聪明的是人。要是我们也能够相信自己所听到的，我们就该明白，在万物之中人也是最蠢的。”他加大了声音又说道，“莫格里在这点上说的没错。那些人都是结伴在一块狩猎的。我们有必要搞清楚其他野兽会做些什么，不然糊里糊涂地杀一个人是最不明智也是最愚蠢的捕猎。好的，就让咱们都来看看他到底能说些什么。”

“要去你自己去，”灰兄弟怒气冲冲地说，“独自捕猎吗，小兄弟？我们自己心里都明白的。就这会儿工夫，早就把那个脑袋骨踢在脚下了。”

莫格里逐个逐个地望着这些朋友们，他的胸膛上下起伏着，不一会儿眼睛里噙满了泪水。他阔步迈向了狼群，单跪着一条腿说：“我能够清楚自己到底在想些什么。看着我吧！”

他们焦虑地等待着。当他们毫无目的地四处张望的时候，他尽力地叫喊他们都回来，叫喊得让他们毛骨悚然，竖起了全身的毛，每一条腿都在发抖着，都向莫格里用力地瞪圆了眼睛。

“那好吧，”他说，“那么我们五个谁来做头领呢？”

“小兄弟，你来做大家的老大吧。”灰兄弟一边舔了舔莫格里的脚，一边说。

“好的，大家都跟着我吧。”莫格里说，于是那四只狼都夹着尾巴紧紧跟在他后面。

“都是因为他和人在一起生活过，”巴希拉在他们后面轻快地走着，“巴卢，在丛林中有了比‘丛林法律’更重要的东西了。”

虽然老熊一声不吭，但是他心里面想了很多事。

莫格里顺着布尔迪阿走的那条路横穿了过去，静悄悄地走捷径穿过丛林。就在树下的灌木丛分叉的地方，他遇到了那个老人。肩上扛着他的老式步枪的老头儿正沿着昨天晚上的足迹小跑。

你一定还记得很清楚，莫格里当时是双肩扛着谢尔汗那重重的虎皮离开村子的，当时阿克拉和灰兄弟也是跟在他后面轻轻地跑着，以至于在地上十分清晰地留下了三条足迹。没过多久，布尔迪阿到达了刚才所说的阿克拉特意弄乱了的留着脚印的地方。接着他在地上坐下来，咳嗽了几声，嘀咕了起来。他斜着眼睛往丛林里的四周观察了一下，暂时休息一下，等恢复了力气再继续前行。就在这段时间里面，他很有可能会朝着那些正盯着他看的人的头上扔一块石头。谁都不会像一只不愿被人听见的狼那么默不作声了。有时候虽然狼群认为莫格里的动作还是很笨拙，但只有莫格里能像人一样走来走去。很快，他们包围住了那个老头儿，就像一艘全速行驶的汽船被一群海豚围住了一样。由于包围了他，他们就粗心大意地聊起天来，并且他们说的话是以低于人类能听得到的最低音阶说的，只有那些接受过特别训练的人才听得见。（音阶另外的边界是蝙蝠蒙那高声短促的尖叫，那尖叫声很多人也根本听不清，所有的鸟儿、蝙蝠和昆虫的谈话都是采用那个音调）

“比起其他猎杀，这个好多了。”灰兄弟说。这时布尔迪阿弯下身子，两只眼睛努力盯着，嘴里还大口大口地喘着粗气。“这就像是一头在丛林河边迷了路的猪。谁听得懂他在说什么呢？”布尔迪阿依然在喘着粗气嘟囔着。

莫格里做了翻译：“他的意思是，那些狼一定在围着我跳舞。从出生到现在他还从未看到过这种脚印。他还说，他很疲倦。”

“在他准备上路之前，会再休整一下的，”巴希拉不慌不忙地说，在一棵树的树干周围他慢慢地绕着转圈，正在玩捉迷藏的游戏，“你看，那个瘦巴巴的家伙在干什么呢？”

“要么是在吃东西，要么是在抽着烟。那些人们最喜欢拿嘴巴解闷了。”莫格里说。那些静悄悄的跟踪者看见那个老头儿点着手中的水烟筒，接着吸了起来。他们牢牢地记住了那烟的气味，这样在必要时就可以在伸手不见五指的夜里分清楚布尔迪阿的方位。

这会儿，路的一边有几个烧炭夫走了过来，并轻松地停下和布尔迪阿说话，因为布尔迪阿是一名猎人，早已在附近一带有很大的名声。他们一个个都坐下来抽烟。在布尔迪阿正要说一说鬼孩子莫格里的事迹时，巴希拉和他的伙伴们走上来，瞪大了眼睛看着他。布尔迪阿唠唠叨叨地讲着故事，还添油加醋，信口开河。比如他自己如何杀死了谢尔汗什么的；莫格里是怎样把自己变成了一匹狼，并且和他战斗了整整一个下午，之后又变回了男孩儿，还给布尔迪阿的枪施了魔法，以至于当布尔迪阿用枪向莫格里开火的时候，子弹绕了弯飞走，打死了旁边布尔迪阿的一头水牛；还说什么村民认为他是西奥尼最勇敢的猎手，于是就派他来丛林里杀那个狼孩儿；并且说现在村里已经抓住了那鬼孩子的父母——米苏阿和她丈夫，马上要拷问他们了，让他们承认自己是女巫和男巫，再把他们烧死。

“大概要多久？”烧炭夫问，因为他们很有兴趣参加那个仪式。

布尔迪阿说，因为村民希望他先杀死那个丛林男孩，所以如果他还没回去的话，村民什么都不会做的。但是在他回去之后，米苏阿和她丈夫就会被村民发落，他们拥有的土地和水牛会分给村民。

米苏阿丈夫的水牛非常强壮和精良。在布尔迪阿看来，消灭巫师是一件大好事，最坏的巫师莫过于那些款待纵容从丛林里来的狼孩儿的人。

但是，烧炭夫说，要是那些英国人知道了这件事会怎么样？他们早有耳闻，英国人是一些非常疯狂的人，他们不会允许虔诚的村民们随随便便地就杀死巫师们。

“这个不用担心，”布尔迪阿说，“村民的头领可以和他们说米苏阿和她丈夫是被蛇意外咬死的。好啦，全部都已经安排好了，目前要解决的就是赶紧把那个狼孩儿送上西天。你们还没有碰见过这样一个家伙吧？”

这些烧炭夫朝四周特别小心地张望了一番，庆幸自己没遇见过也没收容过那个狼孩儿。但是他们完全相信，如果有人能够找到那个狼孩儿，一定会是像布尔迪阿这样勇猛的人了。天色不早了，他们心里琢磨着，他们得特意去布尔迪阿的村子一趟，亲眼看一下那个邪恶的女巫到底长什么样。布尔迪阿说，尽管他的责任只是杀死那个男孩儿，但是他也不愿意让一群毫无经验又手无寸铁的人独自穿过那片丛林；要是没有他来做向导，在丛林之中任何时候都可能在半路上蹿出狼魔。所以他愿意陪同他们穿过丛林，要是那个狼孩儿半路上蹿出来——那就更好了，他反而可以让他们看看西奥尼最优秀的猎手是如何对付这类事的。他还说道，婆罗门[①]给了他一种降服狼孩儿的符咒，保佑他万事平安顺利。

“然后又说了什么？然后又说了什么？然后又说了什么？”那几只狼每隔一小会儿就重复问一次；在布尔迪阿讲到女巫那段之

①印度种姓制度中最高等级的成员。

前，莫格里都一一解释给大家听，但是在讲到女巫的时候，他感到自己翻译不出来，所以他就只是简单地说了说，那天好心收留他的那两个人已经落入了陷阱。

“人也会被人用陷阱捉走吗？”巴希拉问。

“我也不知道啊，只是他就是这么说的。那些人们简直全都疯了。米苏阿和她的丈夫是无辜的，和我什么关系都没有，难道就因为收留我就该被放到陷阱里？还有那些关于红花的话到底是怎么回事？我想我得留心一下这些事儿。不过他们都得等布尔迪阿回去，才会处置米苏阿和她的丈夫的。那么……”莫格里一边玩弄着手中那把剥皮刀的刀柄，一边苦思冥想着。就在这会儿，布尔迪阿和烧炭夫们走在了一起，昂首阔步地启程了。

“我得马上赶回米苏阿那里。”莫格里说。

“难道就这样把那些人放走吗？”灰兄弟贪婪地望着那些烧炭夫的背影说。

“用你们美丽的歌声给他们送行吧，”莫格里说着咧嘴一笑，“你们能把他们拖住吗？我希望在太阳落山的时候他们最好还回不到村里去。”

“我们要是理解人类的话，我们可以让他们像山羊一样来回兜圈子。”灰兄弟轻蔑地龇了龇他的白牙。

“我才不用这么费劲呢。送给他们一小段歌声，让他们一路上不寂寞，并且不需要你唱得很好听。咱们跟着他们一起走，巴希拉，你来做一做编曲家。太阳落山后我们在村边见面，灰兄弟认得那地方。”

“为了一个人类的娃娃在漆黑的时候去打猎。我什么时候才能够睡觉啊？”巴希拉说着打了个哈欠，不过他的眼神告诉别人，他很有兴趣干这件乐事，“但是要我给那些没毛的人唱歌！不如试一试吧。”

他把头部低了下来，好让声音传得更远一些，然后他拖着长声喊出“祝打猎凯旋”—— 一种本该半夜号叫的声音却在下午响彻丛林，单单那声音就已经让人害怕了。莫格里听到那呜呜号叫的声音抬高了，又低下来，然后又变成一种令人感到可怕的哀号声。当他跑过丛林时，微微一笑，慢慢地，声音在他身后听不见了。他好似能够看见那些烧炭夫缩成了一团，老布尔迪阿的枪筒像一片香蕉叶子，立刻朝着各个方位摆动起来。这时灰兄弟发出了狼群驱赶大蓝牛的“呀啦嗨！呀啦嗨！”的喊声。那声音就像是来自天空中一样，越来越靠近，越来越大声，越来越清楚，随着一声突然的叫喊才停了下来。另外一匹狼作了回应，就连莫格里都会毫不犹豫地说，那群狼发出了十分有魄力的号叫。然后他们用狼群中那叫声深沉、洪亮的狼所熟知的每一个回音、颤音和装饰音，在丛林中一齐唱起了动人的乐曲。虽然演唱起这首歌的声音还是有瑕疵，不过只要你能够想象一下，当那歌声在下午寂静的丛林中传开时，会让人有什么感觉：

过了一会儿，我们在平原上留下了身影，
他们就在我们的痕迹之后一步一步地走着，
清楚明朗，又急躁不安，
所以我们再一次跑回自己的家里。
每天安静的早晨，每块石头和每一棵植物，

都光溜溜地，盛气凌人地，孤独地站立着；
这个时候大喊着："愿天下顺从'丛林法律'的善民们能够得到安眠和休息！"

这会儿，我们这些人把宝物藏在丛林里等着你们；
这会儿，我们这些丛林里高贵的人们放下身段，弓着身子什么声响也不发出，
偷偷地溜进洞里和山林。
这会儿那些人的牛儿们长得魁梧强壮，平平凡凡，
用着自己全身的力气拉着崭新的牛轭耕种。
这会儿，那一缕缕使人恐惧的光明在明亮的湖面上绽放红色的光芒。

啊！向洞穴出发吧！太阳就在草丛的后面发着光芒躲藏着，
微风就在清脆的草丛后面无声无息地走过。
睁开你们的眼睛吧，让我们一起仰望这世界，
游走在丛林里，认不清白天的模样。
野鸭在蓝色的天空下鸣叫着：
"白天啊，白天，你是属于那些人的。"

等到我们身上的露水在空气中蒸发后，
或者到路边的湿漉漉的地方，
在每天取水的那里，起起伏伏的水岸变得既干又脆，一遇到水就成了泥巴。
那出卖我们的星夜，让每一只或卷或舒的爪子在地里留下了

印记。

这个时候又听见有人在大喊着：

“愿天下顺从着‘丛林法律’的善民们能够得到安眠和休息！”

在人们急忙往树上爬，可以听见树木发出唰唰的响声和布尔迪阿开始重复那些令人听不懂的咒语的时候，那首歌产生的作用任何翻译也无法表达，更不能表达出那四只狼崽在歌中用的每个词语对人的嘲弄。再后来，那些人干脆找了个地方躺下休息，因为就像所有在生活中自食其力的人一样，他们也是那一类办事慢条斯理、有条不紊的人。如果不睡觉的话，就会让人没法以最好的状态做事情。

与此同时，莫格里早已经以一小时九英里的速度，走了好几英里地。就在他健步如飞地向前走时，他发觉自己虽然被困在人类中间那么多个月，但自己还能够这样强健，这实在是一件令人高兴的事。这时候，他的脑子里闪过一个念头，那就是尽自己的一切能力把米苏阿和她的丈夫从陷阱中解救出来，无论是什么陷阱。不仅是因为他生来就对那些陷阱怀有疑虑，而且在后来他也曾私底下自己有过承诺——他和那个村子的账总要全部算清。

他终于看见了那使他印象深刻的牧场和那棵达克树，还记得在他杀死谢尔汗的那天早晨，灰兄弟就是在那儿等他。这个时候太阳刚好要落下西山。莫格里对人的种族和社会都很愤怒，当村庄的屋顶映入他的眼帘，有个东西冲上了他的咽喉，使得他喘不过气来。他同时也发现了，那些人早早地就从地里回来，但是他们却都没去准备晚饭，而是全都聚集到了村子的那棵树下，呼喊着、喧闹着。

“那些人们不知疲倦地为其他人处处设陷阱，不然的话他们就会感到少了什么东西，”莫格里说，“昨天晚上是莫格里——但是所谓的那一夜其实是好多个雨季之前了。今天晚上是米苏阿和她的丈夫。明天晚上以及过了好多好多个夜晚以后，还会轮到莫格里。”

他小心翼翼地顺着墙体的外面走过，直到找到了关押着米苏阿的小屋子，然后通过窗户他朝屋内望去。米苏阿手脚都被绑住躺在那儿，嘴里塞着东西。她一边艰难地喘着气，还一边呻吟着；另一边被绑在那个漆着鲜艳颜色的床架上的是她的丈夫。有三四个人背靠着那小屋朝向大街开的门坐着，而门却紧闭着。

莫格里对村民的习俗和规矩已经非常了解。在他看来，只要那些人有得吃，可以聊天，又能抽烟，他们才不会去做其他的任何事。不过要是他们吃饱喝足了，他们同样会变得危险。用不了多久，布尔迪阿就会回来了，要是又让他这个向导完成任务的话，估计他又会有个非常有趣的故事可以在别人面前去吹牛了。所以，莫格里赶紧从窗子钻入屋内，弯着身子走到那个男人和女人面前，弄断绑他们的绳子，拽出塞到他们嘴里的东西，然后向屋子的四处张望，寻找牛奶。

米苏阿快被疼痛和害怕折磨得发疯了（石头和鞭子在整个上午接连不断地落在她身上），她刚要喊，莫格里赶紧用手捂住了她的嘴，及时制止了她。她的丈夫坐在那儿把土和脏东西从自己被揪坏的胡须上弄出来，只是生气，不知所措。

“我就知道——我能猜得到他会回来的，”米苏阿终于啜泣着说话了，“我想现在可以确定了，他一定是我失去的儿子！”她把莫格里搂在自己的怀里。本来莫格里还一直保持着平常的镇定，不过这时却让他全身开始发抖，这太让他紧张和担心了。

“怎么会有这些绳子，是怎么回事？他们为什么要把你们绑起来？”他停了一会儿问道。

“还不是因为生了一个你这样的儿子，才被陷害的，不然还会有什么原因？”那男人哼了一声说，“喏！看到没有，都流血了。”

米苏阿沉默不语，只是莫格里的眼睛一直盯着她的伤口，并且都能够听得见，他在看见血的时候把牙咬得嘎嘎作响。

“知道是谁做的这事儿吗？”他说，“我要向他讨回来。”

“全村人都有份的。加上我有很多的钱和很多的牛，米苏阿和我就都成了会巫术的人，仅仅因为我们那天收留了你。”

“这是什么意思？米苏阿你来说一说这事儿是怎么了？”

“纳索，你记得吗，那天我给了你牛奶喝？”米苏阿心惊胆战地说，“不仅因为你是我那被老虎偷走的儿子，还因为我非常爱你。他们说，就因为我是你的母亲，是一个魔鬼的母亲，所以必须得以死谢罪。”

“什么是魔鬼？”莫格里问，“我只听说过死神。”

那男人一脸愁苦地抬头看了看，米苏阿却突然笑了起来。“你看看！”她对自己的丈夫说，“我就说过了，我说过他不是什么会魔法的巫师。他是我的儿子——我的亲生儿子！”

“即使儿子不是巫师，现在说这些还有什么用呢？”那男人说，“现在的我们就好像是已经要死了的人。”

“那里有一条通向丛林的路，”莫格里指着窗外说，“现在你们的手和脚也都松绑了。赶紧离开这个鬼地方吧。”

“我的儿子啊，我们对那个丛林很不熟悉，就像你所想象的那样。”米苏阿开口道，“就算出去了，我觉得也没法走远。”

“就是啊，而且还有那些男男女女会跟在我们后面，我们还是会被找到拖回来到这儿。”那丈夫说。

“不用担心！”莫格里用他那把剥皮刀的刀尖划了一下自己的手掌，一边说，“我并没有想伤害这个村子里的任何人的意思——至少现在还不想。不过，他们可不会一直都在这儿守着你们。用不了多久，他们就会有许多别的事情要想了。啊！”他抬起头，听着外面的叫喊声和踩踏声，“我想，他们最终还是让布尔迪阿回村里了。”

“就在今天早上，他们让布尔迪阿出去杀你，”米苏阿说，“你没遇见他吗？”

“是的……我们……我遇见了他。估计他又有故事可吹牛了，在他讲故事的时候，就有时间干好多事了。但是我要知道他们打算干什么。想想你们要去哪儿，等我回来的时候告诉我。”

他就从窗子边往外跳了出去，接着像刚才进来的那样扶着村子外面的墙往外边跑去了，一直跑到可以听见围在无花果树四周的人群说话的地方。躺在地上的是布尔迪阿，他一边咳嗽一边哼哼，很多人都在向他询问着今天的情况。他的头发散落在肩膀上，因为刚才爬树的缘故，他的手和腿都蹭破了皮，现在他的样子几乎说不了话了，但是他却能够深刻地感觉到自己此时的地位是如此的重要。他偶尔讲起了那些关于魔鬼的事情，还说起会唱歌的魔鬼是怎样的为难他以及丛林之中魔法的魔力。正当大家以为他会给其他的村民说一些后续发展的事儿时，他却突然要求先来几口水解解渴。

“混蛋！”莫格里嘴里念叨着说，“你倒是能说啊——就说啊！能讲啊——就讲啊！这些人果然是和那些丛林的猴群是近亲啊。这会儿他又需要用水清洁他的嘴啦，他还必须抽烟，等喝完水、抽完烟的事儿都干完了，他一定会编出一大堆故事来讲，继续吹牛。人还真是一群相当聪慧的精灵啊。要是在布尔迪阿的故事还没能塞满他们的耳朵之前，他们就没有人愿意留下来看守着米苏阿。但是同时——我自己也好像和他们一样懒惰了！”

他轻轻地把身子抖动了一下，接着不声不响地溜回那个关押着米苏阿夫妇的小屋里。他在窗户旁边刚要跳进屋里面时，他的脚丫好像碰到了什么东西。

“啊——妈妈，”他说，他对那种语言非常熟悉，“你来这儿干什么？”

“刚才我的孩子们在树林中唱歌，我听见了，很担心，于是就跟随着我最疼爱的一个来了。小青蛙，能带我去看看那个用心照顾你还给你牛奶喝的女人吗？”狼妈妈说，她的样子看起来像是被露水打湿了全身。

“那些人把她关押在一个房子里绑上了，想把她杀死。我已经把那些绳子都解开了，我想让她和她丈夫从丛林的道儿上离开这里。”

“那好，我去找找他们，虽然说我现在老了，但是起码我还有强健的牙齿。”狼妈妈用两个后腿把身子顶了起来，趴在窗子边往小屋里面看了看，里面黑漆漆的一片。

她很敏捷地将脚丫子无声无息地落回到地上来，说：“虽然说我曾经给了你最初的奶吃，不过说到底巴希拉说的也是实情，这人啊到底是要回到人那儿去的。”

“这一切很难说吧，”莫格里一脸不悦地说，“不过今天这个夜晚我和那条路离得很远很远呢。你就在这儿等着吧，只要别让她看见你。”

“你总是很大胆，一点儿都不怕我，小青蛙。”狼妈妈说着又回到那片高高的草丛中，藏了起来，她明白自己应该怎么做才好。

“我回来啦，”当莫格里摇摇摆摆地再回到小屋里面时，他激动地说，“那些人全都在布尔迪阿周围坐着，他在最里面又在讲那些并没有真正发生过的事儿。一会儿他讲完故事时，那些人说了，他们一定要拿着那红花——拿着火放到这里来，把你们俩葬身火海。该怎么对付他们啊？”

“不用担心，我和我的丈夫谈论过了，”米苏阿说，“离这儿三十英里之外有一个地方叫作卡尼瓦拉，我们可以在卡尼瓦拉找到英国人来帮助我们……”

“英国人是哪一个族群？”莫格里问道。

“这个不是很清楚。不过我知道他们是白人，人们说那些白人在世界各地都有他们的领地，而且他们不允许没有证据就让人们被殴打或被烧死。只要今天晚上我们能够去到那里，我们就还有一线希望。不然，我们一定是必死无疑。”

“如果是这样的话，就去那里。今天晚上没人会通过那个大门。可是他在做什么呢？”米苏阿的丈夫跪在小屋的一个角落上挖着什么东西。

“那是他藏的一些积蓄，”米苏阿说，“除了这个，我们其他的东西就什么也带不走了。”

“是啊，没错。那东西经常在很多人的手里转移来转移去，却从未像今天这样热乎过。除了这个地方之外，人们也需要它吗？”莫格里说。

那男人怒气冲冲地瞪着眼睛：“我看啊，他就是个傻瓜，而不是什么魔鬼。”他嘟哝着说，“如果是我，我会用这钱买一匹马。因为我们已经被打得全身是伤，而且流了不少血，没有马是走不了多远的，并且村民们在一个小时之内就能追上我们。”

“除非我愿意，不然他们是追不上的。不过想要弄一匹马倒是个好主意，米苏阿看起来很需要它。”她的丈夫站了起来，把最后一些卢比放进自己的缠腰布里。之后，米苏阿在莫格里的帮助下从窗户里钻了出来，外面冷冷的空气顿时使她精神了不少，但是尽管如此，星光下的丛林看上去黑乎乎的，令人感到瘆得慌。

“去卡尼瓦拉的路你们知道吗？”莫格里轻声地问。

他们点头表示知道。

“那就好。千万要记住，现在别害怕。在路上的时候只要走好就行。不过——不过，在路上的时候，特别是丛林中，你们的前前后后可能会有一些不太让人喜欢的歌声。”

“我们可以大胆地穿过丛林中的黑夜，难道你认为在丛林中遇到的任何事会有比被烧死更让人担心害怕的吗？就算是被野兽咬死都比被人杀死强。”米苏阿的丈夫说。在一旁的米苏阿只是看了看莫格里，微微地笑了笑。

“要注意了，”莫格里接着说，仿佛他就像巴卢一样在向一个傻娃娃一次又一次地重复一个古老的“丛林法律”，“都得记着了，不会有一颗牙在丛林中对你们龇着，也不会有一只脚在丛林中朝你们踢去。不论是人还是野兽，都不会阻挡你们，直到你们走到看得见卡尼瓦拉的地方，会有人在周围保护你们。”他忽然转向米苏阿说，“即使他不相信，你也会相信吧？”

“当然是的，我的儿子。不论是人，幽灵，或是丛林中的狼，我都愿意相信。”

“在耳边回响着兽群的歌声时，他自然会感到害怕。这个你总会理解的。现在就起身吧，走得稳当一些，用不着慌慌张张的。那个大门已经被我关上了。”米苏阿扑在莫格里的脚旁啜泣着，虽然莫格里颤抖了一下，不过很快就把她扶了起来。这个时候，她忽然抱住了莫格里的脖子，接着她尽力用脑子中能想出来的所有祝福的称呼叫他。他旁边的那个男人却一脸愁容地望着附近自己的田地，说：“等我们到了卡尼瓦拉，并且还能够得到英国人的关注的话，我一定要把那个婆罗门、老布尔迪阿和其他的人都告上法庭，一定得让这些野蛮的村民受到惩罚。我要让他们为我那些没耕种的庄稼和那些没喂养的水牛付出两倍以上的代价。相信我会得到公正的待遇。”

莫格里弯起了嘴角：“我不懂什么是公正，只是，等到明年这个时候你再来看看，这里还会有什么剩下。”

一群人一起向丛林走去了，这个时候狼妈妈在刚才躲藏的地方跳了出来。

“都跟上啊！”莫格里说，“我们一定得让整个丛林都看到，这两个人有我们在保护着。只要叫一下，我就能把巴希拉呼喊来的。”

这时，响起了一声长长的、低沉的嗥叫，然后又落了下去，莫格里看到了米苏阿的丈夫突然睁大了眼睛，转过身张望着，他几乎想赶快跑回那个小屋了。

“不用害怕，”莫格里看着米苏阿的丈夫慢声说道，“我已经跟你们说了会有这个歌声的。它会一直保护着你们到卡尼瓦拉的。”

米苏阿也催促着她丈夫往前走，在黑夜中他俩和狼妈妈在旁边若隐若现。这时的巴希拉好像是从莫格里眼前蹦了出来，那个让丛林的兽民发狂的黑夜却让他高兴得浑身颤抖。

“你的兄弟们真是够意思啊。”他嘀咕着。

“什么意思？难道他们没有这样对着布尔迪阿也温柔地献上一曲吗？”莫格里问。

“真是温柔啊！温柔得太好了！他们简直把我的尊严都无视得连我自己都看不见了。我对着让我重获自由的锁发誓，我是一直伴随着歌声穿过丛林的，好似我春天里求爱的声音一样！你难道没听见我们唱的歌吗？”

“我还在酝酿着另一个行动计划。你去问问布尔迪阿，喜不喜欢那首歌。可是另外那四个在哪儿？我一点儿也不希望人群中会有人在今夜离开村子。”

“干吗还需要那四个？”巴希拉眼睛冒着火星儿，呼噜呼噜的声音比任何时候都大，“我一定能够把他们给牢牢困住，小兄弟。要来一次捕杀吗？这美妙的歌声和那些爬到树上的人，早就让我都准备好了。谁才是我们最该留意的——那光溜溜、有挖掘习性的棕褐色动物，没毛又没牙，吃土的东西？我几乎全天跟随着他——在十二点时——在最火辣的阳光下。我在后面赶着他，就像那些狼赶雄鹿一样。我是巴希拉！巴希拉！巴希拉！好像是在和我的影子一样和那些人一块儿跳着舞。你看！”那一只大黑豹好似一只小小的猫咪蹿起来扑打头顶上一片飘转的枯叶一样，蹦了起来，左右各一下地往空中抽打，发出呼呼的声音，却又无声无息地落在地上，接着又跳了起来，与此同时，那嘟嘟的咆哮的声音越来越响，好像是一个水壶的蒸汽发出嘟嘟的声响。“我是巴希拉，在这个丛林里，在太阳落下的时候，我的全身充满了力量。谁能够逃开我的攻击？人类的孩子，我轻轻地把爪子一提就能够让你丧命，你就会像夏日里的青蛙一样死去！”

“有本事就打过来吧！”莫格里说，他这时却是使用了村民的方言，而不是丛林中的语言，那人类的话让巴希拉不再动作。他迅速地后退了一步，弯下身子，腰和腿不停地颤抖着，他和莫格里的个头刚好一样高。莫格里努力把眼睛瞪得圆圆的，他以前就是这样瞪着那些狼崽子的。他睁着那双大大的眼睛，透露出淡淡的蓝绿色，眼睛瞪得那绿色后面的红光消失了，好像在二十英里之外的海面上的灯塔熄灭了灯光一般；瞪得看他的眼睛都垂了下来，以至于那个大脑袋也跟着那双眼睛越来越往下垂，越垂越低，直到红红的粗糙的舌头尴尬地在莫格里的脚面上磨蹭起来。

“我的兄弟！”莫格里小声地说，手在黑豹的脖子上慢慢地、轻轻地抚摩着，一直抚摩到那颤抖着的背部，“不要紧的，不要紧的！都是黑夜让你做错了事，不怪你。”

“都是因为那个黑夜的气味儿的缘故，”巴希拉生气地说，“在这样的空气中对着我大喊大叫的。只是，你怎么知道的？”

是的，在印度村庄周围充斥着各类不同的气味，特别是对于那些根据气味得出结论的动物来说，这些气味好比是音乐和毒品一样令人为之疯狂。莫格里对着黑豹抚摩了好几分钟后，接着，黑豹像是一只乖巧的猫一样躺在火堆前，他把爪子缩在自己的胸前，半闭上了眼睛。

“你本来是属于丛林的，但又不属于丛林，”最后他说，“虽然我只能算是一只黑豹，不过我喜欢你，小兄弟。”

“这会儿在树下，他们已经聊了许久了，”莫格里说，也没有听清刚才黑豹的最后一句话，“布尔迪阿肯定又要吹牛了。一会儿他们就会把那女人和男人从牢房中拖出来，堆放在红花里面。一旦打开牢门，他们就会发现牢门已经被打开过了！哈哈！”

“不会的，都听清楚了，”巴希拉说，“如今我的血液已经冷静了许多。最好让他们在那里发现我吧！一旦看到了我，他们基本上就没人敢离开家了。再说，我也不是第一次进笼子了；况且我想，他们是不会用绳子把我捆上的。”

“如果这样的话，就要机灵一点啦。”莫格里笑了笑，这时候他能感受到自己已经开始和黑豹一样的疯狂了，并且为自己闯进过那个小屋而感到自豪。

“嗯哼！”巴希拉低声地嘀咕着，“这里都是臭臭的人味儿，但是这里的床和奥德普尔[1]国王给我在笼子里躺的那种一样。现在我就躺一下试试看。”莫格里耳朵里能够清晰地听到，在这头巨大的野兽的重压下，那张帆布床发出了“砰砰”的断裂声。“对着这让我获得自由的锁发誓，那些人一定会误以为自己捕到了一个大猎物！过来到我的身边，小兄弟。让我们一起祝贺他们‘打猎凯旋’！”

“我想还会有更好的办法。那些人都不清楚在这次恶作剧里我到底是干什么的。你自己来打猎吧，我一点儿也不愿意再见到那些人。”

“没事的，”巴希拉说，“你看啊，他们来了！”

在远处的村口，村民们在无花果树下开会，争吵的声音越来越

①即乌代布尔，印度一个邦名。

大。他们在疯狂的喊叫中解散开来，每个村民都拿着手中的棒子、竹子、镰刀和大刀挥舞着，挤到了大路上。布尔迪阿和婆罗门的人在前面冲着，而其他人都紧随其后，他们的嘴里喊叫着："可恶的女巫和男巫！让他们在滚烫的硬币下招供吧！把他们头顶上的小屋烧了！谁收容了狼孩儿，我们就对他不客气！先给他们尝尝棍棒的厉害！火把！多点儿火把！布尔迪阿，准备好枪筒！"

就在这个时候，门变得很难打开。门闩拴得有些过紧了，不过，那些人还是能够把它打开，火把的光照亮了屋子。屋内，巴希拉在床上把身子伸直了，他的爪子互相交叉着，慢悠悠地从床的一侧落了下来，他像陷阱一般深邃，好似吓人的魔鬼一样。见到这场景，人们异常地寂静了许久，走在前面的人惊慌失措，从门槛处拼命往回跑；这个时候，巴希拉抬起头，打了个哈欠——故意地，小心地，还成心夸张地——只要是在他准备攻击一个对手时，就会打起这样的哈欠。他的那被毛须围着的嘴唇往后一拉，又往上一提，红红的舌头卷着，下颌往下垂着，低垂到你都能看见那半个灼热的喉咙；巨大的牙齿清清楚楚地长在往下陷的牙床上，上下牙合拢在一起，发出嘎嘎的声音，像一个钢铁面钥匙的榫槽在保险箱边棱上用力插的声音。一下子，街上一个人也没有了。巴希拉穿过窗户跳回来，回到了莫格里的身边；而在这同时，伴随着一连串的大喊、尖叫声，一个接着一个的人在仓皇之中，跌跌撞撞、乱哄哄地往他们自己的小屋逃去。

"他们会一动不动的，直到明天太阳升起，"巴希拉心平气和地说，"这样行不行？"

整个村庄好似都在午睡中一样，安静极了；不过只要他们仔细听的话，他们可以听得到那些装着谷物的沉沉的箱子被拖过泥地的声音，而后靠在了门上。巴希拉说得一点儿也没错，一直到天亮，村民们都不敢动一动。莫格里一个人静静地坐着，思索着，他的脸色越来越凝重。

“我能够为你效劳吗？”巴希拉终于开了口，他站了起来，一副讨好炫耀的样子。

“你只需要现在一直盯着他们到天亮。我得去睡一觉啦。”莫格里往丛林跑去，就像是一个死人从岩石上落了下去；他一直睡啊，睡啊，睡了一整天，又到黑夜了。

等到他醒来的时候，巴希拉就乖乖地待在他身边，他的旁边刚好有一头刚刚抓来的公鹿。巴希拉饶有兴趣地盯着这头公鹿看，这时莫格里拿出了他的剥皮刀动起手来，他大快朵颐之后，用手撑着下巴思考着。

“要护送的那两个人已经被我们安全地送到了看得见卡尼瓦拉的地方了，”巴希拉说，“你的狼妈妈让鸢鹰朗恩带话回来了。那天夜里，他们很幸运地找到了一匹马，他们重获了自由，并且迅速地离开了。这样不是蛮好的吗？”

“是蛮好的。”莫格里说。

“而那些无知的野蛮人一直到太阳出来好高了也没敢有动静。有少数的，也就是吃了些自己的食物，又很慌张地跑回屋子里去了。”

“他们看到你了吗？”

“可能看到了吧。天刚亮的时候，我在尘雾中回到了大门前，我自己已经低调了许多。现在都没什么事儿了，小兄弟。不如跟我还有巴卢一起去打猎，怎么样？巴卢有了新的蜂窝，想要给我们展示一下，而且我们都想着你能够和原来一样再回来。别再露出这副表情了，不然都能吓到我了！不用担心那男人和女人会被扔到红花里去，在丛林里任何事都井然有序。不就是这么一回事吗？咱们都已经忘了那些人了吧。”

“不用多久他们就会忘了，哈蒂今夜去哪里吃饭？”

“在由他挑的那里。谁要替那个连一句话都不说的家伙回答呀？怎么回事？只要哈蒂能做的，我们一样也能做得到。”

“让他那三个儿子和他来我这儿。”

“但是，小兄弟，这并不适合——把哈蒂叫来叫去的好像不怎么合适。别忘了，他依然是丛林里的老大，那‘人群’还没改变你脸上的表情时，他就教了你丛林密语。”

“那都没差别。现在我有密语对他说。让他到青蛙莫格里这儿来。他若不听，为了洗劫珀尔德布尔田地的事，也必须用命令叫他来。”

“就是洗劫珀尔德布尔的田地，”巴希拉再三地重复着，想说准了，“我去。再怎么说哈蒂不过是只会生气的，我愿意在夜里去捕杀猎物，顺便听听那句迫使那不吭声的家伙来的密语。”

他离开了，只剩下了莫格里，他愤怒地把剥皮刀使劲地插到地里。在没有看见并闻到捆绑米苏阿的绳子上的血时，莫格里还从来没在生活中见过人类的血，这对他的影响很大。米苏阿非常爱他，不过说到他对爱的理解，他对米苏阿爱的程度完全相当于他恨人类中其他人的程度。即使他非常恨他们，厌恶他们的谈话、残酷、胆怯，但是不管丛林兽民如何命令他，他都不会去杀一个人，让他的鼻孔被那些可怕的血的气味弥漫。就算他的计划很简单，但同样也是非常周到的；他想到是老布尔迪阿晚上在菩提树下讲的一个故事才使他脑子里有了这个主意时，他偷偷地笑了。

“那也是密语，”巴希拉低声地对着他的耳朵说，“他们就很顺从地在河边进食，就好像他们是公牛。你瞧，他们正从那儿走来。”

哈蒂的三个儿子和他像以往一样无声无息地来了。黏在他们身体两侧的河里的污泥还是湿湿的，哈蒂在聚精会神地嚼一棵嫩绿的大蕉树的树干，这是他用自己的长牙挖来的。不过他庞然的身躯上的每一个线条都向巴希拉表明（巴希拉眼睛很明亮），这并不是他跟一个普通的人娃娃在交流，而是一个担惊受怕的动物来到一个英勇无畏的人面前，哈蒂的三个儿子并排走在自己的父亲后面，晃来晃去的。

就在哈蒂对莫格里说“打猎凯旋”时，莫格里理都不理。在他没说话时，他一直在不停地摇晃着，脚来回晃着。他把嘴张开时，是对着巴希拉，而不是对着那几头象。

“你们今天追赶的猎人给我讲了一个故事，”莫格里说，“故事说一头落进了一个陷阱的大象，虽然是年迈而聪明的大象，却让大坑里的尖木桩给他留下一道伤疤，从一只脚的上方直到他肩上的颈脊，有一道白色的痕迹。”莫格里手一伸，然后月光在哈蒂转身的时候照出了他那石板色身躯的一侧，那里有一道长长的白色疤痕，就像是以前被一根烫红的鞭子抽打过一样。“人们要从陷阱里把他拉走，”莫格里继续说，“只是强壮的他挣脱了捆他的绳子，接着他就逃走了，直到他的伤口痊愈。后来，在夜间的时候，那些猎人们的田地里来了一个怒气冲冲的不速之客。我还记得，他有三个儿子。这些事情发生在好几年、好几个雨季之前，而且是在一个遥远的地方——珀尔德布尔的田地里。哈蒂，不知道到了下一个收获的季节，那些田地会是什么样的啊？”

“我和我的儿子们一起收了那些地里的庄稼。”哈蒂说。

“收了那些之后要种田吗？”莫格里问。

“不用。”哈蒂说。

“不知道那些靠绿色庄稼生活的人们现在如何啊？”莫格里问。

“他们都离开了。”

“那些用来休息的小屋呢？”莫格里问。

“我们把屋子的房顶都弄破碎了，所有的墙壁也都被推倒了。”哈蒂说。

“还有其他的吗？”莫格里问。

“我用五天的时间占领了从东到西所能踏过来的肥沃土地和从北到南所能踏过来的肥沃土地。我们让丛林向外延伸了五个村庄；在那些村庄里，在他们的土地上，如今没有一个人从那些牧场和松软的庄稼地里收割粮食了。这就是所谓的珀尔德布尔田地的洗劫，那是我和我的三个儿子一块合作的。不过我很奇怪的是，人娃娃，你是怎么得到这些消息的？”哈蒂说。

“是布尔迪阿告诉我的。是啊，连他也能说实话，我算是看出来了。你做得不错，有白疤痕的哈蒂；但是要有第二次的话就要干得更漂亮些，因为现在会有人来统一指挥了。把我赶出来的那个‘人群’的村庄你知道吧？他们不仅懒惰、无知，还很残忍；他们就会耍弄自己的嘴皮，他们不是为了吃食而杀害弱者，竟然是为了逗自己开心。他们在吃饱的时候，还会把自己的同类扔进红花中。这些我都见识过。我不想再让他们住在这个地方，他们不配。我厌恶那些人！”

“那就把他们都杀光吧，”哈蒂三个儿子中最年幼的儿子一边说着，一边拔起一簇草，在自己的前腿上摔打掉土之后又把它扔掉，他那双红色的小眼睛悄悄地来回看着。

“我不需要他们死。”莫格里愤怒地回答道，“难道我是一个喜欢在太阳下玩人骨头的狼崽子吗？谢尔汗都被我杀死了，他的皮会腐烂在会议岩上；只是——只是我不清楚谢尔汗到底去了哪儿，我依然没有想法。现在我会拿那些实实在在的、看得见摸得着的东西——丛林占领那个村庄，哈蒂！”

巴希拉弯着身子，蹲下颤抖的身体。他能猜测得到，一旦发生最糟的事情，就会上演一次大象们向人群、村庄、街道迅猛开攻的事，或是当人们在晨曦中耕地的时候，对人们实行一场有预谋的洗劫。但是这个从人和野兽的眼里让整个村庄消失的计划，使得巴希拉惊恐。现在他总算了解为什么莫格里要请哈蒂来了。因为只有这头强悍的大象能密谋和实施这样一场行动。

“最好像那些从珀尔德布尔的田地上逃命的人一样，让他们逃跑吧，一直到我们仅有的耕地上雨水嗒嗒地落到厚厚的树叶上的声音代替他们纺锤轻快的拍打声，直到巴希拉和我可以轻松地躺在那个婆罗门的房子里休息，在庙宇后面的水槽中，公牛卡可以自由自在地饮水！让丛林扩张吧，哈蒂！”

“只是我们——只是我们和他们无冤无仇的，更何况我们在把人们睡觉的地方摧毁前，那是需要花不少的力气的，也是需要很大的愤怒的。”哈蒂犹豫地说。

“丛林中不只是你们才是食草动物啊。你们完全可以把你们的同族都赶来。同时让其他食草动物也都关注这件事。你根本不必在田地变得光溜溜之前露面的。让丛林扩张吧，哈蒂！”

“会不会出人命啊？我可不想再像在珀尔德布尔田地的洗劫中那样，我的长牙都沾上血了，那种味儿我再也不想闻到了。”

“我也不想。我一点儿也不愿意让他们的白骨堆在干净的土地上。只要赶走他们，赶他们去一个其他的新的地方。不能再留他们在那儿了。我亲眼看到并嗅到了那个收留我的女人的血，就是因为我，他们才要置那个女人于死地的。否则，只有在他们门口新长出青草的清香才能冲掉那血腥味儿。它让我的嘴里无比火辣。让丛林扩张吧，哈蒂！”

“是吗？”哈蒂说，“那个尖木桩在我身上留下的伤疤也是这样无比火辣的，除非我们能够在春天种植时节看着那些村子消失了才好。现在我理解你的意思了。你的战争就是我们的战争。我们一定要让丛林扩张！”

莫格里还没来得及喘口气，他全身上下都被愤怒、仇恨激发得颤抖着。大象们刚刚站立的那块地方很快就没人了，巴希拉正惊愕地看着他。

“对着让我重获自由的那把砸开的锁发誓！”黑豹终于又发声了，“你是那个我替你在狼群中说过话的，当时小小的、光溜溜的小家伙吗？丛林之王，在我失去力气后，请为我说话，为巴卢说话，为我们大家说话吧！在你面前我们是些晚辈！是脚底下稚嫩的枝条！是没有妈妈的小鹿！”

巴希拉这种忽然把自己比作迷途小鹿的说法可真让莫格里哭笑不得，于是他笑了笑；喘了口气后他哽咽了一下，又接着笑了起来，笑得他不得不跳入一个池塘中以使自己平静下来。他围着水池游啊，游啊，好像自己真的是一只青蛙(这也是他的绰号），在平静的月光下钻进钻出地游着。

此时，各自朝着一个方向的哈蒂和他的三个儿子已经转过身去，悄悄地迈着大步走向一英里之外的山谷。他们慢慢地走着，走着，通过将近两天的行程——也就是那一段漫长的六十英里路——穿过丛林。他们走的每一步，他们的长鼻子摆动的每一下，蒙、朗恩和猴民全都看到了，关注着，并且议论纷纷。接着他们开始不声不响地吃了一个星期左右的东西。哈蒂和他的儿子们非到必要时，从来不匆匆忙忙，好似大蟒蛇卡阿那样。

不知道是谁挑的头，在那段日子过去了之后，一个谣言传遍了丛林。谣言是这样的，在一个什么样的山谷里，可以找到更好的猎物和水源。那头猪，他会为了嘴里的食物走到天涯海角。他拖着步子走过那些岩石，和同伴成群结伙而行。鹿和那些靠吃几乎枯死的牧草为生的小野狐狸跟在后面。膀大肩宽的蓝牛和鹿并行，跟在蓝牛后面的是成群的野水牛。那吃草、闲荡、喝水，然后又吃草的兽群甚至可能会因为一个最不起眼的小东西而转变方向。只是不论在何时，只要有了警报，就会有一只动物站在显眼的地方并且安抚大家。有一次，豪猪伊基带来了好消息，说是前面不远的地方有好饲料；还有一次，蒙振翅飞向一片林中空地，高兴地叫着，表明那儿安全没有人打扰；还有，满嘴植物根茎的巴卢沿着一条歪歪扭扭的路蹒跚地走着的时候，有时会惊恐又有点笨拙地跑回到那条该走的路上。许多动物或是跑开了，或是失去了兴趣，突然朝着相反的方向急速转去；但还是有许多动物愿意继续坚持，一直往前走。十天左右的时间又过去了，大概的情况就是如此。围着一个半径约有八或十英里的圆圈的鹿、猪和蓝牛盲目地来回绕着，而那些在圆圈的边上搜索着的正是食肉的野兽。圆圈的中央就是村子的所在，村子附近的庄稼熟了，人们在庄稼中间，坐在那些像鸽子栖息的平台的台子上面，用来吓走鸟儿的架子是用小棍子在四根木杆上搭成的。这时不会有人再哄骗鹿了。其实食肉野兽也在他们身后附近的位置，并且驱使着他们继续向前走，继续往里走。

已经是黑夜了，在哈蒂和他三个儿子从丛林悄悄来到的时候，他们轻松地用鼻子把平台的木杆折断了。台子垮了下来了，好像一棵开着花的折断的毒芹倾塌下来了一般，大象们那低沉的吼声充斥着从台子上滚下来的人们的耳朵里。然后，作为先头部队的那些不知所措的鹿群突然冲了下来，好像是洪水猛兽一样冲入村庄的牧场和耕作过的田地。跟在他们后面的是那些长着尖尖蹄子、用鼻子拱地的野猪；这些鹿糟蹋剩下的田地，猪会继续蹂躏。不一会儿，狼群的一声长长的警告使鹿群颤抖起来，他们拼命地四处冲撞着，踩倒了大麦，削平了灌溉水渠的堤埂。天渐亮之前，减弱那个圆圈外边的一个地方的压力。食肉野兽都往后留出了一条向南的小径，于是一群接一群的公鹿沿着路跑掉了。另外一些不怕死的还躺在灌木丛中吃完他们下一个晚饭。

实际上这件事已经完成得差不多了。在凌晨的时候，村民们看到自己的庄稼全都毁了。他们要是不想离开，那么等待他们的就是死亡，只要他们一年又一年地靠近丛林，他们离饿死那天也就不远了。当那些饥饿的牲口被放出去吃牧草的时候，就会发现鹿已经把牧场扫荡完毕，于是他们就会晃荡到丛林里，他们的野生伙伴儿就会带着他们慢慢地离去了。第二天来临的时候，村民的矮种马有三四匹躺在马厩里，头流着鲜血。只有巴希拉会想出这样的办法，再把那最后一个尸体随意地拖到空旷的大街上。

村民们在那天夜里，根本没有心思在田间生火堆了，以至于哈蒂和他的三个儿子慢悠悠地走着，将地上剩下的稻谷拾起来；哈蒂拾过的地方几乎是干干净净的。人们准备靠那些储存在仓库里的谷物种子维持生计，等到雨季来临，那时还可以像奴隶一样地干活儿，直到能把损失的收成补上。可事实是，哈蒂的尖象牙早就在粮食贩子想到要给自己装得满满的谷仓压价收购前，挖开了他泥屋的墙角，撞开了那个用牛粪抹过、放着那珍贵粮食的大柳条围囤。

在这些最后的损失被发觉后，终于轮到婆罗门登场了。他尝试着向自己的众神祈祷，可这是徒劳的。他说都怪某些或某个村民无意中冒犯了某位丛林之神，因为，这无疑是丛林正在惩罚他们。所以，他们把在最近处游荡的冈德人部落的首领找来——那是些矮个的、黝黑聪明的猎人，住在丛林深处，他们的祖先来自印度最古老的种族——这片土地的原始主人。村民们尝试着以自己所能做到的方式来欢迎这位冈德人。他用单脚独立着，手中拿着一张弓，两支毒箭穿过他的头饰，他既有点恐惧又有点儿轻蔑地看着那些惊慌失措的村民和他们已经被毁掉的田地。村民们想知道他的那些众神——那些他们虔诚祈祷着的神——是不是对他们发了火，想知道是不是还应该供上什么样的牲品。冈德人沉默着不说话，只是当着双目圆睁的红色的印度教偶像的面，拿起一根长着野生苦葫芦的藤蔓的尾端，一次次抽打着，穿过庙宇的门。之后他用双手在空中推着，继续沿着通往卡尼瓦拉的路走回到自己的丛林，并且眼睁睁地看着丛林兽民们缓缓地走过去。他心里明白，一旦丛林蔓延，就意味着这地方将被兽民们占领，只有白人才有望让他们离开。

根本不需要去询问他的真正意思。在他们膜拜自己神的地方，那些野葫芦会自己生长，他们最好是尽早地拯救自己。

不过这依然是一件很困难的事——把一个牢牢待着的村子拉走，拉到其他地方去。村民还是留了下来，只要在雨季前有东西留给他们吃就好说，他们会想方设法到丛林中去捡坚果或者其他食物；但是盯着他们的依然是那些带着愤怒目光的身影，甚至中午还在他们面前晃来晃去。还不到五分钟，他们惊恐地跑回自己的家，他们经过的那些大树的树干上，正因为树皮往往经不住某些巨大的尖爪子的击打，都被剥掉了，留下清晰的痕迹。越是对守在村子里的人，那些在韦根加河边牧场上玩耍叫喊的野生动物也就变得越无法无天。村民们没来得及维修那背朝丛林、空空荡荡的牛棚的围墙；野猪踩倒了它们，有着多节根部的藤蔓紧跟着长了出来，搭到了那才晾干的土地上的那些弯曲的蔓茎，在藤蔓后面的杂草直立着，好像是大撤退后的一支小妖精部队的武器。强壮的单身男人们先跑了，还四处传播消息，说是整个村子遭遇了灭顶之灾。他们说，就是这个村子的眼镜蛇把自己的洞留在了无花果树下的平台上，没有人可以跟丛林以及丛林的众神打仗呢！那些穿过旷野、踏出的小路变得越来越少，越来越模糊不清，于是，他们说和外边世界那一点点的贸易也缩减了。哈蒂和他的三个儿子在夜间的吼声终于停下了，不再扰乱他们了，也是由于他们已经没有东西可以被抢夺了。地里的庄稼和地上的种子都已经不在了。边远的土地在夜里模糊了，这会儿该是向在卡尼瓦拉的英国人请求帮忙的关键时候了。

按照当地的习惯，他们屡次先后拖延出发的时间。等到第一个雨季时，他们破陋的屋顶涌进了大水，牧场的水已经到脚踝了，在夏天的炎热之后，万物猛然重新开始生长了，这时，他们——男人、女人和孩子们——顶着早晨令人难受的热雨，艰难地走了出去，但是又习惯性地转身最后看了一眼，不舍地向自己的房屋挥别。

一直到最后一户背着行李的人走出大门的时候，墙内房子的桁架和茅草屋顶在一阵轰隆隆的响声中塌落了。一个发亮的、像蛇一样的黑色的长鼻子在他们面前一下子抬了起来，打得屋顶架子散了。那鼻子忽然不见了，接着又传来一阵轰隆隆的响声，然后是一声尖叫。哈蒂掀掉了那些茅屋的屋顶，就像拔出水里的睡莲一样，而一根弹回来的横梁砸疼了大象。在丛林所有的动物中，发怒的野象最肆无忌惮，最具有毁灭性，于是，他是需要如此来释放自己全部的能量。他向一面泥墙踢去，脚朝后一提，那墙就塌了，在倾盆大雨之下坍倒，和成了泥巴。接着他转过身，尖叫着，倚到左右两侧的小屋上，把小屋那摇摇晃晃的大门碰得直颤，屋檐也压坏了。然后，哈蒂在小小的街道上狂奔着；与此同时，他的三个儿子跟在后面也帮忙肆虐着，就像他们当初洗劫珀尔德布尔时一样。

“丛林就要把这些房子的框架吞噬了，”废墟之中有一个不紧不慢的声音说，“每一堵在外面的墙都必须得推倒。”莫格里说。他赶紧从一堵像疲惫的水牛般坍在那儿的墙上跳了下来，瓢泼大雨的雨水顺着他厚实光溜的肩膀和手臂往下流淌着。

“还不是很迟，”哈蒂喘着粗气说，“哦，但是在珀尔德布尔我的象牙已经沾了血！我的孩子们！用头撞向外面的墙！一、二、三！使劲！”

外面的墙在四头象并排地用力往前推了之后，裂了，接着倒了，那些村民看见在凹凸不齐的裂口处那些粘着泥土、凶狠的破坏者的脑袋，吓得说不出话来。这时，那些村民失去了住所和食物，就沿着山谷逃掉了。他们的村庄在他们身后被摧毁了，掀翻了，踏平了，最后变成了泥水中的倒影。

过了一个月，原来的村庄变成了一片泥泞不堪的土堆，绿色嫩草布满了整个地方。等到这个雨季过去，在这块半年前还在耕作的土地上，就会生长出一大片新的丛林。

9. 国王的象叉

世上有四种最贪婪无度的东西，
它们从未满足过：
那是茄卡那鸟的尾巴，
老鹰的肚子，
没有尾巴的猴子的手以及人类的眼睛。

——丛林谚语

这一次差不多是大蟒蛇卡阿自出生这么久以来进行的第二百次蜕皮变化；莫格里一直以来都没有忘记那次自己陷进“冰穴”的晚上，当时多亏了卡阿救了他一命——或许你还记得这件事——所以，这一次莫格里想着一定要去祝贺他蜕皮。而蛇在蜕皮的那一段时间，情绪会一直很低沉，闷闷不乐，直到完成蜕皮并且新的皮变得光鲜亮丽为止。从现在起，卡阿再也不会取笑莫格里了，并且他会像其他共同生存在丛林里的兽族一样，共同把他奉为丛林之王，他会把打听到的像自己这么大身躯的蟒蛇的消息都告诉莫格里。所以卡阿对存在于这个中部丛林里的人们的一切都了如指掌——不管是在天上飞的、地面上跑的、地底下爬的，还是在石头上待着的抑或是在地洞里住着的，还有住在树上的那些动物的事情，他全都了解得一清二楚，他会把他不知道的事随便写在自己身上的一块小鳞片上面。

有一天下午，卡阿盘卷着自己的身体坐在那边，莫格里正在卡阿盘卷的身体中间，轻轻地来回摸着卡阿刚换下来没多久、那身已是破破烂烂的、还碎成一小片一小片的蛇皮。而这一块被丢在岩石中间的破旧的蛇皮还像卡阿蜕换下来时那样，紧紧地缠在一起，还扭成一团。莫格里光裸的宽肩膀紧紧地靠在卡阿坚实的身躯上面，这位少年就好像一直是靠在舒舒服服的一张椅子上一样。

“就连长在眼睛上的那一层鳞片也是非常完美的。”莫格里轻轻地抚弄着他蜕下来的旧蛇皮，“看着自己头上的皮肤此时此刻正躺在自己脚底下，是不是感到有点不敢相信？”

“没错，可是我没有脚啊，”卡阿说，“而且脱皮已经是我们族群里的规矩了，那我也就不会觉得那些地方会有什么奇怪的了。难道你一直从未感觉到你有那破旧且粗糙的皮的时候吗？”

“如果是那样子的话，那我就把这扁脑袋拿去好好洗洗；不过，我真希望我能在这个炎热的夏天蜕皮的时候感觉不到一丁点的疼痛，还能带着蜕皮后光溜溜的身体到处跑。”

“我在清洗自己的时候也会脱掉我的皮。你看看我现在的这身新衣裳好看不？”

莫格里顺着他那巨大脊背上的漂亮的方格花纹一直一直地往下面抹去。“就连乌龟的背都比你的硬，可是乌龟的背没有你的光亮，”他很聪明地说道，“跟我同名的青蛙的后背比你鲜艳美丽，可惜啊，就是比你的稍微软些。你新换的外皮看上去真的好漂亮——跟百合花蕊边缘上的斑纹一样漂亮。”

“还得给它补补水。刚蜕换后的皮不洗一次澡，它的颜色是不会全部显现出来的，洗完澡后会更美丽的。跟我一块去洗个澡吧。”

“那就让我抱着你一块去洗澡吧。”莫格里说，于是他开心地俯下身子，想从中间把卡阿那庞大的身躯给抱起来。这就跟一个人想把一根有两英尺长的水管抬起来一样。卡阿一动也不动地躺在那里，把自己的双颊鼓起来，偷偷地笑着打趣，每天傍晚他们都要玩的游戏快要开始了，一边是一个全身充满着巨大力气和朝气的大男孩，另一边则是刚换了一身亮丽新衣裳的蟒蛇，一场摔跤比赛从他们开始交手的那一刻开始了。这场比赛是他俩眼力和劲头的较量。当然，如果卡阿使尽全身力气的话，就算是十二个莫格里都会被轻而易举地压成一摊肉泥；但是他们从不会认真地尽自己的全力来的，他们玩得很小心，生怕一不小心伤害到对方，所以，哪怕连自己十分之一的劲都没有使出来。卡阿教会莫格里这种游戏是从莫格里长到能承受一点点粗暴的力量的时候，这种方法比其他任何方法都能锻炼四肢。有时候，卡阿会用力地把莫格里团成一块，直到莫格里快受不了，他使劲想腾出一只手臂好让自己能够抓住卡阿的喉咙。可是紧接着，当卡阿突然松开了莫格里的时候，莫格里就会紧抓住机会，趁着卡阿巨大的蛇尾向后摆动，想要去找一块石头或者树桩撑住身体，但卡阿就会飞快地移动，不让他找到支撑点。这个时候，他们便会互相抱着头四处滚来滚去，相互盯着找时机，所以这一对美丽的对手就变成了一团又黑又黄的蛇圈和胡乱挣扎的胳膊和腿，不停地倒下，然后又不停地爬起来。“嘿！嘿！嘿！”卡阿说道，他突然假装出要进攻的样子伸出自己的脑袋，速度快得就连敏捷的莫格里都不能一下子把他推开。“看吧！小兄弟，我碰到你这儿了，还有那儿，还有那那那……你的手是不是都麻木了？又碰到你这儿了！”

他们的游戏最后的结果都是一样的——小男孩都会被蛇脑袋有力地一击打倒。莫格里从他们比赛那刻开始到现在，始终没想到办法怎么对付他像闪电般的一击，卡阿反而对他说，他完全不需要去想着怎么来对付这一招。

“那就祝你打猎顺顺利利了。”卡阿最后笑呵呵地说道。而莫格里还是一如既往，被卡阿一下子摔到了六码以外的地方。他边笑边喘着粗气，然后抓起满满的一手青草，从地上迅速爬起来，紧跟在卡阿后面，一同来到在一堆岩石中间的一汪黑深水潭，这里是卡阿这条聪明的蛇最喜欢洗澡的一个地方。水潭旁边的树桩都沉浸在水里了，自然而然地给这里一些情趣。小伙子按照他在丛林的方式，慢慢地溜进水里，然后再潜水到水潭的对面；然后再一次静悄悄地从水里冒出来，仰面静静地躺在上面，脑袋压在两只交叉的胳臂上面，躺着，轻轻地望着从岩石那升起来的月亮，再用脚把水中映着的月亮的影子搅碎。湖面被卡阿那钻石一样的脑袋像镰刀似的从中间划开来，然后卡阿浮出水面，却又刚好落在莫格里的肩头上。两个朋友就这样舒服地让自己沉浸在这沁凉的湖水中。

“这样子真的好棒啊，”莫格里在睡意蒙眬中，喉咙发出细微的声音，“在那‘人群’里，从以前到现在，他们都活在用泥做好的陷阱里，放上一些坚硬的木块，然后不让清新的空气跑到室内来，再用一块泛着臭气的布把他们的脑袋蒙起来，鼻子里哼唱出那种邪恶还难听的歌来。那里永远都比不上在丛林里这么美好。”

一条忙着赶路的眼镜蛇从背后的岩石间突然冒了出来，在喝完水后，对着他们道了一声“祝打猎顺利”后，就迅速地走开了。

卡阿“嘶”的一声，他好像突然想起什么事。“丛林小兄弟，你在丛林里经历过的那些是否满足你所有的愿望了？”

“这里并不能满足我所有的愿望，”莫格里笑着说道，“不然的话，每个月都得有一头新出生的谢尔汗被我杀死。而且现在，我可以在没有水牛的帮助下自己杀死他了。另外，我以前非常希望这个地方在雨季的时候能够是阳光普照的，而在炎炎夏日的时候这里的阳光又能够被雨水盖住；还有，每次我饿得难受的时候，总是希望我能够把一头山羊杀死，而在把山羊杀死之后，我又希望我杀死的不是一头山羊而是一头公鹿；而当我杀死的是一只公鹿而不是山羊后，我又希望我杀死的不是一只公鹿而是一只大羚羊。唉，贪心不足，我还能怎么样？”

大蛇又问：“难道你就没有其他的愿望了吗？”

“我倒是希望我还能有更多的愿望。在这个地方，我不仅拥有了丛林，还拥有了丛林赐予我的一切！从东到西，还有哪个地方的东西能比得上这里呢？”“喂，可是那条眼镜蛇说……”卡阿开口说道。

“你说的是哪条眼镜蛇啊？是不是说那条刚过来什么都没说然后就走了的眼镜蛇啊？他正在打猎。”

“我说的不是那条眼镜蛇，而是其他的。”

“那你经常跟那些有毒的兽族来往吗？我都不管他们，他们走他们自己的路。他们嘴巴的门牙里总是携带着死亡的气息，这可不是一件谁都喜欢的事，因为他们是那么小。那刚才跟你说话的那条蛇是怎么回事啊？”

卡阿将自己的身体在水里慢悠悠地转了个身，就好比一艘轮船在海浪里前进一样。他说：“你应该没有忘记三四个月前我在‘冰穴’狩猎的那个地方吧？正被我捕杀的那个家伙尖叫着跳过了蓄水池，然后跑进了那所我曾经为了救你而被我砸坏的那个房子，然后又钻进地洞里去了。”

“可是原本住在‘冰穴’里的兽族并非生活在地洞里。”莫格里知道卡阿说的是猴子。

卡阿回答说：“这个家伙在这里并不是在‘生活’，他们是想要‘生活’下去，”他的舌头颤动了一下，“我跟着他一同钻进了一条又深又长的洞穴里，追到它，把它杀了之后我就睡了。醒来之后我就继续向前走了。”

“那你还是在地底下吗？”

“是的。在那里我碰到了一条‘白头兜’（白眼镜蛇），他不仅跟我说了一些我所不知道的事情，还带着我去见识了许许多多我以前没见过的东西。”

“那是不是新的猎物啊？你的狩猎有没有成功啊？”莫格里侧过身来问。

“不能称那个为狩猎，而且他们能够咬断我们所有的牙齿；可是‘白头兜’说他对人类还是很了解的，人有时候即使舍出自己的生命也要去看一些东西。”

“那我们一块去看看吧，”莫格里说，“我现在想起来了，我以前也是人类。”“别急，慢点。那条黄蛇就是因为匆忙吃掉了‘太阳’才没命的。我们在地下谈论的时候，我还提到你原本是一个人。‘白头兜’说（他确实和丛林差不多老了），‘我也很久没见到人了，去叫他过来吧，这些东西都会给他看的，这里面的东西可别小瞧，即使一个小小的东西都会有人愿意为了它舍弃性命。’”

“那一定不会是某种新的猎物。为什么当那些有毒的兽族遇到猎物时都不会过来通知我们呢？他们并不是什么很友好的种族。”

“他们不能被叫作猎物，至于是什么，我也说不出来。”

“我们到那边去看看吧。我从来都没有见过‘白头兜’，我还想看看你说的那些东西到底是什么，他会不会捕杀它们啊？”

“他说他所看守的那些东西都是没有生命的。”

“哦！好似一头狼一样一直守护着带回家的战利品。我们离开吧。”

莫格里游向岸边，然后在草地上滚了滚，使自己的身体干起来，然后他们两个一起向“冰穴”前进。

你大概也听说过这个城市遗址很久以来已经荒无人烟了吧？那个时候莫格里对猴群已经一点儿都不害怕了，相反，猴群却非常害怕莫格里。不过，这个时候他们整个族群都去丛林里了，所以，此时此刻在月光照耀下的“冰穴”是那么幽静。卡阿一路带着他来到了原本是王妃亭的废墟上，他迅速地通过垃圾堆，进入被王妃亭废墟挡住一部分的楼梯，然后进入地下。莫格里首先用蛇的声音叫出“你和我，我们是同胞”，然后迅速地跟过去。他们在一个又长又倾斜的通道里曲曲折折地爬了好久，又拐了几个弯，最终到达一个被一棵离地十英尺大树树根顶出来的地方，那里有一块大石头。在这里他们发现了一个窟窿，进入这个窟窿，出现在他们眼前的是一个巨大的窑洞，而这个窑洞的圆顶都被那棵大树顶破了，几丝光线透过裂缝照进这个本该是一片漆黑的洞穴里。

“这个地方很安全，”莫格里站起来说，“可惜太远了，我们没法天天过来。那也没办法，我们要见的东西放在哪里了？”

“你们说我值得看吗？”从窟洞的中间传出这句话来。莫格里看见一条他从未见过的长达八英尺的巨大的眼镜蛇缓缓地竖起身躯来，只见这条大蛇的眼睛红得堪比红宝石那般鲜艳，由于长时间待在黑暗里没有得到光照而导致身体的颜色已没有了该有的光泽，反而成了破旧象牙的那种白，就连头也与众不同，很是奇妙。

“祝你打猎顺利！”莫格里依然很有礼貌地对他说，“对那座城市，你有什么消息吗？”

可是白眼镜蛇并没有回答他的问题，反而问道：“就是那个统率着二十个国王，围着巨大的城墙又拥有着百头象、千匹马和无数牛羊的那个城市吗？因为我的耳朵现在已经听不见任何声音了，所以不记得有多久没有听到那边作战的锣声了。”

“我们在一片丛林的里面，”莫格里说，“在象群中我就认识哈蒂跟他的儿子。还有一个村庄的所有马都被巴西拉杀死了，还有，国王到底是什么啊?”

“我不是都跟你说过了吗？”卡阿轻声地对眼镜蛇说，“这个城市早在四个月前就已经消失了。”

“存在于森林中的那座巨大城市，国王的塔楼时时刻刻都在守卫着这座城市所有的城门——它是永远都会存在的。这座城市早在我爷爷孵化出来以前就已经存在了，并且永远不会消失，直到我们的子孙也都变得跟我一样发白！它是由叶迦苏里的儿子维叶加、维叶加的儿子昌德拉比加、昌德拉比加的儿子萨洛姆狄在巴帕·拉瓦文时代建造起来的。你是哪家跑出来的牲口？”

“这里不能通过，”莫格里转过身来跟卡阿说道，“我不懂他在说什么。”

“别说了，我也不知道他在说什么。他年纪太大了。眼镜蛇的父亲呵，他自古以来就存在于这片丛林之中。”卡阿说道。

“那他会是谁啊？”白眼镜蛇说道，“那一个不知道什么是国王，在我面前丝毫不畏惧用人嘴，却在说我们的话的是谁？那个会说蛇话、身上佩戴小刀的人是谁？”

“我叫莫格里，”莫格里这样回答，“我是狼的同胞，从丛林里出来的，卡阿是我的兄弟。眼镜蛇的父亲呵，你是谁？”

“在我皮肤还不是白色的时候，库伦王公建造了这一座石窟，在上面把金银珠宝都放进来，让我看守这里，并且让我把前来这里盗宝的所有人都杀死。我们的主人——婆罗门的歌声一直在响着。”

“这样啊！”莫格里自己嘟囔道，“我之前就已经跟婆罗门打过交道了，这些我都懂得。即使在这里也依然无法躲避邪恶的到来。”

“自从我来到了这里，上面的石头就被反反复复地掀开过五次了，每一次都不是取出这里的财宝，而是往这里面放入更多的财宝。这个地方的珍宝都是属于一百个国王的，任何地方都不会再有这样的宝藏了。我以为这个地方已经被忘记了，因为这个石盖距离上一次被掀开已经不记得有多久了。”

“你没抬头往上看吧？你头顶上的石头已经被大树的树根顶开

了，这个城市已经不复存在了。”卡阿坚持树和人是不会共同在一块长大的。

“之前人们找到过这个地方两三回，”白眼镜蛇恶狠狠地说，“他们小心翼翼地在黑暗中摸索，接着，他们只短短地喊叫了一声。可是你们却不一样，你们是带着谎话来到这里的，你们是想让我相信这个城市已经消失了，让我觉得我的职责已经完了。这么多年以来，人类不会有太大的改变。而我也一丁点儿都不会变的！我要一直守护着这里，直到唱着我知道的歌的婆罗门教徒用热牛奶来喂我，带我离开这里，到明亮的地方去，不然的话，我会永远地看守这些国王的宝藏！你们说这个城市已经消失不存在了，树根长到了这里，把上面的石头都顶破了，那这里的宝藏你们随便拿吧，如果那个能说蛇语言的人能从这里安然地出去的话，那么那些小国王都将服从于你了！”

“这里还是不能通过，”莫格里没有觉得不适合地说道，“眼镜蛇的父亲啊，你的白头兜是不是被钻进来的豺给咬了啊？我看不出这里有什么东西是可以拿走的。”

“我在太阳和月亮面前担保你一定是犯疯病了，你是在找死啊！”眼镜蛇咝咝说道，“在你死之前让你看看从来没有人见过的东西，算是我赐给你的恩惠吧！”

“我还从没听说过在这片丛林中有什么东西敢对莫格里说赐予什么、恩惠什么的，”莫格里低声说道，“可是我想，如果在这种暗无天日的地方待这么久，不管是谁都会变的吧。如果让我看这些东西能让你开心的话，那我就看看吧。”

他费力地眯着眼睛往洞窑周围望去，从地上捡起了一把不知道是什么发亮的东西。

“啊哈！”他说道，“这东西很像我之前在‘人群’中看到的东西，就是颜色不大一样。”

他丢下手里拿着的金币，继续向前走去，看见地上的金币已经堆得有五六英尺那么高了。我想由于长久没有整理，它们已经紧紧地黏在一起，撑破原来装着它们的麻袋滚出来了。那些带着浮雕花样镶嵌着珠宝的精致象轿杂乱地散落在金币上面，也有一部分还被埋在金币中，就好像是一艘被埋在沙砾中很久的船，它们的表面都用金片、红宝石还有绿松石点缀着，很是华丽。女王使用的肩舆跟暖轿也都在这里，暖轿用银和上釉的珐琅作为骨架，用翡翠做轿杠的把手，用琥珀做窗帘的吊环；还有一个用绿宝石装饰的金烛台，还能看到在烛台上晃动的绿宝石；这里还有一些有五英尺高、装饰得很漂亮的神像，这些神像现在应该都被人遗忘了吧？这里的宝贝真的很多——有镶嵌着金子的钢甲，已经朽烂掉的珍珠，有装饰着红宝石的头盔，有嵌着金片跟绿宝石用龟甲牛皮制作而成的盾牌，还有好多宝剑匕首也都装饰着珍宝。这里的宝贝真的是太多了。设在地下从未见天日的祭坛跟祭祀所需要的金碗金勺、玉杯玉镯，梳子、香炉、金瓶等，数不清的臂箍、束发带、指环和腰带，还有已经腐烂成粉末的木箱，除此之外，还有一大堆红绿蓝宝石等在外面很少看到的宝贝。

“白头兜”说得没错，这里的宝贝就是再多钱也买不到。这里的所有宝贝不知道都是经过多长时间,多少次战乱、抢劫等各种方式才留下来的。不算这里的宝石，单单就是这里重达两三百吨的金币就已经是无价之宝。现在印度的每个王公都藏着财宝，就算他们很穷也都藏着；大多数的王公都会保守自己的秘密，不会说出去，事隔很久才会出现一个开明的王公肯拿出银子去换取政府的债券。

这些财宝意味着什么，莫格里不会懂得。他只对里面的匕首有点兴趣，对其他没什么兴趣。后来他又发现了一个真正使他着迷的东西，那东西被埋在一只象轿前面的金币里。那东西就像一只带钩的蒿子，或者叫象刺，大约有三英尺长。有一根镶满天然宝石的把手，握起来非常舒服方便。接下来看到的是一个镶嵌着绿宝石，上面用红宝石雕琢了一朵花的翡翠环。剩下的部分则是象牙。象叉顶端是一个外面镏金又刻着图画的钢钩子，上面刻着的画深深地吸引着莫格里，他想这画或许跟那只已经沉默的大象哈蒂有什么联系。

“白头兜”在他身后一直跟得近近的。

“这些东西值得你用自己的生命去换吗？”他说。

“你说什么我不懂，”莫格里说，“这都是些什么东西啊，一点都不好吃，那这个是……”他举起了象叉，“我拿到阳光下面照照看。这些东西都是你的吗？我能不能拿些青蛙来跟你交换啊？”

“白头兜”笑得很阴险：“这里的一切都送给你我都不介意，如果你能够活着离开这里。”

“这个又黑又暗的地方我已经待不下去了，我现在就想把这个带有尖刺的东西带着跟我一块出去。”

“知道你脚下的东西是什么吗？”

莫格里听他这么说，就把那块白色光滑的东西捡起来了。

“这东西应该是人的头骨，”他安然说道，“这边应该是另外两块头骨。”

“那些人应该就是很多年前来这里，并想把宝藏拿走的人吧。

那时候，我只是藏在黑暗中跟他们说了几句话，他们就永远地躺在了那里。”

“这些宝藏给我也没什么用。我这次过来只要能带走这个象叉的话，那我就很满足了。就算没法带走这根象叉也没关系，我也仍然觉得我是成功的。我不喜欢跟那些带着毒的兽族有什么冲突，他们也把你们一族的密语教给我了。”

“不过，在这里能用的密语只有一句，也只有我知道！”

卡阿眼睛闪闪发光，毫不畏惧地上前。“到底是谁让我把他带过来的？”他说道。

“不用问了，是我，”老眼镜蛇含混不清地说道，“我已经有很多年没有见过人类了，没想到他居然还能说我们的语言啊。”

“我并没有想要杀死他的想法。我现在回去别人肯定会说他是被我害死的。”

“时间到了我自然会说出是我杀了他的。那边墙上有个洞，你回不回去，自己看着办吧。给我闭嘴，别逼我让你也永远消失在这个丛林中。我一直都在看守着这座国王城市的宝藏，只要人来到这里，我就不会让他活着出去！”

“你别乱想了，我告诉你，现在我们周围都是丛林，你所说的那个国王跟城市早就消失不见了！”卡阿喊道。

“宝藏依然在这里，这样吧，卡阿，就让那个男孩在这里玩玩吧，这里这么大，足够我们玩上一阵子了！”

莫格里的手在卡阿的脑袋上抚摩着。

“这条白蛇对我一点儿都不清楚，他就跟‘人’打过交道。”他悄声耳语道，“我想试着去狩一回猎。”本来莫格里是反着拿象叉的，但象叉迅速地被他抛了出去，斜着飞了过去，正好从大蛇的头上飞过去，钉在了他后面的地面上。然后卡阿以迅雷不及掩耳之势扑到白蛇身上，牢牢将他缠住，使他无法动弹。那没有被钉住的大花脑袋因为发怒狂乱地摆晃着，眼睛里仿佛冒着炎炎大火一样。

“杀死他！”卡阿对着正要拔刀的莫格里说。

“别，”莫格里抽出刀来说，“从今往后我再也不乱杀生了！”他用刀撬开了蛇嘴，蛇嘴里露出两颗深深地埋在牙床里的毒牙，不过由于老了，那獠牙已经萎缩发黑，现在已没有毒液了。“苏[①]。”莫格里说道，他让卡阿收起象叉放开白眼镜蛇。

“看来国王需要找个人来替换他了，”他郑重地说道，“苏，你可没怎么安守本分啊！”

“唉，杀了我吧，我已经没脸继续活着了。”白眼镜蛇咝咝地说。

“我想我现在该离开这里了，我已经说了太多杀人的话了。苏，因为你败给了我，所以这个带尖刺的东西归我了。”

“那我希望这东西最后不会把你杀死。它带来的只是死亡！别小看这个玩意，它足以让我们所有人都离不开这座城市。谁都无法长时间占有它，不管你从我这抢走了它，还是别人从你那抢走了它。它会让你们一直杀戮！从现在起，这支象叉会代替我的，我已经没有任何力量了。它能带来的只有死亡！只有死亡！”

莫格里离开那个洞窑回到地道里去，看了白蛇最后一眼。白蛇像发了疯似的用那已经萎缩没了毒的牙死死啃着那些金子做成的神像的脸，嘴里还不停地说：“它就是死亡！”

---

①“苏”的字面意思是“腐烂的树桩”。

他们走出那里，再次见到熟悉的阳光。莫格里在丛林中挥舞着象叉，在阳光下，象叉散发着强烈的光芒，莫格里高兴得好像头发里别上了一丛新的花朵一样。

“它的光芒丝毫不逊色于巴希拉的眼睛，”他旋转着红宝石高兴地说，“我想让他们看看这根象叉，可是我不明白苏说的死亡到底是怎么回事。”

“这个我也不明白。你就应该拿你那刀子捅他几下。‘冰穴’里有着天上的、地下的那些邪恶的东西。早上你跟我一块去打猎物吗？我饿了。”卡阿说道。

“不行，我必须得让巴希拉看看这东西。祝你狩猎顺利。”莫格里挥着他的象叉兴高采烈地走了，还时不时地停下来观赏他那象叉。当他来到巴希拉待的地方后，看见巴希拉吃饱后正在喝水。他就把这次经历的所有事都告诉了他，巴希拉认真地听着，还时不时地嗅嗅那根象叉。当莫格里把白眼镜蛇最后说的那些话说出来后，豹子呼噜呼噜地表示赞同。

“那么‘白头兜’所说的都是真的了？”莫格里急忙问道。

“我从小在奥德普尔国王的兽笼中长大。我知道自己还是对人类有所了解的。有些人甚至会因为一块红石头去杀死好多人。”

“为什么啊？石头多沉，还没有我这把小刀好；而且，你说这红色石头还不能当饭吃，人们因为这玩意杀人是为什么啊？”

“莫格里，别想了，快去睡觉吧，我也要睡觉了，你曾经跟人类一起生活过，而且……”

“我记得。人们杀生是因为无聊，他们拿杀生来取乐。别睡了，你说这个尖刺是用来干吗的？”

巴希拉因为太困的原因，眼睛里透露出恶意的闪光：“这是人们用来刺破哈蒂儿子们的脑袋的，这样就可以让哈蒂的儿子们脑袋流血。我曾经在奥德普尔街上看到过这东西刺破不少哈蒂同胞们的脑袋。”

“那他们这样对待象是为什么啊？”

“人类这样做是想让他们遵守人类的法律。人制造出这些东西来替代尖牙利爪，这东西还不是最狠的。”

“不管我走到哪，都是要流血的，不仅是我，‘人群’制造出的东西也一样。”莫格里用很不高兴的语气说。他现在对这把沉重的象叉没有什么兴趣了，甚至有点厌恶它。“我不知道这些，不然的话，我就不会拿走它了。它让那么多伙伴流血，你看吧，我再也不会使用它了！”

接着，他就把象叉丢进远处的树丛中去了。“我现在跟死亡没任何关系了，”莫格里把他的巴掌在新鲜的泥土上擦了擦说，“那条老蛇。”

“我困了，不管黑白死活了，小兄弟。我实在没有精力去继续号叫了。”

巴希拉说完就跑到远处自己的巢穴睡觉去了。莫格里则直接挑了周围一棵树上去了，没多久就用树藤在树上做了一个吊床。莫格里并不是不喜欢日光，他之所以在晚上行动，都是按照他那些朋友的习惯来的。莫格里在扔着鹅卵石的美梦中被闹腾的兽族吵醒了，醒来一看，天都快黑了。

“不管怎么样，我也要看那东西一下吧。”他说。于是他顺着一根树藤爬到地面上。但是巴希拉速度比他还快。莫格里听见他在昏暗的光线里嗅来嗅去。

“你说那个尖刺跑哪去了？”莫格里喊道。

“你看这里有人的痕迹，肯定是被人拿走了。”

“我们快去看看，如果那个把这个东西拿走的人死了，那就说明苏说的话没错，那东西真的意味着死亡。”

“不急，我们先去把肚子填饱，”巴希拉说，“饿着肚子眼力肯定不好，再说了，人走得那么慢，这里这么潮湿，会留下很多痕迹的。”

当他们捕完猎物，吃饱喝足，开始去寻找人的足迹的时候，已经过去三个小时了。生活在丛林里的动物都明白，在这里干什么都可以急，就是吃饭不用急。

“你说那个尖刺会掉过头来把他杀死吗？”莫格里问道，“苏说拿着它的人都会死。”

“等我们找到后一切就都知道了。”巴希拉说。他现在正在赶路。“从这个足迹可以看出这个东西对他来说还是太重了，而且他就只有一个人。”

“嗨！这么明显谁不知道啊！”莫格里回答说。在月光照耀下，可以看到两个影子在黑夜里不时地改变着方向行进。

“他现在应该正在加速赶路了。”“从脚印就能看出来。”他们走过一段潮湿的地面，“他在这里拐弯做什么？”

“你等一下！”巴希拉说，然后加速使劲往前跳过去，“当你看不清足迹时就得小心点了，别让自己乱七八糟的足迹留在地上了。”巴希拉一到地面就翻身过去对莫格里喊道：“他应该是被另外一个人追赶的，你看这儿还有一个脚印，虽然脚板小了点。”莫格里跑上去细细一看。“这是一个冈德猎手的脚板，”他说，“你看，从这就能看出他为什么要拐弯了，他是在躲避。”

“对，”巴希拉说，“小心点，别弄乱脚印，咱们分开追，你追小脚板的冈德人，我追大脚板的。”

巴希拉跳回到原来的足迹那里，然后就去追赶了，莫格里则留下来仔细观察这个小脚板的脚印。

“好啦，”巴希拉沿途一直跟着脚印追赶，“假设我就是大脚板，然后我从这个位置拐弯，这个时候我躲在一块大石头后面一动不动。现在说说你的吧。”

“好，假设我的是小脚板，已经到了岩石边上了，”莫格里沿着印迹跑了过来，“假设这回我坐在石头上，脚边放着的是我的弓。因为这边脚印很深，所以我在这里等了很久。”

“跟我的差不多，”巴希拉就咳了一声说，“从石头上的那条划痕应该能看出来，那个尖刺在这边划了一下。说说你的发现吧，小兄弟。”

“我在这边看到了一根树干和一根树枝被折断了，”莫格里压低了嗓子说。

“喂，那我该怎么说我这边的情况啊？噢，我懂了，我离开这里时，一定会故意发出声音让大脚板听到。”

“我离开岩石后到了一条瀑布边上，远远地就听到那边他的声音。”

“我……向前走……到遥远的……那里……呱呱的……水流……把我淹没……了；我……还在这里……等候着。再说说你发现的关于大脚板的情况吧。”

豹子正在周围观察脚印好更清楚明白，然后他开口说：“我，大脚板，看到四下无人，就迅速地从岩石后面带着尖刺跑了出来，因此留下的足迹也就十分明显了。快点，我们继续追下去，我先行一步了！”

此刻丛林里是那么安静，只有巴希拉和莫格里沿着足迹追赶的身影。

“喂，你现在在哪儿了？”巴希拉喊道。莫格里回答的声音从很近的地方传了过来。

“嗯！”豹子小声地咳了一下说，“我想这两个人应该是并排着跑的吧，两个人的距离越来越靠近了。”

在接下来的半英里中，两个人之间的距离没有发生变化，直到莫格里——他的头不像巴希拉那样低得俯到地上——喊了起来：“他们碰头了！祝狩猎顺利！看吧，这块岩石上有靠过的痕迹。”“嗨，大脚板就在那边！”

在他们不远处的岩石堆上面躺着一个这个地方的村民。他的后背被一支箭刺穿了，箭上还有支羽毛。

“这会儿你是不是已经开始相信那个苏说的话了？现在已经死了一个了。”

“先不管这，再跟下去看看那个尖刺在哪。”

“到这里就只剩下一个足迹了，我想应该是被小脚板拿走了吧。”背上背着东西，个子瘦小还能跑得这么快，这里的每一个痕迹在追踪者眼里都是那么清晰。

在足迹把他们引到一个山涧中燃烧后遗留下的灰烬的地方时，他们两个一直都没有说话。

“这边又死了一个！”巴希拉突然停住了，“身体都僵硬了。”

他说话的声音那么没有生机。地上躺着一个身材瘦小的冈德人，有一只脚还在灰烬里。

“他是被一根竹竿杀死的，”莫格里看了一眼就知道了，“当我还在‘人群’中生活的时候，我对水牛群使用过这东西，眼镜蛇的父亲，我真不该取笑他啊，我早该知道他远比我了解这个种族。我之前说过杀人在他们眼里只是因为好玩，是他们打发时间的一种方式。”

“不对，他们杀人是因为想要那些红色和蓝色的石头，”巴希拉回答道，“我之所以知道这些，是因为我曾经在国王的笼子中待了很久。”

“一、二、三、四，这里有四条足迹，”莫格里在灰烬中发现了情况，“四个穿鞋的人的足迹。他们走起来没有冈德人那么快。唉，真不知道那个小个子樵夫对他们做了什么？从这里还能看出来，他们在死前还在一块，并没有什么问题。巴希拉，先回去吧，我都感觉到我的胃在翻滚了。”

“不能这样，在半路上怎么能轻易放弃，快点跟过去！”豹子说，“看得出来，他们走得很慢，离咱们不远。”

又过了一刻钟，在这段时间内，莫格里和巴希拉都没有说过话，就一直跟着那八个脚印。

现在太阳已经升得老高了，很是炎热。巴希拉说：“这里有烟味，离他们应该很近了。”

“人们在跑路的时候吃饭的时间总是会比跑路的时间长。”莫格里回答道。莫格里在这附近一带的灌木丛中穿来穿去的，而巴希拉则待在一边发出一种说不出感觉的声音。

“这里又死了一个人。”尸体在这里是那么显眼。

“那个‘竹竿儿’又干坏事了，”莫格里说，“瞧，他们应该是为了食物才互相残杀的吧。”

“已经是第三个了吧。”巴希拉说。

“我得抓些肥美的大青蛙去给眼镜蛇父亲了，”莫格里自言自语道，“即使那把尖刺是用来杀死象的，我还是喜欢它！”

“快点跟上去！”巴希拉说。

后来莫格里和巴拉希发现，那几个人还没走多远就全都死了，死前还在烤着东西。而那只象叉则安然无恙地躺在旁边，上面的红宝石、绿松石在阳光下还是那么耀眼、那么吸引人啊，似乎什么都没有变化。

“用效率这么高的工具来干活，他们一定都会没命啦。”巴希拉说，“他们身上找不到一丁点伤痕，那他们是怎么死的？”

生活在丛林中的生物对辨别有毒的植物跟果实都有很丰富的经验。莫格里尝了一口篝火上的饼，刚到嘴里就马上吐了出来。

“‘死亡苹果’，”他咳咳地说道，“这几个人一定是被‘死亡苹果’毒死的，这几个人一起合伙先杀了那个冈德人，后来又杀了他们自己。”

“今天收获不错啊，打了不少猎物吧？”巴希拉说道。

在这个丛林中刺苹果跟“达拉图”都被称作“死亡苹果”，就因为它们的毒性强得可怕。

“那我们现在该怎么办？”豹子说，“我们是不是会因为这个玩意而杀死对方呢？”

“它会不会说话啊？”莫格里低声说，“我就这么把它丢了是不是惹到它了？因为它无法控制我们，因为我们对那些‘人’想要的东西不感兴趣。如果它继续留在这里的话，它一定不会停止杀人的，我不想看到‘人’就这么一直被它杀死，虽然我对人类没有什么感情。”

“这有什么？这是他们人的事，他们对这似乎还挺满意的。”巴希拉说，“刚被杀死的那个小个子樵夫打猎很厉害。”

“只是他们看起来多么弱小啊，就因为欲望，结果把自己的命都葬送了，这一切都是我导致的。”莫格里说。他那样子看起来好像什么都知道。“从今天起，以后不管是什么东西，不管好坏，我都不会再带进丛林里来了，”他小心翼翼地捡起象叉说，“必须把这个东西送回去，我们必须先休息好。先把它埋起来吧，以免它再出去继续害人。”

“小兄弟啊，”巴希拉边朝树那边挪着边说，“我跟你说，这都是那些‘人’惹出的麻烦，不是你的错。”

“这些事都一样。”莫格里说，“先等我睡醒，起来后我再把它挖出来送回去，你现在先挖个深坑。”

过了两个晚上，白眼镜蛇因为宝物被抢走的原因感到非常羞愧，现在正独自待在黑暗的洞窑中埋怨自己。突然有一个东西砸在了满是金币的地面上，仔细一看，才知道是一只嵌着绿松石的象叉。

“那个眼镜蛇的家长，”莫格里说，他十分小心地靠在墙另一面，“为了不让来这里的人偷走国王的宝藏，你快去找一个同族来守护这里吧。”

“哦，它又归来了。我就知道这个东西就等于死亡，可你怎么还好好活着呢？”老眼镜蛇一声一声地说，亲热地把叉柄裹起来。

“再也不要把它放出去了，它在那个晚上一下子杀了六个人，为什么会这样，我也不知道，我可以对着买下我的那头公牛起誓。”

10. 红毛狗

为了我们无法入睡的美丽的晚上，
那些晚上各处寻找，望得远，打猎轻松，技巧娴熟，
为了那新鲜的气息在露水离去之前的拂晓，
为了透过雾霭快速向前，那些被猎人追赶的猎物吓得东躲西藏，
为了那大公鹿最后插翅难逃、决一死战，一直呼喊的是我们的同伴，
为了晚上的惊险打猎和疯狂捕杀，
为了白天能够踏实地在兽穴洞口眯一小会儿，
杀戮，我们继续去杀戮。
呜噢！呜噢！

那是在以前的丛林变化为村庄之后，莫格里认为自己的幸福生活就此开始了。他一直觉得一切都理所当然，因为自己欠的债终于还清了。他的朋友似乎遍布整个丛林，就是有时候有点儿害怕他。

他不知不觉中从一个兽群变成另一个兽群，尽管没有其他四个同伴的帮助跟陪伴，他也能够用他自己的所见所闻编出许多的故事，并且他的每一个故事都能够讲得跟现在这个差不多一样长。所以，对于他是怎样遇到曼德拉的那头疯象这个问题，你是永远也不会知道真相的，那头疯象弄死了正拉着一车银币前往政府财政部的二十头公牛，硬币撒得满地都是，金光一闪一闪的。你不会知道他是怎样在整个漆黑漫长的夜晚，能够在北方的大沼泽地跟鳄鱼雅克拉搏斗，并且还把那头兽背部鳞甲上面的剥皮刀也折断了；也不清楚他是怎样找到挂在一个被野猪顶死的人的脖子上的那把更长的新刀，更不明白他又是如何跟着那头野猪并且杀死了它，应该说是公平地付了那把刀应有的价钱；还有一次，不知道他如何在大饥荒中遭到迁移的鹿的追赶，差一点儿就被那群疯狂奔跑的鹿群踩死；他又是如何默默地将掉进一个有尖木桩的坑底部的哈蒂救起；在那件事之后，第二天，他自己又是如何落入一个被人精心设计的捕豹机关，这时哈蒂又有什么能耐能够将他头顶上的粗木栏杆撞得破碎；还有，最后他又是如何在大沼泽里挤到野牛的奶以及又是如何……

然而，每一次我们一定得讲一个完整的故事。比如狼爸爸和狼妈妈都死了，莫格里不顾一切将一块大圆石头滚到他们的洞穴门口，并且还为他们大声歌唱了《死亡曲》。已经十分苍老的巴卢，身子骨都僵硬了，就连之前筋如钢、肌如铁的巴希拉，也在不知不觉中在捕杀猎物的过程中动作不如往常敏锐了。年迈的阿克拉，他身上的毛已经由灰色变成了乳白色；他瘦骨嶙峋，走起路来的时候你就会看到他就像是由一块块木头搭建而成的。为他打猎的是莫格里。还有那些幼狼，通俗地说就是散伙儿了，以前属于西奥尼狼群的狼孩儿们，一个个茁壮地成长起来了，数目也明显地增加了，现在他们已有四十只左右，因为他们没有了领导他们的头领，当他们五岁的时候，他们的声音微微变洪亮了，脚也脱了毛；这时，对于他们来说，阿克拉应该将他们聚集到一起，遵纪守法，要有一个首领统率，那才算得上是合格的“自由兽”。

莫格里充分证明了自己的能力，说明了一些问题，当然，就像他所说的那样，他已经尝到了苦的滋味，并且他还没有忘记“那棵他吃了苦果子的树”。现在，法奥，就是法奥纳(他父亲是阿克拉当头儿的时候的灰兄弟特拉克）的儿子，终于奋力争到了令狼瞩目的狼群领导位置。按照“丛林法律”，那些往日的呼唤声和歌声得有一次在星光之下响起。为了怀旧、回忆，莫格里来到了会议岩。他决定最后说几句话。狼群中的每一位成员一直等到他讲完，然后莫格里坐到了法奥上方的岩石上、阿克拉的旁边。怀念那些好打猎、好睡觉的日子，因为陌生者不敢闯入那属于莫格里和兽民的丛林，所以他们生活得很安然。

幼狼们茁壮成长，并且带来了很多很多的幼崽。因为莫格里总要去参加一次次“过目”活动的会议，同时他也总会回想起那头黑豹将一个光溜溜的棕色人娃娃带进狼群的那个夜晚，和那一声声悠长悠长的呼喊——“仔细瞧瞧，仔细看看，狼群诸君”，这一系列的话让他的心跳得更加厉害。除此之外，他还会和他那其他四个狼兄弟跑到很远的丛林去，让对方尝尝、摸摸、看看和领悟一下新鲜、好奇的东西。

在一天下午黄昏的时候，他不急不忙地小跑着穿过山地，并且将他猎杀的半只公鹿带给阿克拉，那其他四个狼兄弟也慢跑着跟在他的后面，偶尔打打斗斗，也许他们是因为活着而高兴得互相翻滚着。就在这时，莫格里听见了一声可怕的叫喊。自从谢尔汗肆虐的可怕日子过去之后，他还从来没有听到过那种令人胆寒的叫声。在丛林中他们管那叫“瞰”，确切地说，就好像是豺狗发出的一种令人心惊胆战的吼叫，兴许是当豺狗跟在一只老虎后面捕猎或是正在进行一场大屠杀的时候才会发出那样可怕的尖叫。设想一下，加入你能想象出的一种仇恨、胜利、恐惧和绝望交织在一起的那种现象，其中还夹杂着含有敌意的一瞥，这是怎样的一种感觉？那“嗷嗷”声反反复复，一起一落，振动着，颤抖着，四只远远地穿过韦根加河的狼顿时果断停住前进的脚步，全身的毛竖立起来，低声地吼叫着。这时莫格里尝试着用手去摸他的刀，但他似乎又想起了什么，又忍住了，鲜血涌上了他的脸，瞬间他眉头紧皱。

他说：“不会有一个带条纹的家伙敢在这儿捕杀吧？”

“这不是那个‘先人’的叫声，”灰兄弟说，“这在某种程度上是大规模的猎杀。听！”

那可怕的叫声又起，仿佛一半呜咽、一半咯咯地叫，于是莫格里深深吸了口气，就像是可怕的豺狗也长了人类最柔软的嘴唇。莫格里向会议岩跑去，一路上超过了狼群中所有匆忙往前跑的狼。法奥和阿克拉依然都在岩石上，他们下方坐着狼群中其他的狼，个个精神高度集中。但是狼妈妈和狼崽仔们都因为害怕或者其他原因跑进了他们的洞穴，因为听到恶嚎时，可不是刚刚出世的弱小动物外出的时候。在黑暗之中，除了韦根加河汩汩的流水声和吹过树梢的微微的清风，他们似乎什么都听不见，突然，从河面上又快速地传来了一声狼的号叫声。那不是狼群中的狼，是一只孤独的狼，因为狼群全被莫格里聚集在岩石这儿。那叫喊的音调由简单的号叫声变成了一声长长的、绝望的连续吠叫——“野狗”，那声音说：“野狗！野狗！野狗！”他们也仿佛听见了疲惫的脚步踏过了高高的岩石，紧接着，一只骨瘦如柴的狼扑进了他们的狼圈之中，并且喘着粗气，然后躺倒在莫格里脚旁，一道道血痕明显地出现在他身体的两侧，他的右前爪残疾了，下巴上都是从嘴里吐出来的白沫。

“祝打猎顺利！你是谁的属下？”法奥高声问道。

“祝打猎顺利！我是温托拉。”趴在地上的闯入者回答道。他刚刚说话的意思是：他是一只独来独往的狼，也就是所谓的孤狼，也许他就是在某个单独的洞穴里，养活着他自己、他的妻子和小狼崽，南方的许多狼都是这样。在这里，温托拉也是一个“群外兽”的意思，更通俗地说，就是一个游离于任何群体之外的动物。这时，他的喘气声更加急促，莫格里他们也应该能看见由于他心脏的跳动使得他前后颤动。

“是什么动物迁徙？”法奥突然问了一句，因为法奥知道这是在“嗷嗷”的可怕的喊声之后，所有丛林动物都想要问的问题。

“野狗，是德堪的野狗——红毛狗，他就是杀手！他们从南方迁徙到北方来，说德堪已经空了，而且他们一路上在拼命地杀戮其他动物。当月亮还是新月的时候，我还有四个家眷，是五口之家，我的那口子和我的三个狼崽。她总是教他们在长草的平原上捕食，容易躲起来攻击公鹿，我们生活在旷野的动物大多都这样做。

“午夜，我似乎还听见他们在一起，一路边走边跟在后面，到春风拂面的时候，我发现他们已经全都倒在草地上，都僵硬了。四个啊，自由的兽民们，当月亮还是新月的时候，他们还是四个呢。

然后，我寻着我亲人的血迹找去，发现了野狗。”

莫格里连忙问：“有多少只？”这时狼的喉咙里发出了特别低沉的吼声：“我不知道，我只知道他们当中有三个不想再猎杀了，但是，出乎意料的是，最终他们像追赶公鹿一样地对我穷追不舍，然后拼命攻击我的三条腿。你们看看吧，我自由的兽民们！”

他伸出自己的前脚，那上面全是黑色的血，血肉模糊。他身体下方的一侧被咬得很厉害，他的喉咙好像也破了，被锋利的牙撕咬过。

“吃吧。”阿克拉看着莫格里手里带给他的公鹿肉，抬起头说道。“群外兽”一下子扑到了肉上。

“这不会浪费的，”他消除了最初的那种饥饿感之后，低声下气地说，“给我点力气，自由的兽民们，我也能猎杀了。因为我的窝已经空了，在这个新月的时候，它还是满满当当的呢，血债还没偿还。”

法奥听见了一种“咔咔”的响声，那是“群外兽”的牙在咬一块大腿骨时发出来的，然后法奥赞赏地发出咕噜声。

他说：“我们将需要那样的嘴，野狗们有狗崽子吗？”

“没，没有。现在他们全都是红毛猎手：狗群里的基本上全部都是成年狗，因为之前他们在德堪吃的是蝎，所以他们身强体壮。”

温托拉所说的意思是，野狗，才是真正意义上德堪的红毛猎犬，他们正在行进，在猎杀。狼群也非常清楚地明白，现在就连老虎都恨不得要把一头新捕杀的猎物献给可恶的野狗。因为红毛狗是径直穿过丛林围赶猎物的动物，他们把遇到的动物都先扑倒，然后撕碎。即使说他们的个子没有狼个子大，也赶不上狼一半的敏锐狡猾，可是他们非常强壮，而且数量很多，这就好比人多势众。譬如，野狗在没达到一百只之前，严格来说，是不把自己称为一个种群的，他们觉得没有这个能力；但是四十只狼实际上就是一个相当大的狼群了。莫格里不知不觉地溜达着来到这个长满高高青草的德堪丘陵地的周围，他亲眼看见了那些野狗，野狗在他们做窝的洼地和草丛里睡觉、嬉戏、玩耍和搔痒。莫格里蔑视他们，憎恨他们，因为他们的气味确实不像自由兽民的气味，还有，就是因为他们不住在洞穴里，更重要和更可怕的是，他们的脚趾间长着毛，而莫格里和他的朋友们脚上都干干净净的。他开始憎恨起他们来。不过，他知道，一个野狗捕猎群应该有多么可怕，因为大象哈蒂曾经告诉过他。就连哈蒂都要躲开他们的路线，直到最后没有猎物或者他们自己即将被杀死的时候，他们才会继续往前走。

阿克拉对野狗也有一定的了解，因此他对莫格里悄悄地讲："死在整个狼群里要比没有头领和孤独地活着强。这是毫无预兆的捕猎，而且也是我的最后一次捕猎了。但是，因为只要有人类活着，你就有许多个夜晚和白天，小兄弟。到北边去躺下，等到野狗过去了之后，要是还有活着的动物，那他们就会把最后战斗的消息带给你。"

"哦，"莫格里严肃地说，"当我们狼群在地上战斗的时候，你们是要我去沼泽地捉几条小鱼到树上睡觉，还是要我去请求猴子们帮忙砸坚果？"

"这可不是闹着玩的，这可是要命的事，"阿克拉也严肃地说，"你从来没遇见过那种野狗，就是那红毛杀手。就是那可恶的带条纹的家伙。"

“噢呜！噢呜！”莫格里很不快乐地说，“一只带条纹的傻瓜曾经被我杀死过，我很清楚地明白：假如谢尔汗能够隔着三个猎区把一个兽群嗅出来，那么他也就会留下他自己的妻子来对付那野狗，自己肯定出去找肉吃。嗨，你们听好了：曾经有过那么一只狼，就是我的爸爸；还有过那么一只狼，就是我的妈妈……所以，我……”他提高了嗓门儿，又说，“听着，当那些可恶的野狗来的时候，假如哪条野狗来送死，自由兽民在这场捕猎中跟莫格里是同族。听着，我用赎买我的公牛发誓，用巴希拉为我付的当初那头公牛起誓，就这件事情，你们在狼群中也许不记得了，我的意思是说，如果有一天我忘记了，那么我们的树林和河流会听见这一切并且牢牢记住这里所发生的一切；听着，对狼群来说，我的这把刀就像锋利的牙齿，并且我可不觉得它钝。这诺言就是我在这里许下的。”

“你不了解野狗，还是个说狼话的人，”温托拉说，“我关注的只是在他们将我撕碎之前，我一定要将这笔血债讨回来。他们每次移动非常缓慢，并且大多都是一边走一边猎杀，但是短短两天之内，我再去讨那笔血债也不迟，因为到那时我的力气就会有所恢复。但是，对于你们，自由的兽民们，我现在想说的是，你们现在暂时可以去北方吃点儿东西，直到那可恶的野狗离开，在这次捕猎中没有什么可吃的肉。”

“听见那个‘群外兽’说的话了吧！”莫格里兴高采烈地说，“我自由的兽民们，现在我们一定要往北走，从河岸上我们可以把蜥蜴和老鼠都挖出来，以防万一我们遇到野狗。以我对他们的了解，他们一定会在咱们捕猎的地区把动物全部杀光，而如今我们却躲藏在北方，为什么要等到直到他们乐意把我们自己的东西还给我们？他们只是一只狗而已，而且是一只狗的小狗崽——红毛、黄肚子，他们现在没有藏身的窝，而且我说过，更令人厌恶的是，他们每个脚趾间都长着毛！一窝小崽是六到八只，他每天在算着。现在感觉他就是那个跳动的小老鼠契凯。想必我们必须得离开了，自由的兽民们，我的请求就是北方的兽民能够允许我们在北方吃点儿死牲口的烂肉！你们应该知道那句谚语吧？他们都说：‘北方是跳蚤，南方是虱子。’你们决定，哦，现在你们自己决定吧。这是一次非常好的猎杀行动！为了我们全体兽群，为了兽穴和褥草，为了在那捕猎区的区里和区外捕猎，还为了那驱赶雌鹿的妻子和洞穴中的小不点儿幼崽，战斗！战斗！再战斗！”

狼群以一阵低沉、惊人的吼叫作答，那声音在夜间听上去就像一棵大树倒了下来。“迎战！”他们吼叫道。

“跟这群狼在一起，”莫格里高声对那四只狼说，“每一个斗士我们都将需要。现在法奥和阿克拉必须准备好战斗。我现在去侦察狗的数目。”

“我们这是去送死！”温托拉半抬起身子吼叫着，“就这么一个没长毛的家伙，他能做什么？去对付可恶的红毛狗？”

“你的的确确是一个‘群外兽’，”莫格里又大喊着回了一句，“不过等野狗都死了，咱们再庆祝。祝打猎顺利！”

莫格里现在高兴得有点发蒙，几乎都没看看自己朝哪儿去，就很快走进了夜幕之中。当然，结果是他自己整个身子绊倒在了卡阿那巨大的盘着的身体上，那条大蟒蛇正趴在那儿紧紧盯着那条河边鹿经过的道。

“啐！”卡阿生气地说，“打扰一次夜间的狩猎，当狩猎进行得相当顺利的时候，我在想这一切也是丛林的行为吗？”

“是我的错，”莫格里边说边缓慢地爬起来，“我现在的确在找你，扁脑袋，不过现在每一次咱们见面的时候，如果用我的胳膊来量的话，你现在又长长了，长粗了。在丛林中的你与众不同，你是狡猾、老练、健壮和最美丽的卡阿。”

“唉，这条路最终通往哪儿？”卡阿说话的声音突然变柔和了许多，“在不到一个月之前，有个带着一把刀的小人儿朝我的头上扔石子儿，还用小树苗讨厌的名字呼唤我，因为那个时候我正在旷野里躺着睡觉。”

“啊，还把那些被追赶的鹿赶向四面八方，那是莫格里在这里打猎，就是这一位扁鼻子太聋了，没听见他的任何吼叫声，让鹿给跑了。”莫格里现在很镇定地一边说一边坐到那色彩鲜明的蜷盘着的身体之中。

“同一个小人儿现在到这儿来了，然后又对那同一个扁脑袋温柔地说着好听的话。说他很聪明、很坚强、很茁壮，就这样，这同一个老扁脑袋相信了这个扔石子的小人，还腾出了个地方让他休息……现在你舒服些了吗？我不相信巴希拉能给你这么好的一个休息的地方。”

卡阿跟往常一样，因为莫格里，他把自己变得仿佛就是一张柔软的吊床。男孩儿在黑暗之中伸出手，然后又抱住那像电线一样柔软的脖子，直到他的肩膀靠上了卡阿的头，最后卡阿把夜里在丛林中所发生的一切事情都告诉了莫格里。

“我或许比较勇敢敏锐，”最后卡阿这样说，“我想是耳聋，这点我可以肯定。不然的话，我早就会听见那可怕的‘嗷’声了。感到不安的应该是那些食草动物，我并不怎么惊奇。野狗有多少？”

“我到现在还没看见呢。我恍恍惚惚地来找你。我想你年龄比哈蒂大。但是，”当卡阿说到这儿的时候，莫格里兴高采烈地扭动起来，“这将是一次有利的杀戮。也许另一次月亮，我们中间没几个会看到了。”

“你也想参加这事儿？可你不要忘了，你是一个人；也不要忘记是什么种群把你赶出原本属于你的地方。让狼自己对付狗吧。你是一个人。”

莫格里说：“去年的结果是今年的黑土地，这话确实是对的，我是一个人，但是今夜我曾经说过我是一只狼，我心里只是这么想的。我要求这条河跟这些树都记得，记住我是属于自由兽民，卡阿，直到野狗过去了。”

“自由兽民，”卡阿嘴巴嘟哝着说，“自由的盗贼！可你把自己系在一个死亡的绳结上就是为了纪念那些死去的狼吗？这可不是一个有利的捕猎。”

“这是我曾经的承诺。因为我想那些树应该知道，那条河应该明白。在那些可恶的野狗过去之前，我是坚决不会收回自己的承诺的。”

卡阿说：“嗞！这样的话，所有的路线都改变了。我以前想的是要把你带到北部的沼泽去，毕竟那承诺——甚至可以说是一个渺小的、赤身裸体的光溜溜小人儿的承诺一样——就是一个承诺。现在的我……”

“仔细想想，扁脑袋，省得在那死亡的绳结上你把自己也系上。其实我并不需要你的承诺，因为我很清楚地知道……”

“还能怎样？就这样吧，其实我也不愿做出任何承诺，”卡阿说，“不过，等到野狗来的那一刻，你还想要干什么？”

“首先，他们一定要游过韦根加河。我想用我的刀在暗处对付他们，狼群跟在我的后面就可以了；然后就这样一边扎一边刺，只有这样，我们才有可能让他们往下游去或者让他们的嗓子冷静下来。”

卡阿说：“只要野狗不转弯，他们的嗓子就好吵。但是等到那狩猎结束的时候，那个时候既没有了小人儿，也没了狼崽子，我想到时只剩下干枯的骨头了。”

“啊啦啦！如果我们会死，那我们就死。我想这将是最有利的狩猎。但是好的一点就是我的胃还很嫩，我还没有经历过那么多的风风雨雨。我不聪明也不健壮。但是这样子的话，你有什么更好的计划吗，卡阿？”

“我已经经历过许许多多的风风雨雨了。我想在哈蒂还没长出他那乳白色的长牙之前，我已经在这个土地上留下很宽大的足迹了。以第一个蛇蛋发誓，我的岁数比好多树的都大，丛林里的一切其实我都看见了。”

“可是被称为新型的狩猎者，”莫格里说，“过去我们从来没和野狗狭路相逢。”

“那样的事情是有过。我认为即将发生的事只不过是一个被人遗忘的年月又回来了而已。在我数我自己那些岁月的时候，千万不要出声。”

在那盘蜷着的蛇身上，莫格里已经仰着躺了似乎好长一段时间，就在这个时候，他发现卡阿的头却在地上一动也不动，从那个蛋壳中出来之后，他见过和知道的所有一切事情，也许现在他就在回想那一切。他发现卡阿眼睛里微弱的光芒似乎将要离去了，然后只剩下像是乳白色的玻璃一样的那双眼睛。不时地，他还将自己的头直挺挺地、慢慢地左右摆动，就好像他在做梦捕猎一样。这个时候，莫格里也不出声地在那里打着盹，因为他很明白，什么也比不上他在打猎前睡个好觉，再说，他已经训练出来了，不管是白天还是在黑夜，任何时候都能睡上一个好觉。

这个时候，他明确地感觉到自己身下卡阿的背部现在变得越来越大，越来越宽，因为那条巨蟒已经鼓起了自己巨大的身子，嗖的一声，就像是一把利剑从钢鞘中被抽了出来一样。

“应该说我是经历过所有萧条的季节的，”这个时候，卡阿终于说话了，“当你看到那些参天大树，那些年迈的大象以及茂盛的苔藓从光秃秃的尖尖的岩石上长出之前。请问你还活在世上吗，小人娃儿？”

莫格里说：“我不明白。”然而这个时候，月亮刚刚落下去。

“嘘！现在我又是卡阿了。我也明白这才过了一小会儿的时间。现在我们要做的是去河边，我现在要让你瞧瞧对付野狗要做些什么，具备些什么条件。”

刚说完，卡阿就直挺挺地像一支箭，朝着前面韦根加河的主流奔跑过去，然后从离淹没了和平岩的池塘不远的上游猛地扎进去，莫格里紧紧地跟在他身后。

“不，不要游泳。我走得特别快。到我背上，我背你，小兄弟。”

莫格里用他的左臂钩住了卡阿的脖子，右臂耷拉在卡阿身体的右侧，紧贴着自己的身体，然后把脚伸直了。于是，卡阿随水流游去，因为现在只有他能这么做。那时被阻挡的水波细浪一个接着一个立了起来，形成又细又长的水花在莫格里脖子的周围，然而他的脚却在那条蟒蛇急速甩动的身边所激起的旋涡中前后晃动着。距离和平岩上游一两英里处，在大理石石岩跟峡道之间，韦根加河瞬间变窄了好多，因为有八十到一百英尺高的大理石石岩，湍急的水流像一股运转磨坊水车的水流急速流动，从许多可怕的、奇形怪状的石头中间和石头上面缓缓流过。不过，这时的莫格里并没有为流水花费脑筋，他在想世界上也许很少有什么样的水会使他感到一点点的害怕。这时他看着峡道之间谷的两侧，心中很不安地嗅着，因为那个时候空气中有一股浓浓的甜酸的气味，十分像热天里一座大蚁山的气味。后来他自己也本能地潜入水中，而卡阿将自己的尾巴在一个没在水中的岩石上绕了差不多两圈，然后停在了那儿。莫格里只是时不时地把头抬起来呼吸，并把自己托在卡阿盘着的身子的周围，这时的水继续不停地往前流去。

“这就是所谓的‘死亡之地’，”莫格里慢吞吞地说，“可是我们干吗要到这儿来？”

“现在他们正在睡觉呢，”卡阿又说，“哈蒂不会因为那个身上带条纹的家伙而闪到一旁。可是那带条纹的家伙跟哈蒂都会因为可恶的野狗而一起闪到一旁，野狗他们不会为任何事、任何人让路的。可是那些岩石上面的‘小不点居民们’会因为什么而为谁闪开路吗？谁能告诉我，丛林的主人，谁才是丛林真正的主人？”

“他们，”莫格里低沉地说，“因为这里是人们所说的‘死亡之地’。那咱们走吧。”

“不，当心，因为他们现在正在睡觉。”

自从我们的丛林形成，在韦根加河峡谷上面的裂缝和风化的岩石就被那些岩石的“小不点居民”——飞过来飞过去的、凶猛的印度黑野蜂——利用了；莫格里心里也非常清楚明白，所有的足迹都在到达峡谷之前半英里处拐过弯去了。几个世纪以来，这些“小不点居民”都是密集群居的，把整个群从一个裂缝移到另一个裂缝，裂缝开来，最后再分群，很不新鲜的蜂蜜也黏在了白色的大理石上面，他们在里面黑乎乎的凹穴中建筑了自己长长的、茂密的蜂巢，不论是人或野兽，火或是水，在那里，他们都从来没碰过它们。又细又长的峡谷两侧，就好像是闪闪发亮的黑丝绒帷帘悬挂着，那时的莫格里看着看着就慢慢地将自己缩了下去，因为聚在那里的是无数只睡觉的野蜂。一些团团块块、各种色彩形状以及一些像腐朽树干一样的东西在岩石的表面上点缀着。另外，还有在没有风的峡谷周围建造的新城市或是过去多年的老蜂巢，像海绵一样大块大块的腐败的垃圾也滚了下来，并且黏到树上，然后一个个在岩石的爬藤间悬挂着。最后当他认真听的时候，他不止一次地听见一个装满蜂蜜的蜂巢翻滚着掉下来并发出窸窣的声音，然后掉进黑黝黝的水道里；紧接着是被激怒的翅膀所发出的嗡嗡作响声以及残存的蜂蜜缓慢地一滴一滴地往下面滴着，渐渐地流淌下来，直到流满了在半空中突出的某个岩石上，才缓缓地从小嫩枝上流淌下来。在河边还有一个不到五英尺宽、非常小的小海滩。在小小的海滩上高高地堆着数不清是多少年的垃圾。那里有死蜜蜂、废弃物、腐烂的蜂巢，还有那些闯到蜂巢上抢掠的飞蛾的翅膀，它们一个个都掉下来，然后形成一堆堆匀称、细细的黑土。那散发出来的刺鼻的气味，足以把任何没有长翅膀的生物都吓破胆，并且让他们都知道“小不点居民”到底是什么样的东西。

现在卡阿逆流而上，然后到了峡谷上游的一个沙滩。

他说："这就是这个季节被杀死的所有动物。看吧！"

一头水牛跟两只幼鹿的骨架子在岸上躺着。莫格里也能看得见，不管是狼还是豺狗，他们都还没有碰过那些骨头。

"因为他们不懂得'法律'，所以他们也过了那条线，"莫格里低沉地说，"是'小不点居民们'杀了他们。趁着'小不点民居们'醒来之前，我们赶紧离开吧。"

"他们天亮之前是不会醒来的，"卡阿说，"然而现在我将要告诉你的是在我还没有经历许多许多个雨季之前，有一只走投无路的雄鹿从南方跑到我们这儿来。由于他根本就不了解这片丛林，所以，那个时候一个兽群嗅着他的足迹跟在他后面。害怕使他的眼睛一下子什么东西都看不见了，也许是真的被追赶得无路可走了，这时他只能毫无目标地从河上面一下子跳了过去，然而那些兽群凭他们自己的印象奔跑，因为那个时候他们知道自己得紧紧跟着，那时候的天气热得要命。由于雄鹿看不清眼前的东西，那'小不点居民'数目已经很多，并且越来越多了，他非常生气的样子。那个时候追赶雄鹿的越来越多的兽群也一个接着一个跳进韦根加河，但是不妙的是，他们还没有喝到一口水就已经都死了。然后那些没有跳进水中的也全部死在了上面的岩石上。万万没有想到的是，那头雄鹿却在万幸中活下来了。"

"后来又怎么样了呢？"

"也许他是为了自己活命在拼命奔跑，因为怎么说他也是第一个跑过来的，还没有等到那些'小不点居民'反应过来的时候，他突然就跳进了河里，所以当等到他们聚集起来将要冲杀过去的时候，他已经在河里了，水面保护了他。然而，很不幸的是，那些跟在后面的兽群因为承受不了那些‘小不点居民’的重刺，到最后全部都被蜇死了。”

“难道那头鹿现在活下来了？”莫格里又微微地重复问了一遍。

“我只知道至少当时他还没有死，虽然说当时没有谁会等着他下来的时候用一个高大又强壮的身体把他接住，但是，明天，将会有一个年龄大了的、身体肥胖的、耳朵也聋了的黄色扁脑袋在那里等着一个小人娃，目的也就只是不让水淹着他——是啊，即使大多数德堪的野狗都紧紧跟在他后面不离开。现在你还有打算啊……”这时卡阿将自己的头挨近莫格里一边的耳朵；刚过没多久，那男孩儿就回复了他的问题。

“我想这应该是拉死神的胡子，但是，卡阿，确实，你也应该是丛林中最聪明的。”

“如今有好多人都这么说。现在，我们倒要想想，野狗到底会不会跟着你。”

“我想他们一定会跟来的。嗬！嗬！我的舌头上面有许多小刺，能够刺进他们的皮。”

“假如他们到时候只是盲目地跟着不离，只是简单地看着你的肩膀，我想那些在上面还没死的、可恶的野狗就将会在这儿或是较低的下游喝水，这样那些‘小不点居民’，他们自己会起来然后将野狗们蜇死。如今的韦根加河严重缺水，卡阿到时也不会游去捕捉他们，但是他们会一直往下走下去，要是他们能够活着走到西奥尼狼穴附近的那些浅水滩周围，想必你的狼群会在那儿用自己的喉咙去对付他们的。”

“啊嗨！哇！我想最好不要在干旱季节连续下雨，这样不好。现在只有一边跑一边想这种事。我现在就要让那些可恶的野狗知道我，因为只有这样做，他们才会紧紧地跟着我。”

“你现在可以看见你上方的那些岩石了吗？从前面面向陆地的这边看!”

“我真的还没有看见，我几乎忘了。”

“仔细瞧瞧，那土有裂痕，还坑坑洼洼的，并且地全是松软的。如果你不看清楚，你就会把你那一只笨脚踏下去，这样的话，这次打猎也会完蛋的。听着，现在我把你先留在这儿，这是为了你好，我才会给狼群带话，这样他们就能知道到哪儿去找那些可恶的野狗了，对于我自己而言，我和任何狼都不是同族。”

当卡阿显得比任何丛林兽民都更不高兴的时候，就说明他不喜欢一个相识的动物，或许除巴希拉之外。这时卡阿顺着水流往下游，正在倾听夜间嘈杂声响的法奥和阿克拉就在那块岩石的对面碰上了他。

“嗤！狗，”他欣喜若狂地说，“……到时你们将看到那些野狗想要顺流过来。只要你们不怕，你们在浅滩上就可以杀死他们。”

“我想问的是，什么时候来？”法奥问。

“我的人娃娃在哪儿呢？”阿克拉又问。

“我想野狗们能来的时候他们就应该来了，”卡阿说，“咱们等着看吧。至于你们的那个人娃娃，你们不是已经从他那儿得到了一个承诺吗？所以，这样就被推到了死神面前的人娃娃和我在一起，假如他还没有死，你们就不会有任何过错的！你们就在这儿等着野狗吧，为了人娃娃和我即将奇迹般地出现在你们的身旁而感到高兴吧。”

卡阿这时候又朝上游蹿去，在那个又细又长的峡谷中间停了下来，接着朝上望了望那峭壁的轮廓。这时他马上看见了莫格里的头在星星前移动，接着天空中又传来一阵“嗖嗖”的声音，一个敏捷、利落的身体落了下来，首先看到的是一双脚，紧接着在卡阿盘成团的身体上，那男孩儿又休息了。

“到夜间就不会再跳跃了，”莫格里这时低沉祥和地说，“我就是为了玩要才跳了两次；不过我发现那上面的确是个很险恶的地方——低矮的灌木丛和一些小道通到下面非常深的地方，那里面满是‘小不点居民’。我把那大石头在三个水沟旁边一块块摞起来。因为在我跑的时候我想我可以用脚把它们一块块踢下去，这样，那些‘小不点居民’才会怒气冲冲地在我身后一个个活跃起来。”

“这就是人的说法和人的狡猾，”卡阿说，“你脑子挺好，那些‘小不点居民’总是会发火儿的。”

“不能这样，每到黄昏的时候，这里四面八方所有的翅膀都是要休息一会儿的。我想在这个黄昏的时候好好耍弄一番那群可恶的野狗，因为那可恶的野狗最善于捕猎的时间是在白天。想想，这会儿他们正跟着温托拉流出的血迹走呢。”

“只要鸢鹰朗恩不离开那一头死牛，野狗也不会轻易离开那血迹的。”卡阿说。

“那现在我就给他们弄块新的血迹，假若我能够做得到的话，就给他们弄块他们自己的血迹，然后给他们吃。卡阿，你留在这儿，直到等到我带着那些野狗们再回来，好吗？”

“啊，不过，我所担心的是，要是他们在丛林里就咬死了你，或者‘小不点居民们’来不及等你跳进河里就蜇死了你，那该怎么办？”

莫格里引用了一句丛林谚语：“明天到来的时候，我们将会为明天捕猎。”然后接着又说，“我想我死去之时也就是唱《死亡之歌》之日。祝我们打猎顺利，卡阿！”

这时他也松开了搂着大蟒蛇脖子的胳膊，独自向峡谷走去，看上去仿佛就像是一根水流中的原木；他东摇西摆地朝着前面远处的河岸边走去，因为就在那里，他找到了非常平静的河水，于是兴高采烈地大声笑了起来。正如他自己所说的那样，能够让莫格里最开心的事情莫过于“拉死神的胡子”，并且让整个丛林都知道他才是他们的最高统帅。之前因为有了巴卢的帮助，他经常会去抢夺一棵棵树上的蜂巢，并且他也非常明白、非常清楚地知道，“小不点居民们”几乎都非常讨厌野蒜的味道，所以他果断地采了一小包野蒜，然后用一根树皮绳将它们系紧，最后就顺着温托拉流出的血迹走去，从兽穴开始往南延伸，那血迹差不多有五英里。他一边歪着头看看旁边的树木，一边“咯咯”地笑着。

“我曾经不管怎么说也是青蛙莫格里，”他好像在自言自语，“之前我说过，我是狼莫格里。现在，在我即将成为公鹿莫格里之前，我必须是猿猴莫格里。终究我将会成为人莫格里。嗬！”他在他那八英寸长的刀子上把自己的大拇指沿着刀片抹过去。

那黑色的血迹跟温托拉的足迹完全并在了一起，可以看到，从一片密集的树林下通过，那树林也是长得那么的茂密，径直向森林东北部延伸开来，如果你远远望去，你会看到渐渐地越来越稀疏，向上一直伸展到离蜂岩不足两英里的地方。并且从那片开阔的地域的最后一棵树到蜂岩低矮的灌木丛，根本就没有任何能藏得住一只狼的地方。那时候，莫格里正在一棵树下小跑着前进，仿佛他在估算着树枝和树枝间的距离，偶尔他还爬上一枝树干，好像在尝试着从一棵树跳到另一棵树上；就在最后，他还来到了那片开阔的地方，他在那片开阔的地方差不多待了一个小时，好像在仔仔细细地研究。后来他转过身，发现了温托拉的足迹，就在他刚才离开的地方找到的。然后他自己便坐到一棵树上，那树侧面还有一根伸出来的树枝，离地将近八英尺。莫格里在那里一动不动地坐着，好像在脚掌上磨自己那锋利的刀，接着还吼起了歌。

不久就要中午了，太阳十分温暖，传来了很急的跑步声；就在野狗群还在顺着温托拉的足迹气冲冲地向这里跑来时，他也从鼻子里嗅到了那些不一样的气味。从上面往下看的话，那个红毛狗的大小还不及狼一半，只是莫格里很清楚他的脚和下巴有多硬实。他眼睛盯着那个一路低着头闻着足迹走的头领的红棕色脑袋，对他说了声“祝打猎顺利”。

那一只野狗忽然抬起了头，许许多多的红毛狗也在他身后停了下来，那是他的伙伴们，耷拉着尾巴，有着宽厚的肩膀、单薄的四肢、血色的嘴巴。通常来说，野狗们最喜欢的就是不动声色地做自己的事儿，即便在他们所居住的丛林中他们也不把别的动物放在眼里。在莫格里的底下肯定聚集了两百多条以上的野狗，他看得到那些走在前面的正在饥渴地用力嗅着温托拉的脚印，还千方百计地带着整个狗群向前走。这可使不得，不然天亮的时候他们也许就能到达洞穴口了；莫格里心里筹划着用什么方法能够拖住他们，最好把他们都困在他的树下，一直到太阳下山的时候。

“是谁允许你们到这儿来的？”莫格里问。

“我们拥有着所有的丛林。”一条野狗龇着他的白牙回答道。

莫格里笑而不语地看了看下面，几乎是完全模仿在德堪的那只跳跃行走的老鼠契凯一样，发出了刺耳的吱吱唧唧的叫声，这是为了让野狗清楚，在他看来，他们一点儿也不比契凯强。那棵树干被狗群紧紧围了起来，那个凶狠地狂吠着的是头领，他说莫格里不过是一只在树上的猴子。莫格里朝下伸出了一只光溜溜的脚，正好在那个头领头部的上面，他自在地晃动着自己光溜溜的脚趾头，简直快要惹得那些傻乎乎的狗发起火来。这已经足够了，绰绰有余。特别是那些在脚趾间长着长长的毛的动物，他们一点儿也不愿意被人提醒这个。那个头领忽然急着想要往上一跃的时候，莫格里立即躲开了自己的脚，还挑衅着说道：“狗，红毛狗！滚回德堪去吃你的蜥蜴吧。去找你的兄弟契凯吧——狗，狗——红毛狗！你的脚趾间长着毛！”他又一次晃动着自己光溜溜的脚趾。

“不长毛的猴子，你给我下来，不然我让你在上面饿死！”那些野狗叫喊着，莫格里正是希望如此。他扶着树的枝干躺下来，脸颊朝着树皮，右胳膊空了出来，他似乎是在向狗群表明，他怎么看待野狗的做事方式、野狗的习俗、野狗的伴侣和野狗的小狗仔以及关于野狗的一切，他都知道。世上再也没有任何语言能够像丛林兽民那样，那么充满恶意、那么尖酸刻薄地表示嘲讽和蔑视的意思。就在你还没考虑这个的时候，你就已经知道为什么一定要这样。就像莫格里对卡阿所说的，在他的舌头下面布满着许多的小刺；他故意地、不紧不慢地刺激着那些野狗，使他们不吭声，低声怒吠，嗥叫，淌着口水、嘶哑地狂吼。他的奚落让他们反应强烈，让他们在愤怒之下。在整个这段时间里，莫格里弯着右手，刀子放在身边，蓄势待发，他的两条腿盘着树枝。那红棕色的大个子头领在空中跳蹿了好几次，而莫格里却不敢冒险鲁莽地打他一下。最后野狗首领几乎发狂了，以超常的气力离地跳起有七八英尺高。这时莫格里的手像是一条突然出击的树蛇的头，抓住了那条狗后脖颈上的皮；树枝由于他的重量"咔"的一声沉了下来，差点儿把莫格里拖到地上。尽管如此，他一直也没有放松半点，他一点点地拽着那头像一只悬在那儿的溺水豺狗一样的野兽，拖上树枝。莫格里用左手去摸他的刀，然后割下了那条毛茸茸的红色尾巴，然后把那条野狗又扔到了地上。这就是他想要的结果。除非那些野狗们咬死莫格里或是莫格里杀死他们，否则他们不会再顺着温托拉的脚印往前走了。他看见他们哆嗦着大腿包围成一圈，这就表示着他们想要留下来耗到底，所以莫格里索性把脊背舒舒服服地靠在一个更高的树杈上，接着睡觉了。

三四个小时过去了，他醒了，算了算野狗的数量。他们都在那里，不做声响，喉咙发干，眼睛露着杀气。已经到了太阳下山的时候。不用多久，在岩石上谋生的"小不点居民们"就要回家休息了，众所周知的是，野狗在黄昏是没法打好仗的。

"有这么多忠实的守卫，我真的愧不敢当啊，"他站在一根树枝上谦虚地说，"但是我还是会记住你们都是忠实的野狗。不过在我看来，作为一个种族的话，你们的数量太多了。就凭这个缘故吧，我决定那个吃蜥蜴的大个子别想再把尾巴要回去了。你的脸色看起来不太好啊，红毛狗？"

"我要撕碎你的肚子！"那个头领边抓着树根边尖叫着。

"哦，德堪的聪明老鼠，仔细地想一想吧，千万不要这么做。

现在将会有好多窝小红毛狗没了尾巴，是啊，带着光秃秃的红尾巴根，当沙子发烫的时候它会刺痛你的。回家去吧，红毛狗，去叫嚣说这是一只猴子干的。如果你不想走的话，那就过来，到我这儿来，我会把你变得非常聪明！”

他就学着猴子的样子，挪到边上一棵树上，就这样又到了旁边另一棵树上，再到另一棵树上，那条狗跟随着他抬着饥饿的脑袋。他还故意地装作要掉下来，那些野狗心里急着想把那猎物咬死，匆忙之中，一个在另一个的身上绊倒。男孩带着那把刀，当那刀从上面的树枝间露出来时，它就在昏暗的阳光下闪着光；而那群全身毛皮火红、一声不吭的狗挤作了一团，在下面跟随着——非常奇特的景象。当莫格里站在最后一棵树上时，他用大蒜把全身上下小心地蹭了一遍，那些野狗嘲弄地尖叫着。

“长着一只狼舌头的猴子，你想盖住你身上那股臭味儿吗？”他们说，“我们就追到底吧。”

“尾巴给你，红毛狗，”莫格里说着，把那段尾巴扔了回去。野狗们本能地朝尾巴冲去。“现在就跟到底吧。”

他从树上滑下来，那些野狗还没来得及搞清楚他要干什么，他已经好似一阵风一样快，朝着那个蜂岩光着脚跑去了。

野狗群发出一声长长的号叫，然后安静了下来，开始慢慢地向前长跑着，这是一种最终能把任何动物累得有气无力的跑法。莫格里清楚狼群的速度要比这些狗群快得多了，不然他才不会冒险在众目睽睽之下跑上两英里了。野狗们认定这男孩儿一定要落在他们手里，而莫格里胸有成竹地相信自己：他能够拖得住他们，他愿意怎么摆弄就怎么摆弄去吧。他要做的就是使他们保持着那股狂怒劲儿跟在后面，可别丢了兴趣，去追其他的动物去。他灵巧、平稳、轻快地跑着，在他后面不到五码的地方跟着那条没了尾巴的野狗头领；狗群约有四分之一英里散乱的行列，那猎杀的怒火让他们不顾一切地发了狂。所以莫格里靠耳朵来保持着自己与他们的距离，把最后冲过蜂岩的力气保留下来。

因为这不是晚开花的季节，所以太阳一下山，“小不点居民们”就去休息了；不过当在凹地上莫格里的脚步声刚一沉闷地响起时，他耳朵里好像听到了一种声音，像是整个大地都轰鸣了起来，以至于他就以他平生从来没有过的速度狂奔了起来，并且把三堆石头一口气儿踢到了旁边黑乎乎的、冒着甜甜气味的水沟里；他还听到了一阵怒吼，像是在一个洞穴中回荡着的咆哮的海声；他身后的天空在自己瞥见的一刹那变黑了，他还看见远处下游的韦根加河的水流和水中一个像钻石一样的扁头；他使出全身的劲儿向外一跳，突然，那条没尾巴的野狗在半空中朝他的肩膀咬去，幸好他的双脚首先安全地落入河里，尽管他气喘吁吁，但还是一脸得意。他一下都没被“小不点居民们”咬到，因为他在“小不点居民们”中间的那几秒钟时间里，蒜的气味阻止了他们。等他浮起来的时候，卡阿盘着的身体稳稳地扶住了他，从悬崖上弹跳着下来好多东西，就像是许多一团团铅锤子般地聚在一起的野蜂落了下来，幸好在任何一块东西碰到水面前，那些野蜂就已经朝上飞去。旋转着顺河流而下的还有一条条野狗的身体。头顶上一声声发疯的短促的尖叫包围着他们，那声音像浪花打在岸上发出来的啸声——那是岩石上“小不点居民们”的翅膀发出的嗡嗡声。那水沟通着地下的洞穴，有些野狗掉进了水沟，他们在洞穴那儿和滚下来的蜂巢之间已经上气不接下气了，他们拼命地挣扎着，乱咬着，直到后来，从河面上水流缓慢的某个地方冒出了他们的死尸，那波浪般起伏的野蜂群在上面挺着，滚到那些黑色的垃圾堆上去。也有些被那些野蜂蜇了的野狗突然往悬崖上跳去，就像卡阿说的，韦根加河是饥饿的河流，那些野狗绝大多数都被蜇得发了狂，自己跑进了河里。

被卡阿牢牢地抱住，弄得莫格里都快喘不过气来了。

“这里不适宜再留着了，”他说，“确实招惹了那些‘小不点居民们’。走！”

莫格里和往常一样，一边往深处游，一边潜水，他手拿着刀潜入河里。

“别着急，别着急，”卡阿说，“除了眼镜蛇的牙，不然一颗牙咬不死一百个；而且许多野狗一看见‘小不点居民们’飞起来的时候，很快就会潜到水里。”

“终于轮到我的刀子派上用场了。哼！‘小不点居民们’怎么还紧追不舍呀！”莫格里又潜了下去。水面上愤怒地嗡嗡叫着的全是密密麻麻的野蜂，找到什么蜇什么。

“静静地待着什么也不损失，”没有什么刺能穿透卡阿的鳞片，“那你就有漫长的黑夜来打猎了。就让他们继续轰鸣吧！”

野狗群里将近有一半看着自己的同伴冲入了陷阱，于是他们很快地转移到另一边，在那突然变成倾斜的峡谷的河岸处也跳入水中。他们对着那使他们丢了脸的“树上猿猴”疯狂地喊叫着，还有那些受到“小不点居民们”惩罚的野狗的号叫和狂吠声都混杂在了一起。每条野狗都明白，一旦留在岸上就是死亡。狗群顺着河流快速地移动着，流到“和平池塘”深深的旋涡中去，可是那些愤怒的

“小不点居民们”甚至也跟随到了那儿，并且逼迫他们待在河里。那条没尾巴的头领发出声音，他正要求他的狗群坚持住，并要杀死西奥尼的每一只狼，这一切莫格里都能听见。但是莫格里已经不想花时间去仔细听了。

“在黑暗中有一只动物在我们后面捕杀！”一条野狗狂躁地叫道，“这儿是弄脏了的水！”

莫格里好像是一只水獭般向前潜水游去，一条垂死挣扎的野狗还来不及张开嘴咬他，他就已经猛地把他拉进水里；一直到那个身体浮上来的时候，波纹在他周围出现了一个个旋转着的圆圈。那些野狗想要抽身离开，可是河流将他们阻挡住了，那些“小不点居民们”对着他们的头和耳朵猛刺，在越来越浓的黑暗之中，他们还能听到西奥尼狼群那越来越响、越来越低沉的挑衅声。莫格里再一次潜到水里，同样也有一条野狗进入了水里，浮上来的时候已经死了。一些狗叫嚷着说，最好到岸上去；而还有一些野狗希望他们的头领带着他们赶快回到安全的德堪去；还有其他的一些野狗则叫喊着莫格里赶快出来偿命。

“这些野狗简直是在用他们的肚子和喉咙来打仗，”过了一会儿，卡阿说，“你的兄弟们和其他的狗在下面那个地方厮打在一起。幸好‘小不点居民们’回巢穴中休息了。我们被他们追了好远。这会儿我也应该打道回府了，因为所有狼和我都不太熟悉，也没其他的关系。小兄弟，祝打猎胜利，要记得一句话：野狗是不会在咬人时出声的。”

一只用三条腿走路的狼沿着河岸跑了过来，上蹿下跳，头歪着偏向一侧，紧紧地贴着地；他弯起了背，忽然朝着空中一蹿，就像在和自己的小孩儿们做游戏。他就是温托拉，那只“群外狼”，他一言不发地沉默着，不过还是继续在那些野狗旁边做着那令人感到奇怪的动作。这时在水里的野狗浸泡了有一段时间了，他们有气无力地游着，被水浸透了的皮毛沉甸甸的，刚才他们那毛茸茸的尾巴现在已经好似海绵吸了水一般地拖拉着；他们感到十分疲惫，又抖得厉害，盯着那双往前移动的火辣辣的眼睛，谁也不吭声了。

“这次捕猎一点儿也不顺利。”一条狗喘着粗气说。

“祝打猎顺利！”莫格里说，他在那头野兽身旁大胆地站了起来，接着把那把长刀放回到背部，迅速地朝前走去，好躲开那条垂死的狗的猛咬。

“是人娃娃吗？”温托拉站在河水对面问。

“你最好去向那死鬼找答案吧，‘群外狼’，”莫格里回应道，“除了我，还有谁来下游？那些狗的嘴里被我堵满了泥土。太阳还在的时候，我就要弄了他们，他们的头儿还因为这样掉了一条毛茸茸的尾巴，但是现在，这儿依然可以给你留几条野狗。我把他们赶往哪儿去？”

“那我现在就在这里看着，”温托拉说，“黑夜就在我的面前。”

西奥尼狼群的叫声越来越响了：“为了我们狼群，为了我们整个丛林的兽群，战斗吧！”话音还在回响着，野狗们在河流的一个回流拐弯处就被冲到了沙子里和兽窝对面的浅滩上。

这会儿终于让他们发现自己做错了事儿。他们本来是要在上游半英里的地方上岸，把那些狼赶到一处没有水的地方。但现在说这些已经都晚了。发光的眼睛布满了河岸周围，除了那令人颤抖的“嗷嗷”声之外，丛林里安静得听不出一点其他的声音，而那“嗷嗷”声自从日落开始就没有停过。这简直就像是温托拉摇着尾巴要他们到岸上来。“都转过来，抓住岸边！”野狗头领说。水中的所有活着的野狗都向岸上扑去，用尽力气摆动着准备穿过浅滩前进，韦根加河的河面上显现出一片白色的浪花，热闹了起来，一圈圈大的涟漪就像船头的波浪从一边荡向另一边。当那些在波浪中挤在一起的野狗正在向河滩爬去的时候，莫格里仍然在顺着奔流的河水，剐蹭着，拍打着。

一场漫长的搏斗又开始了。在那盘根错节的树根上、树根间，双方沿着红色潮湿的沙地互相攻击着，既有单独作战，分散攻击的，也有聚到一块的，或者向外开拓着阵地的，他们来回地腾跃在低矮的灌木丛中，或者在草丛中蹿进蹿出；与此同时，那些野狗也是以多对少。不幸的是，他们所遇到的是那些为了所有狼群或者集体而战的狼，除了狼群中那些强壮、精悍、厚实、牙齿锋利的猎手，还有那些眼睛满含幽怨的拉希内[①]——就是狼穴中的狼妈妈，正如常言所说的，为她们窝里的狼崽而战是她们的信仰，时不时也会有一只皮毛相差不多的毛茸茸的一岁小狼跟随在她们旁边，那些小狼也会扭打着，撕咬着。你得搞清楚差别，一只狼是直击喉咙或是对着身体的两侧猛咬，而一条野狗则会选择对着肚子咬下去；那些从水中挣扎着出来的野狗，需要仰起他们的头，所以这就对狼有利了。相反，在没有水的干土地上，狼就没这么好运了；不过有一点是肯定的，莫格里的刀子不论是在水里还是在岸上，都能一刻不停地左右攻击。一路撕咬着的那四只狼来到莫格里身旁。灰兄弟弓着身子在男孩儿两膝之间，保护着他的正面，而其他的狼保护着他的

①作者为母狼杜撰的名字。

后面和两边，一旦有一条野狗狂吠着跳起来扑过去，猛撞那稳稳的刀身，试图把他压倒的时候，狼兄弟们就可以保护他。对其他的狼和狗来说，这是一群紧紧拥挤在一堆的、混乱的野兽们打得乱作一团的混战，他们沿着河岸左右挪动着，而且还往中间一圈圈地压。这里会有一堆像是旋涡中的水泡一样不固定地浮动着的东西，并会像水泡一样破裂开，四五条血肉模糊的狗被猛地抛到了半空，每条狗都挣扎着要回到中间去；在中间又会单独有一只狼被两三条野狗踩住，吃力地拖着他们往前去；那里有一只一岁的小狼因为周围的挤压被举了起来，尽管他早已死在别人口下了，但这时，惊恐、愤怒使得他的母亲发了疯似的，来回扭动着，翻滚着，冲了过去。或许有一只狼和一条野狗在最密集的兽群中间，什么都不顾，只是用尽办法朝着第一个可以抓住的东西挤过去，等到冲过来一群凶猛斗兽才肯放开。其中有一瞬间，莫格里经过了阿克拉的身旁，各有一条野狗在他的两侧，阿拉克快掉光牙齿的嘴巴牢牢地咬住了第三条狗的腰部。法奥的牙齿咬进一只野狗的喉咙的场景在他眼前上演了一次，法奥往前拽着那只无奈的野兽，一直到连那些一岁的小狼都能拿掉那狗的性命时，才松口。而绝大多数的战斗在黑暗中变成了一片混乱的、盲目的混战；凶残的撞击——倒了下去，翻滚着，嗥叫声、呻吟声以及不断的撕咬声，这些都在莫格里的周围。天空渐渐有了光明，快速的、令人头晕目眩的战斗更加激烈了。野狗们害怕了，不敢再攻击那些比他们还要凶狠的狼，可又不敢逃跑。莫格里觉得战斗持续不了多久了，只剩下那些伤残的狗能让他攻击了。就连那些一岁的小狼也越来越嚣张，甚至已经有时间在中间休息一下，对着一个朋友聊几句；只剩下挥舞的刀子，有时会掀起一条狗扔到一边。

“在肉里面都快看到骨头了。”灰兄弟叫喊着，领头狗的身上有二十多处的伤口在流着鲜血。

“但是骨头依然要砸开的，”莫格里说，“嗯！在丛林中我们就是这样做！”那被血染红的刀子就像是火焰一样从野狗的一侧身体快速地蔓延到另一边，那条狗的后腿被一只靠在上面的狼遮住了。

“这是我的战利品！”那只狼在起皱的鼻子里喷着粗气说，“让我来处置它吧。”

“你的肚子还没填饱吗，‘群外狼’？”莫格里说。尽管这时温托拉已经受了很严重的伤，但他还是牢牢地咬住野狗，使野狗动弹不了，无法扭过身够着他。

“我对着赎买我的公牛发誓，”莫格里苦笑了一声说，“这就是那条没尾巴的红毛狗！”没错，这就是那条枣红色的大块头领头狗。

“屠杀小狗崽和母狗是愚蠢的，”莫格里说得像哲学家似的，一边把眼睛上的血擦掉，“但要是那狗也杀了‘群外狼’的小崽和妻子，那就是例外了；我准备让这只温托拉送你最后一程。”

这时一条野狗跳起来想要帮自己的头领。但是在他的牙齿找到温托拉的腰之前，他的喉咙就已经刺进了莫格里的刀子，最后，灰兄弟也得到了剩下的东西。

“我们在丛林就是干这的。”莫格里说。

温托拉只是用他的嘴紧紧、紧紧地咬住那只狗背上的骨头，在一边安静着，什么也没说，这时他也渐渐地没了精神。那条野狗忽然迅速地抖动了一下，低垂下了头，安静地倒下了，温托拉则累得趴在了他上面。

“嗯哼！终于报仇了，”莫格里说，“唱起那首歌吧，温托拉。”

“以后他再也没有机会捕猎了，”灰兄弟说，“阿克拉也要沉默好长时间了。”

“骨头砸断了！”法奥那的儿子法奥大声吼着说，“他们已经终结了！杀光他们吧，伟大的丛林猎手们！”

在发黑的、沾上血的沙地上，那些残存的野狗匆匆地潜入河里或者溜进密布的丛林深处，跑到河流的上游或是下游去了，那一条路空空荡荡的。

“欠了债的！欠了债的！”莫格里喊着，“就要血债血偿！谁让他们杀死了孤狼！一条狗都不能放过！”

正当他手拿着刀向河边飞奔过去想要阻挡任何一条敢钻到河里的野狗时，阿克拉的头和前腿从摞在一起的九条死狗下面露了出来，以至于莫格里在那只孤狼身旁跪下了。

“我已经说过了，我的最后一战还没来呢。”阿克拉断断续续地说，“这次捕猎非常成功。你没事儿吧，小兄弟？”

“没啥大的事儿，我猎杀了好几条狗。”

“正是因为如此。如果我会死的话，我想——我也想要死在你的身旁，小兄弟。”莫格里把阿克拉那遍体鳞伤、惨不忍睹的脑袋放到自己的膝盖上，用胳膊搂住了他那被撕扯破的脖子。

“谢尔汗横行的那些日子已经离现在很远了，那时候的人娃娃还光溜溜地在土地里玩泥巴呢。”

“不是的，不是的，我也是狼。我和丛林的兽民是同族，”莫格里叫道，“我并没有意愿成为一个人。”

“小兄弟，你是一个人，我看管的小狼崽。如果你不是一个人的话，那些狼群在野狗面前早就逃之夭夭了。今天你救了我，你也救了狼群，就好像当初我救了你一样。你还记得吗？那时候你所欠的债如今都偿还了。回到属于你自己的种群那儿去吧。我再对你重复一遍，我的宝贝儿，这次行动结束了。赶快回到你自己的人群那儿去吧。”

“我是不会离开的。我想要的是在丛林中自由地打猎。这些我也已经说过好几遍了。”

“雨季在夏天之后，春天在雨季之后。赶紧回去吧，别让我们赶你走。”

“谁会赶我走？”

“莫格里会赶莫格里。回到属于你的世界那里去。到人类那儿去。”

“等莫格里什么时候会赶莫格里了，我就走。”莫格里回答说。

“什么都不用说了，”阿克拉说，“小兄弟，你能扶我起来吗？我现在还是自由兽民的大王呢。”

莫格里把那些尸体轻轻地挪开，接着小心翼翼地用两只胳膊抱住阿克拉，扶他起来。那只孤狼长长地舒了口气，唱起那首《死亡之歌》，这是一首当一个狼的首领要去世时才会唱的歌。他继续唱着歌，似乎让他充满了力量；那歌声越来越大声，并且飘过了河传到了远处去。阿克拉一直唱到了最后一句“祝打猎顺利”，然后振动了一下，挣开莫格里朝着空中一跃，背朝着下面跌了下来，落在了最后一个也是最可怕的猎物之上，死了。

莫格里蜷缩着身子坐着，把头靠在膝盖上，一动不动地。这时，那些残余的逃命的野狗被狂怒的母狼们追上了，撞倒了。声音渐渐安静了，因为伤口发紧，那些狼都瘸着腿，走了回来查看损失了多少。狼群里有十五只狼和六只母狼都死在了河边，剩下的狼全都带着不同程度的外伤。莫格里在那里一直坐到寒冷的凌晨，法奥用那湿润的红色鼻子和嘴伸到他的手掌上，莫格里把手抽回，指了指阿克拉那沾满血迹的遗体。

“祝打猎顺利！”法奥说，就像是阿克拉依然活着一样，接着他对其他野兽说，“号叫吧，野狗们！一只狼今夜死了！”

然而，在那参加了搏斗的两百条野狗中活着回到德堪的仅剩的几只野狗里竟没有一只提过这句话。他们曾宣称说每一个丛林都是他们的丛林，从来没有一只活着的动物能够阻止他们所做的一切。

11. 在丛林里

独生子再次躺下，他做了一个梦。
炉火就要熄灭的时候，"哧"的一声，火星四射，
最后的一颗火星落了下来。
他醒了。在黑暗中，他大声问道：
"我从哪里来？妈妈抱过我吗？
我梦见我躺在一张毛茸茸的皮上。
我从哪里来？爸爸带我玩过吗？
我梦见白生生的长牙保护着我。
啊，我是妈妈生的，我喜欢独自玩耍吗？
我梦见两个小伙伴，他们一口就咬到我的骨头。
我是否掰过大麦面包，然后把它泡在凝乳里？
我梦见一只刚从畜棚抓来的山羊。
再过一个小时，再过一个小时月亮就会升起。
……
为什么我能看清那黑色的房梁？

就像是正午一样！

一里格之外，一里格之外是连纳瀑布，

一群群麋鹿在那儿聚集，我能听到小鹿咩咩叫，它就躲在母鹿的身后！

一里格之外，一里格之外是连纳瀑布，

农田、山坡在那儿汇合，我能闻到温暖潮湿的清风，它就在小麦丛里低语！”

——《独生子》

印度政府的所有机关当中，森林部是最为重要的一个，因为重新绿化全印度的事业就由它来负责。也可以说，如果印度有足够的钱，绿化印度这个伟大的事业就全靠它来完成。森林部的职员们需要跟那些到处游荡的风沙做斗争，跟慢慢前进的沙丘做斗争。在沙丘周围扎上篱笆，修起堤坝，在沙丘上种上耐旱的杂草，栽上抗风的松树苗，杂草稀疏，松树细长，顽强生长。喜马拉雅山国家森林里的所有木材都归他们管，那些光秃秃的山坡也由他们负责。那些山坡一到雨季就被冲刷得千沟万壑，森林部所有职员一起行动，谴责破坏山坡植被的行为，呼吁人们保护环境。他们引进了许多国外的树种做试验，想办法让桉树在这里安家，希望桉树能治理运河区的热病。在平原上，他们的职责是保护森林保护区的环形防火线，保证畅通无阻。旱季到来时，青黄不接，牲畜挨饿，他们就向村民开放禁伐区，允许村民采伐。他们修剪树木，积攒的树枝在铁路两边堆积如土，代替煤炭作为这条路线上的火车燃料。他们精打细算，一直计算到小数点后五位数，确保经营的种植园盈利。他们是植物医生，负责缅甸的柚木、东部丛林的橡胶树和南方五倍子果树的健康和繁殖。他们永远缺乏资金，手头拮据。林务官经常要出差，不光到城市，还要到偏僻的农村，那里连条公路都没有，甚至是要进入丛林深处，因此，他就变得聪明而又练达，他不仅知道一些森林的歌谣和传说，他还学会了识别人类和丛林里的法则；他经常碰上老虎、熊、豹子、野狗和鹿，那可不是苦苦搜寻后的偶遇，那些动物朋友是他执行公务时的伙伴，经常相见。他的大部分时间是在马背上和帐篷里度过的；他整天和粗野的森林看守人、多毛的猎人在一起，他是新栽下的树苗的朋友，等到森林回报了他的辛劳，又在他身上打下了它们的印记。于是，他不再唱在南锡学来的轻佻的法国歌谣，他也沉默起来，就像灌木丛里那些沉默的生物一样。

吉斯博恩是森林部的一名职员，他已经在英国驻印度的行政部门里工作了四年。起初，他喜欢这种生活，却不理解这种生活。这份工作给了他一些权力，也让他常常骑马外出，到各个不同的地方去看看。后来，不知出于什么原因，他极度仇恨起这种生活来，他拿出一年的工资来享受一个月的生活，享受印度所能提供的社交生活。浮躁过后，森林又把他吸引回去了。他从为森林的工作中得到了满足。他把负责的防火线加宽和加深；他在老树丛中开辟新的种植园，让衰败的丛林展现出一片新绿；他疏通淤积的小溪；当森林要被又高又深的蒺藜草吞没的时候，他就来帮助森林做最后的斗争。吉斯博恩选择了一个平静的日子，点着了那些蒺藜草，在里面居住的上百头野兽，被赶出来了，就在白天的中午时刻，从烟火中冲了出去。从那以后，森林部新种的树苗在这里扎根，在烧黑的土地上长起了一排排整齐的树苗，森林慢慢地向前伸展，吉斯博恩看在眼里，喜在心中。吉斯博恩住的一幢平房坐落在大森林尽头，有两间房子，白粉刷的墙壁，茅草铺的屋顶，他的房子位置较高，他可以居高临下俯瞰大森林。森林的树木长到他的家门口，他也不想开辟一块菜园子，房子的前面就是一丛竹林，他在游廊骑上马以后，直接就进入森林腹地，门口连大路都不需要修。

吉斯博恩共有五个仆人：两名马夫，一名厨子，一名挑水夫，还有一名清扫夫，他们都是土著人，住在平房后面的草屋里。厨子胖胖的，叫阿布杜尔·加福尔，是个教徒，吉斯博恩在家的时候，厨子就给他做饭吃；不在家时，厨子就跟其他人闲聊。吉斯博恩自己收拾枪支，不养狗，他怕狗吓跑猎物。吉斯博恩对森林王国非常熟悉，他知道兽民们晚上到哪里喝水，天亮前在哪里就餐，炎热的中午又会跑到哪里避暑。吉斯博恩一般都是一个人待着，看林人和森林警察离得很远，他们住在森林深处，轻易不来这里，只有被野兽咬伤或是因为其他原因受伤，才会来到他这里。

新年过后，春天来了，树木长出了嫩叶，叶片小，稀稀拉拉的。雨季还没来，干得很厉害，到处都在盼望着雨水的降临。景象没有因为新年而有太多的变化。寂静的夜晚，野兽的声音多了，有寻找伴侣的召唤声，有争夺霸权的打斗和怒吼声。经常能听到老虎的骚乱声、高傲的公鹿呦呦的吼叫声，还有野猪在树干上磨牙发出的像伐木一样的声音。

吉斯博恩是个善良而又慈祥的人，他认为，这个时候杀害生灵是有罪的，他的枪支本来就很少使用，这个时候直接就收了起来。5月是印度的热季，天气炎热，雨水很少，特别容易发生森林火灾。这个时候，吉斯博恩需要密切关注森林里哪个角落升起了一缕黑烟，那就说明那里起火了，得赶紧灭火。6月，雨季跟着西南风呼啸而来，一片片森林湮没在暖暖的水雾中，雨整天整夜地下个不停，大大的雨点打得树叶啪啪作响。地上随处可见雨水汇成的小溪哗哗流向远方。树木、草丛喝饱了水，浓绿而青翠，风一吹，摇摇摆摆，长得更欢了。闪电在天边变幻出各种你意想不到的图案，雨过天晴，空气格外清新，热辣辣的太阳又挂在天空，把森林晒得热气腾腾。雨季过后，天气转冷，森林又变成了老虎一样的花斑色。周而复始，吉斯博恩熟悉了森林的脾气，他为此而感到骄傲和幸福。邮差每个月都会给他送来工资，那些钱就放在抽屉里，与他的家信和工具放在一起，越积越多。他很少花钱，只有在他准备去加尔各答植物园买东西或是救济某个看林人寡妇的时候才取出钱来。那些看林人死了，而政府却没有给他们的家属抚恤金，这时，吉斯博恩就会自己掏钱去安慰他们。

吉斯博恩赏罚分明。看林人薪金丰厚，必须惩罚时，他也给予惩罚。前些日子的一个晚上，有个信差跑得上气不接下气地来报信，说坎叶河边有个警察被咬死了，脑袋被咬烂了，像个鸡蛋壳似的。大家知道旅游者好打猎，偶尔也有年轻的士兵来打猎，这都很平常，不是稀罕事。黎明时，吉斯博恩出发去寻找凶手。他来到事发现场，尸体放在一张床板上，遇害者的妻子正在那里号哭。两三个人正在观察地上的脚印。一个人说，这事是“红家伙”干的。

“红家伙”是一只老虎，吉斯博恩知道大家都在怀疑是老虎咬死了警察，就说：“它藏在娑罗双树后面的岩石堆里。”

“现在它跑了，先生。头次杀人得连杀三个，人的鲜血会使它发狂，它肯定在到处转悠，也可能我们在这里说话，它就在我们背后。”

又一个人说：“它也可能到那间茅屋去了，那儿离这里只有四柯斯[①]远——瓦拉，这是谁啊？”

听到问话，吉斯博恩和大家一起转过脸，看看究竟是谁。他看到沿着干涸的河床走来一个奇怪的人，这个人全身赤裸，只在腰间围着一块布，头上戴着爬藤的白色旋花做成的花环，走在河边的鹅卵石上，无声无息。吉斯博恩暗暗吃惊：他比猎人的脚步还要轻柔得多！那人走到近前，也不打招呼，说：“那只老虎已经喝过水了，现在就在小山那边的一块岩石下睡觉。”很好听的声音，就像银铃一样清脆悦耳，跟当地人说话完全不一样，当地人说话稍微带着点哼哼的腔调。他抬起头来，阳光洒在脸上，就像一位在森林里迷了路的天使。受害者的妻子瞪大眼睛看了看这个奇怪的陌生人，接着哭得更加伤心了。

“先生，需要我给你带路吗？”陌生人很直率。

“如果你能确定……”吉斯博恩说。

“当然能！”不等吉斯博恩说完，陌生人肯定地回答，“一小时以前我还见过那个家伙——那个狗东西，还不到吃人肉的年纪，它那颗罪恶的脑袋里长着十二颗上好的牙齿。”

那几个在地上查看脚印的人听到他们的对话，害怕吉斯博恩要他们跟着一起去，悄悄地溜走了。看到这种情况，陌生人淡淡地笑了笑，没有理会他们，转身走在前面带路：“来吧，先生。”

“别那么快，我跟不上，”吉斯博恩说，“等等我，我怎么从来没见过你？”

---

①柯斯，一种计量单位，有人估计一柯斯相当于一千米，此说有待考证。

“我最近才来到这片森林，你可能真的没见过我。”陌生人回答。

“你是哪个村子里的？”吉斯博恩又问。

“我哪个村也不是，我是从那边来的。”陌生人指着北方说。

“这么说，你是吉卜赛人？”吉斯博恩问。

“不，先生。我是个没有种姓的人，而且，我没有父亲，不知道他是谁。”陌生人回答。

“那，你叫什么名字？”吉斯博恩觉得更加奇怪。

“我叫莫格里。先生，请问你叫什么名字？”陌生人问。

“我的名字叫吉斯博恩。是这片森林的总监。”

“总监？你们要给这里的树木、草丛都编上号码？”

“对，不然有些像你这样的吉卜赛流浪汉会把它们放火烧掉的。”

“我才不会呢！这儿就是我的家，不管给我什么好处，我也不会伤害这里的一根草。”

快要到了，他转过脸，带着迷人的微笑，举起一只手示意小点声：“快到了，先生，我们得轻轻地靠过去。这个狗东西睡得很死，我们不要惊醒它——最好是你在这儿等着，我一个人从下风向把它赶过来。”

“老虎居然能像牲口一样被你这样赤身裸体的人赶来赶去？”这个人说得如此轻松，使吉斯博恩万分惊奇。

“不相信我？那就跟我来吧，按照你自己的办法，用你的英国来复枪打死他。”陌生人微笑着对他说。

莫格里在前头带路，吉斯博恩紧随其后，低头、弯腰、匍匐前进。总之，在森林里追踪猎物所有的辛苦他又尝了一遍。终于到了，在一个小水塘旁边，有一块巨大的石头，石头被太阳烤得烫人，他们就藏在这石头后面，莫格里叫他抬起头来偷偷地看池塘对面。那只老虎就在那里，伸展四肢，懒洋洋地舔着虎肘和前掌，一遍又一遍。这是一只很老的老虎，牙齿泛黄，皮毛凌乱，可是在阳光和四周景物的衬托下，依然是威风凛凛。

这个时候，吉斯博恩可不讲什么杀害生灵是有罪的，吃人的老虎就是害人虫，必须尽快杀死它。他缓了口气，把来复枪架在岩石上，吹了一声口哨，老虎听到声音，转头查看动静。距离不到二十英尺，吉斯博恩不慌不忙，连开两枪，一枪击中老虎肩胛，一枪击中面颊，老虎必死无疑。

开枪产生的烟雾散开，老虎在地上挣扎。“折腾吧，反正这张皮也没什么用处，”莫格里冷冷地说，“这个狗东西，死也死得像条狗，那堆臭肉没什么稀罕，不值得保留。”

吉斯博恩知道守林人喜欢老虎的胡子，就问：“还有胡子呢，胡子你也不要？”

“胡子？我可不是个喜欢摆弄老虎嘴巴的下贱猎人，让它躺在那里吧。看，它的朋友已经来了。”

鸢鹰有尖锐的目光和灵敏的鼻子，老虎刚死，它就发现了，飞过来在莫格里和吉斯博恩的头顶发出长长的呼啸声。吉斯博恩取出空弹壳，擦了一把脸，问莫格里：“你不是猎人？你从哪里学会了关于老虎的事情呢？我还没遇到过比你追踪技术更好的猎人呢！”

“我恨所有的老虎，”莫格里没有多说什么，“先生，我看看你的枪吧。啊，这枪非常好。现在先生要去哪里呢？”

“我要回家。”

“我可以去吗？我还没有去过白人的房子看看呢。”

“当然可以。”吉斯博恩在前头带路，莫格里无声无息地跟着，棕色的皮肤映着阳光。

游廊上放着两把椅子，莫格里好奇地看着，竹帘子裂了缝，他忐忑地摸了摸。他小心翼翼地走进屋子里。阳光有些刺眼，吉斯博恩随手放下一扇竹帘。只听得“咣当”一声，竹帘落了下来，只是，还没等竹帘子落在走廊的石板上，莫格里就跳开站到了屋子外面，这只是眨眼发生的事情，起伏不定的胸脯泄露了他的紧张。

“这是不是个陷阱？”他连忙问道。

吉斯博恩笑了：“白人不会做这种事情，你还真是来自丛林，呵呵。”

“我知道了。”莫格里说，“这里没有埋伏，也没有陷阱，只是，我——从不知道这些东西。”

他小心翼翼地走进屋子，两间屋子里的东西让他惊奇不已，他睁大了眼睛仔细地看着。这引起了阿布杜尔·加福尔的反感，他一边摆放餐具，一边看他，眼睛里充满了厌恶。

“吃一顿饭，这么麻烦，吃完之后要睡觉也得那么费事。”莫格里咧嘴笑了，“在丛林里，我们吃饭睡觉都特别省事。哎呀，真漂亮。这里的东西这么贵重，这么多，会不会有人来打劫啊？先生不怕吗？这些东西我从来没看见过。”在一个东倒西歪的支架上，放着一个满是灰尘的贝纳列斯铜盘，这个吸引了他。

“只有来自丛林的乡巴佬才会来打劫。”“哗啦”一声，阿布杜尔·加福尔把一个盘子放下了。这些话，让莫格里看到这个白胡子教徒的眼神发生了变化。

“在我们的丛林，要是有一头山羊太吵了，我们就会把它的喉咙割断！”他针锋相对，“不过，我要走了，你可以收起你的恐惧了。”

他转身走进森林，慢慢地消失了。吉斯博恩看着他的背影，呵呵一笑，慢慢地，笑声变成了轻轻一叹。这位林务官感兴趣的事物并不多。他觉得这个了解老虎就像人们了解狗一样的丛林之子比日常公务更有意思，他本来可以消遣时间的。

“这是个了不起的家伙。”吉斯博恩想，“真希望他能成为一个扛枪手，陪我去打猎，一个人太没意思了。他就像古典文学辞典里的插图。他可以成为一个最完美的猎手。他真是个谜。”

华灯初上，繁星点点。他在游廊上一边抽着烟，一边猜测，轻烟袅袅。当烟雾散去时，他发现莫格里正叉着手臂坐在游廊边上，这让吉斯博恩吃了一惊——鬼魂的悄无声息也不过如此，以至于烟斗都落到了地上。

“森林里没人跟我说话，所以，我就来了。”莫格里拾起了烟斗，递给吉斯博恩。

“哦，森林里又发生什么新闻了？还是你又发现了一只老虎？”吉斯博恩停顿了一会儿问道。

“大羚羊搬了家，它们每逢新月出来的时候总是换牧场。因为野牛不肯跟大羚羊一起进食，都到坎叶河附近猎食去了。结果有头母牛被一只豹子捕杀了。当时那只豹子就藏在上游河边的深草丛里。别的，就没啥新闻了。

“大羚羊有自己的生活习惯，就连三岁小孩都知道；牛群和大羚羊不会一块进食，我怎么会不知道？”

“可我却不知道。”吉斯博恩说。

“唉！你可是——可是这片森林的掌管者啊！草屋里的人说的。”他微微一笑。

“随口一说，编点故事哄孩子而已。你不也是这样吗？反正没人能够反对。”

“你不相信的话，明天我带你去看看那头被咬死的母牛的骨头。”莫格里不动声色，“至于大羚羊的话，请先生安静地坐一会儿，我去赶一头。先生你听仔细喽，就能听出羚羊在什么方向。”

“莫格里你疯了吗？谁能赶得动一头大羚羊呢？”

“只是——你等着吧，我去了。”

“哦，上帝，这人真像鬼魂！”吉斯博恩说，因为莫格里又悄无声息地消失在黑暗中了。群星闪烁，森林如同丝绒，层层延伸向远处——那里特别安静，轻风掠过树梢，犹如熟睡的婴儿的呓语。厨房里的阿布杜尔·加福尔弄得盘子“叮叮当当”地响。

“安静点！”吉斯博恩喊道。接着，他静下心来仔细倾听，像是习惯了森林的寂静一样。他的生活很孤独，但是他的自尊心很强，吃晚餐的时候要穿上晚礼服。此时，那硬挺的衬衫前胸随着他的呼吸，有规律地响了起来，“吱嘎吱嘎”。他侧侧身子，止住了响声。但是，他的烟斗又有点问题，好像是堵住了，于是，烟草便呜呜响了起来，烟斗也被他扔掉了。现在，天地之间只剩下森林里的夜风吹过的动静。

透过无边无际的黑暗，从远得不能再远的地方传来一声狼嚎的回声，那声音很低很小，被拉得很长，然后就安静了下来。好像又过了好几个小时，远处矮树丛中有碰撞的声音，这时候，吉斯博恩的腿都等麻了，他怀疑自己是不是听错了，接着又一声响起。

他喃喃自语："那是在西边。那边发生了什么事情？"声音越来越近、越来越响。一头大羚羊惊恐万分地狂奔，一路横冲直撞。他根本没有注意到自己跑到了什么地方。

树干中间蹿出了一条黑影，转了回去，又哼哼着回转身体，几乎冲到他手能触摸到的地方，蹄子在光秃秃的泥地上踏得嘚嘚作响。那是一头被露水打湿的公羚羊，它隆起的肩头上挂着一根被撕扯下来的藤蔓。它的眼睛在屋里灯光的映射下闪闪发光。这头羚羊一见人，便止住了脚步，沿着森林边缘跑，消失在黑暗中。这把吉斯博恩弄糊涂了，但是一个念头从脑海中蹦了出来——让森林里的这头巨大的蓝色公羚羊在夜晚里如此狂奔，只为拖出来让人参观，实在是太不应该了，因为夜晚本来就是它的天地。

他目瞪口呆地站着。有个娓娓动听的声音在说："它来自水源，那里有一群羚羊，它是头儿。它从西边来的，先生相信了吧？要不要我把那群羚羊一起赶来让你一个一个数清楚呢？先生可是森林的父母官啊！"

莫格里重新坐在游廊上，还有点气喘吁吁。吉斯博恩十分惊讶，盯着他问道："你是怎么做到的？"

"如先生亲眼所见那样，这头公羚羊是像一头水牛一样被赶过来的。哈哈，等它回到它的伙伴中间，一定会给它们讲讲它的传奇。"

"对我而言，这很新奇。这么说来，你能跑得像大羚羊一样快？"

"先生明知故问。不管什么时候，你要是想知道猎物的活动情况，就问我莫格里。我打算留下，因为这片美丽的森林。"

“那你就留下吧，不管什么时候，只要你饿了，我的仆人会为你准备饭的。”

“好。说实话，煮熟的食物很好吃。”莫格里立即说道，“我跟大家伙一样，爱吃蒸煮烧烤的食物。我一定来吃饭，我向你保证，你晚上可以踏踏实实地睡，没有人能偷走你那些值钱的宝贝。”

莫格里说完就走开了。吉斯博恩坐了很长时间，他一边抽烟，一边思考，最后的结论是：莫格里是他和森林部一直在寻找的最合适的看林人和森林警察。

“我想让他做政府的雇员，不管用什么方法。他既然能够驱赶大羚羊，那么就说明他太了解森林了，胜过五十个别的人。他是个奇迹，是个怪胎，只要他能够在一个地方待得住，那他就一定能担任森林警察。”吉斯博恩说道。

阿布杜尔·加福尔对莫格里有点看法。他在睡觉的时候，对吉斯博恩掏心窝子说：“这个陌生人很可能是个惯偷，谁知道他是从什么地方冒出来的！”他不赞成收留这个身无分文的流浪汉，他觉得莫格里连怎么跟白种人说话都不会。吉斯博恩笑了，让他回自己的房间。阿布杜尔·加福尔一路嘟嘟囔囔。但是能听见他半夜起来，把他十三岁的女儿打了一顿。谁也不知道原因。吉斯博恩只是听见了哭声。

接下来的那些日子，莫格里跟自己的影子同进同出。他在平房旁边，按自己未开化的方式安家住了下来。他住在森林的边缘上。吉斯博恩出来透气的时候，往往会看见他，要么坐在月光下，脑袋埋在双腿间，要么躺在一根伸出的树干上，像某些夜行动物一样紧贴树干。莫格里会从树上伸出脑袋跟他打招呼，让他安心睡觉，有时候爬下来给他讲丛林里的动物们的生活方式，讲很多故事。有一次，人们发现他在马厩里，兴致勃勃地注视着马匹。

阿布杜尔·加福尔揪住这件事不放，说：“早晚有一天他会偷走马的。既然他住在附近，为什么不踏踏实实地找事做呢？可他偏偏什么都不做，像脱缰的骆驼一样到处逛荡。”所以，他一看见莫格里，就命令他做这做那，态度很粗暴。但是莫格里一点也不放在心上，很听话地去提水，或者拔家禽的毛。

“他很低贱的，老爷，他什么都干得出来，你要小心，别让他做什么出格的事情。蛇总归是蛇，丛林里的流浪汉贼性不改的。”阿布杜尔·加福尔说。

“行了，闭嘴吧！”吉斯博恩说，“我容许你管教自家人，只要不是太过分，因为我了解你们的生活方式和习惯，但是你并不了解我，也不了解他。那人只是有点疯病。”

“是啊，有点疯病，等着瞧吧，以后肯定会出事的。”阿布杜尔·加福尔说。

几天过去了，吉斯博恩要因公出差，去森林里三天。阿布杜尔·加福尔人老体衰，长得又胖，就被留下了。这种时候，他总是不满足于睡大觉，而是要假公济私，征收谷物、食油和牛奶。这天天刚亮，吉斯博恩就骑马出门了。他有点不开心，因为那个林中人没有在游廊上等着他，陪他出门。他喜欢他的坦率，喜欢他的敏捷，喜欢他的不做作，喜欢他阳光的笑容。他对他的故事深信不疑。他在丛林里行进了一小时，听到背后有响动。接着，莫格里快步出现在他身旁。

“我们大概得干三天活，在那里新栽树苗。”吉斯博恩说。

“好，保护树苗没问题。它们会长成参天大树，前提是野兽们不要糟蹋。我们得让牛群搬家。”

“又让它们搬家？怎么个搬法？”吉斯博恩笑着说。

“哦，昨天晚上，它们在那些娑罗双树的树苗中间又拱又刨，不消停。我把它们赶走了。所以早上我没去你那里。这些牛应该待在坎叶河口下游，不该闯到森林这边来。”

“要是有人能够放牧天上的云，那他也可能能赶走那群牛。但是，莫格里，你说过你在森林里当牧人，不是为钱，也不是为工资……”

“因为这是先生管辖的森林啊！”莫格里抬起头来说。

吉斯博恩点点头，表示领情，接着说：“要是你愿意拿工资，为政府工作，不是更好吗？工作到一定年限，还有养老金。”

“我也想过。但是，守林人都住在小屋里，关紧了门会特别像陷阱，不过，我会考虑的。”莫格里说。

“好好想想，考虑好了告诉我，我们就在这儿吃饭吧！”

吉斯博恩下了马，从马鞍袋里取出早饭。这时候，已经是炎热的白天了。莫格里在他身边躺下，盯着天空。

过了一会儿，只听得莫格里心不在焉地说：“先生，平房里的仆人把白色的母马牵出去了，这是你的命令吗？”

“没有，那是一匹又老又胖的马，腿脚还有点不方便……问这个干什么？”

“现在有人快速骑着它呢，他们已经走上通往铁路线的那条大路了。”

“呸，那条路是在两柯斯以外了。那是个啄木鸟。”

莫格里抬起胳膊，挡住了刺眼的阳光。

“那条路从平房那里穿过去，然后有个大拐弯。要是鹞鹰飞，顶多一柯斯。而且，声音是随着鸟儿传来的，我们去看看吧！”

“胡说八道，太阳这么烈，我们跑一柯斯只是为了去看看森林里发出的一点声音？”

“不，先生，那是你的马，我只想把它带过来。要是不是你的，我就让它走开。如果是，先生可以任意处置，确实有人在骑着它拼命地跑。”

“你这个小疯子，你用什么办法呢？”

“先生不记得了吗？我可是赶过羚羊的。”

“既然你有这么大的兴趣，那你就跑去吧！”

“嘁，我才不跑呢！”他抬手让吉斯博恩噤声。然后，他仍然仰面朝天躺着，嘴里发出三声呼唤，吉斯博恩从没听过这种从喉咙深处发出的高亢的叫声。

莫格里呼唤之后说：“它会来的。我们去树荫下面等着吧。”莫格里在早晨的寂静氛围中开始打盹。那双充满野性的眼睛，被长长的睫毛遮挡起来。

吉斯博恩耐心地等待，心想，莫格里肯定疯了。但是这个人却是他最有意思的伙伴。

“呵呵，他跌下马了。那好吧，只能是母马先到。然后那个人才到。”莫格里闭着眼睛懒洋洋地说。紧接着他们听见吉斯博恩骑着的那匹矮种公马嘶叫起来，莫格里打了个哈欠。几分钟后，那匹白色母马飞奔而来，在这片林中空地上，它和它的伙伴相聚了。马背上马具都在，只是没有人。

“它还不太热。不过天气这么热，很容易出汗。过一会儿，我们就能看见那个骑马的人了，因为人总是比马要跑得慢一些，尤其，他又是个胖子，而且年纪也挺大了！”莫格里说。

“上帝啊，这是魔鬼吗？”吉斯博恩跳起身来，他听见了一声狂叫。

“别担心，先生。他没事，他也一定会说是魔鬼干的。听听看，那是谁？”

那是受惊的阿布杜尔·加福尔的声音。他在祈祷某个不可知的生灵看在他年纪大的分上饶了他。

“不行了，我走不动了，我的头帕，哎哟，哎哟，好的，我走，我快走，我跑！啊，我是个虔诚的教徒啊！”他呼天抢地。

阿布杜尔·加福尔从树丛里钻了出来，他的头帕丢了，鞋子没了，围腰布也散了。他脸色涨得通红，两只手握得紧紧的，拳头里都是泥巴和草根。他一看到吉斯博恩，再次狼嚎。他筋疲力尽，浑身颤抖，一下子扑倒在地。莫格里甜甜地笑着，看着他。

“这可不是闹着玩的，会出人命的，莫格里。”吉斯博恩严厉起来。

“没事，他只是害怕而已，本来他完全可以走着来的。”

阿布杜尔·加福尔颤颤巍巍地站了起来，不停地呻吟着。

“这是巫术——巫术。是魔鬼的法术！我犯了罪，所以他们从森林里把我赶了出来。一切都完了，我认罪。给你，先生。”他呜咽着，从胸前摸索出一卷肮脏的钱。

“这是什么情况？阿布杜尔·加福尔？”吉斯博恩明知故问。

“就让我在监狱里待着去吧——所有的钱都在这里——你最好是让监狱的围墙厚实点儿，千万别让外面那些魔鬼轻而易举地就能够跑进来了。在先生的帮助下混口饭吃，我却做了对不起先生的事，如果没有丛林中那些该死的混蛋，我早就能到天涯海角了，布置一些土地，无忧无虑地了此残生。”在绝望和痛苦中他激动地把头朝地上砸。吉斯博恩手里翻来覆去地检查着那卷钱。这卷钞票是最近发的他被上级拖欠九个月的总钱数，这些钱就跟家信和换轮胎的工具一起放在抽屉里。莫格里眼睁睁地注视着阿布杜尔·加福尔，一声不吭地微笑着。“就不用再让我骑着马了。我自己能够在先生后面跟着走到家的，之后你再让人把我关到监狱里也不迟。政府为犯这类罪的人早就准备了好多年徒刑的。”管家有点儿不高兴地说道。

丛林里不一样的孤独的生活让生活在那里的人们对于许多事物也有着不一样的看法。吉斯博恩直直地看着阿布杜尔·加福尔，回忆起以前他也是一个做事很周全的人；要是另外请一个管家，还得把他家里的种种事情从头到尾地再教一遍。不仅如此，最起码的，又要对一副陌生的面孔再熟悉一年，对一种陌生的语言再适应一次。

“听好了，阿布杜尔·加福尔，”他说，“虽然你犯了一个后果十分严重的错误，让你自己失去了尊严，但是，在我仁慈的心看来，你也只是一念之差。”

“老天爷！一直以来我都没有过要把这些钱中饱私囊的念头。我看着这些钱时，脑袋里一时空白，好像是恶魔掐住了我的喉咙一样。”

“阿布杜尔·加福尔，我相信你的话。现在先这样吧，你先回到我的住宅去吧，过一会儿我也回去，我会让人把这些钱都拿到银行里去存起来，事情到这里就好了，都过去了。你现在都这么老了，让你去坐牢，对你的家人怎么交代呢？”

阿布杜尔·加福尔一下子不知道说些什么，只是大声呜咽着趴在了吉斯博恩的牛皮马靴上。

“那么，我还能够继续为你效劳吗？”他流着眼泪哽咽着说道。

“这个我不能保证。这一切都要看咱们回去后你的表现怎么样。赶快骑上母马，自己先慢慢骑回家去。”

“可是这里的魔鬼你怎么处置啊！丛林里到处都是魔鬼。”

“不用担心的，大伯。除非他们拒绝执行先生的命令，不然他们是不会再来打扰你的，”莫格里说。“就算他们违背命令，他们也只会像赶大羚羊那样把你赶回家。”

阿布杜尔·加福尔一边缠着束腰布，一边惊讶地张大了嘴巴，瞪着莫格里。

“你说什么？那些魔鬼是他的？魔鬼听他的话！一开始我还想说，回去以后都把过错归咎给巫师呢！”

“你这想法听起来很有效呀，先生！只是在我们设下陷阱以前，先得看看落进去的猎物会有多大。其实，我只不过以为有个人偷了先生的一匹马。所以，你这会儿还依然可以这么干。”莫格里望着吉斯博恩想得到回应，可是阿布杜尔·加福尔却早已经着急地一扭一拐地凑到白色母马身边，爬上马背逃跑了，林间小路在他身后被马蹄踩踏发出“噼里啪啦”的回声。

“做得很不错呀，”莫格里说，“但是，如果他不赶紧抓住马鬃，一会儿准会再跌下马的。”

“好啦好啦，现在你总得告诉我这到底是怎么一回事了，”吉斯博恩有点着急地说，“他嘴里说了什么‘你的魔鬼’，到底是什么东西？那些人怎么可以和牲口一样在森林里被赶来赶去？请你都回答我吧。”

“是不是因为我帮先生找回了钱，所以才对我发火？”

“哪里会这样，只是我不喜欢在这里有些地方你跟我玩花样。”

“那就好。只要我站起来往森林里走几步，除非我自己走出来，不然不论是谁，就连先生在内，都没法找到我了。就像我不愿意走出来一样，我也不愿意讲出来。稍安毋躁啊，先生，再等些日子，有一天我会让你看到一切的。当然，只要你不介意，总有一天我们会一块儿去驱赶公鹿。在这件事上，我不会对你要什么花招的。我只想让你明白……我就像人们熟悉他们家里的炉灶一样熟悉森林。”

莫格里像是在对一个不耐烦的孩子说话一样慢慢地说着。这让吉斯博恩既觉得为难，又感到疑惑不解，同时还非常恼怒。他一句话也没讲，两只眼睛看着地上，好像在想着什么。等到他记得抬起头来的时候，林中人早已离开。

“互相合作的朋友之间因为不同意见闹脾气，”一个平静的声音从树丛后面传来，“可不是一件聪明的事。等到晚上天气凉快下来的时候再会吧，先生。”

就这样，吉斯博恩一下子被抛弃在森林深处。一开始他咒骂了几句，接着骑上了矮种公马大笑着继续前进了。他先是到一家看林人的小屋探访，接着到两个新的种植场巡视了一下，并下令烧掉一块干草地，然后又出发，向他早已相中了的宿营地走去。那一块营地离坎叶河岸不远，是一处覆盖着树枝和叶片的、乱石嶙峋的岩坡。等到他到达宿营地的时候，太阳正要下山，那时静静的森林里已经开始了夜晚的捕猎活动。

一阵喷香的晚饭气味随风飘来，顺眼望去，小山上闪烁着一堆篝火的火焰。“嗯，”吉斯博恩说，“真没有什么可以挑剔的了，反正比吃冷肉强多了。如果说这会儿有谁会跑到这儿来，那这个人只可能是穆勒。不过一般人都认为这会儿正是他视察钱格曼加森林的时候。想必他就是因为如此才要跑到我这块森林里来吧。”

这个从缅甸到孟买的森林总监是个高大的德国人，也是印度的森林部长，他就像蝙蝠一样常常不打招呼，从一个地方飞到另一个地方，而且总是在人家最没有料到的地方出现。他的理论是：比起一系列缓慢的通信联络，突击视察，找出弊病，并且对下属进行口头批评要好得多；因为靠通信联络的结果往往是一份正式的书面批评——这份材料留在林务官的档案里，也许在好多年以后还会对他产生不利的影响。他曾解释说：“要是我可以像荷兰叔叔那样跟我的小伙子们聊一聊，他们会说，‘那只不过是那个该死的老穆勒实在太坏了。’他们就会在下次干得好些。不过，要是让我的那个愚蠢的办事员写一些类似‘总监穆勒对此不能自圆其说的解释很生气’之类的话，就会什么好的效果都没有了。首先，因为我没有在现场；其次，因为将来接替我的那个傻瓜到职以后，也许会对我那些最优秀的小伙子们说：‘看一看你们，挨过我前任的骂。’我对你讲，要想使树木长起来，那就千万不能用官衔压人的那一套。”

深沉的嗓音从坐在火光后面的穆勒那边的黑暗处传来了，吉斯博恩正站在他心爱的厨子背后弯着腰说："你这无赖！别放那么多酱油，酱油是调料，不是汤。""哦，吉斯博恩，你正好赶上了一顿非常糟糕的晚饭。我怎么没看到你的帐篷？"他上前去和吉斯博恩握了握手。

"我就是我自己的帐篷，先生，"吉斯博恩说道，"我不清楚你在这一带附近。"

穆勒回头看了几眼外表整洁的年轻人，说："我年轻的时候也是这样带着一匹马、一点干粮宿营的。好的！非常好！这样吧，咱们两个一块儿吃晚饭。我是在上个月到总部去交报告的。报告我只写好了一半，我的办事员写了另外一半，所以我就出来走了走。结果政府对那些报告十分不满意。我也是这么和西姆拉总督说的。"

吉斯博恩记起了许多故事，讲的都是穆勒和最高政府之间的冲突，他是所有办公室职员公认的自由思想者，作为一位林务官，没人比他更为出色。这时他抿着嘴轻声笑了。

"吉斯博恩，如果我发现你是坐在你的平房里向我炮制关于种植园的报告，而不是骑马巡视种植园，我可能就会让你去比卡内尔沙漠中心绿化它。我最讨厌烦人的报告和咬文嚼字的公文，它们害得我们没法做自己的工作。"

"如果要让我浪费时间做什么年度报告，我是一点儿也不愿意的。我讨厌那些报告就像你讨厌它们一样，先生。"

话说着说着，转入了关于业务的话题。穆勒要给吉斯博恩下达一些命令，作一些指示，同时还提出了一些问题，等到晚饭端上来，他们的谈话才告一段落。这是吉斯博恩这几个月以来吃的最文明的一顿饭。不管食材的来源地离得有多远，穆勒都能不受妨碍地完成他完美的厨师工作：在那张摆设在荒野里的餐桌上，以辣子烤淡水鱼作为第一道菜开始，以咖啡和法国白兰地作为最后一道菜结束。

“啊哈！”穆勒在饭后点上一支方头雪茄烟，满意地松了口气，往后靠着他那张破旧的轻便折椅，“写报告的时候，我既是自由思想者，又是无神论者，不过在丛林里，在这儿，我既是个大大的基督教徒，又是个异教徒。”他双手垂在膝头上，眼睛望着前方，注视着充满隐秘响声、在幽暗中不断变化移动的丛林深处，轻轻松松地让雪茄烟头在舌头底下翻动着；枝条就像他身后火堆的噼啪响声一样噼啪作响；在凉爽的夜晚里，被酷暑压弯了腰的树干伸直了身子，发出窸窣的叹息声；坎叶河在无休止地喃喃低语，还有小山头那边看不见的地方，从住着许多居民的草原那里传来低沉的响声。他享受地吐出一口烟，旁若无人地朗诵起了海涅的诗句。

“‘是的，我每天显示奇迹，天哪，你看到要大为惊奇。’[①]对啦，写得真了不起，真了不起。我记得过去从这儿一直到耕地那边，这一片树林子还没有你的膝盖头大，到了旱季，这一带的牲口只好啃死了的牲口的骨头。如今一个自由思想者回来了，因为他懂得这些事物的因果关系。只是那些树崇拜的还是古老的神——‘基督教的神灵呜呜啜泣’[②]。这些基督教的神是不适合丛林的，吉斯博恩。”

一条黑影在一条仅容得下马匹通过的小路上晃动了一下，然后黑影走动了，他走到星光下面来了。

“我说的话果然没错。嘘！天哪，那就是神！那个半人半羊的

①这句诗引自德国诗人海涅的诗集《还乡曲》中的第七十一首。

②这句诗引自德国诗人海涅诗集《还乡曲》中的《阿尔曼梭尔》。

农牧之神要来拜访总督了。”

那个黑影就是莫格里，他手里握着一根剥去了一半树皮的枝条，头上戴着白色花环，这些说明随时准备着遇到一点危险就逃回树丛里去的莫格里，对火光十分不信任。

“那是我的一个朋友，”吉斯博恩说道，“他是在找我。喂！莫格里！”

穆勒还没来得及透一口气，这人已经到了吉斯博恩身边，喊道：“我错了。我不该走开的。但是那时我还不知道在河边被杀的那头老虎的配偶已经醒了，它正在找你。要不然我是不会走开的。它从远山区一直跟上了你，先生。”

“他有些疯狂，”吉斯博恩说，“他一讲起这里所有的野兽，就好像都是他的朋友似的。”

“是的，是的。如果连农牧之神都不清楚，还有谁能清楚呢？”穆勒一副认真的模样说，“他说到老虎，这位和你那么熟的神究竟是怎么回事？”

吉斯博恩点燃了他的方头雪茄开始说莫格里和他的种种伟绩，等他讲完了的时候，雪茄烟已经烧到了他的胡须边上。穆勒一直倾听着。“那不是疯病，”当吉斯博恩描绘了阿布杜尔·加福尔是如何被驱赶的事以后，他终于说，“那完全不是疯病。”

“那么他又是什么？今天早晨他生气地离开了我，因为我要他告诉我，他是怎么做到这件事的。我猜这家伙在某个方面是着了魔。”

“不是的，那并不是着魔，但是那却是一种非常美妙的东西。这类人，他们的寿命只有那么几年而已。刚才你说你那个做小偷的仆人，并没有说出是什么赶着他的马走，而大羚羊怎么可能说话啊。”

“不是的，我仔细听了，而且我平时是能听出大部分声音的，真该死，那天那儿什么动静也没有。那头公羚羊和莫格里简直就是猛冲过来的，他们都吓得发了疯。”

穆勒一声不吭，两只眼睛从头到脚上下打量着莫格里，并且招手叫他走过来。莫格里像一头公牛踩在一条有气味的道路上那样勉强走了过来。

“不用担心，”穆勒用当地话说道，“伸出你的手臂来。”

他从胳膊摸到手肘弯那儿，点了点头。“和我所想的一模一样。现在把你的膝盖伸过来让我看看。”吉斯博恩看见他摸着膝盖骨，微笑了一下。他观察到紧挨着脚踝骨上边，有两三个发白的伤疤。

“这些伤疤是你很小的时候留下的吧？”他说。

“嗯，是的，”莫格里微笑着答道，“这些是我的伙伴们给我留下的爱的纪念。”然后他对背后的吉斯博恩说，“这位什么都知道的先生是谁？”

“一会儿我再给你介绍我的朋友。我想知道它们在哪里？”

莫格里用手绕着他的头画了一个圆圈。

“什么？连大羚羊你都能赶得动？你看！你能不能把我拴在那个桩子上的母马带到我这儿来，并且不会让它受到惊吓？”

“我能不能把它带到先生这儿来，并且不会让它受到惊吓？”莫格里抬高了音调重复道，“只要你把拴住马后腿的绳子松开，这一切都是件极容易的事儿。”

“把拴住的马头和马腿的尖桩拔起来。”穆勒对马夫喊道。刚刚拔出桩子，那匹高大的澳大利亚种黑色母马就抬起头，竖起耳朵来。

“注意一些！我可不愿意看到它往丛林里跑去。”穆勒说。

莫格里面对着熊熊燃烧的火堆静静地站着，他的体型、外貌跟小说里的那位被描绘得淋漓尽致的希腊神简直是一个模子印出来的。马嘶叫了一声，抬了抬后腿，发现挂住后腿的绳子松开了，便迅速地向它的主人这边跑来。它把头埋进主人怀里，身上微微出了些汗。

"是它自己跑来的。我的马也会这样。"吉斯博恩喊道。

"你摸摸看，看看它是不是出汗了。"莫格里说。

吉斯博恩把手放在湿漉漉的马肚上。

"好了。"穆勒说。

"好了。"莫格里重复道，他身后的一块岩石把声音送了回来。

"是不是有点不可思议？"吉斯博恩说。

"不，不只是精彩而已。简直妙极了。你还不明白吗，吉斯博恩？"

"好吧，我是有点不明白。"

"那好，我就暂时不说出来，他说总有一天他会告诉你是怎么回事的。我如果说了，就太煞风景了。只是他为什么还没有死，我真不懂。喂，你听着，"穆勒转过脸朝着莫格里，又说起了地方话，"我是这儿所有丛林的总管，包括印度和黑水那边的国度。我不知道我手下有多少人马——也许有五千人，也许只有十个人。以后不要再在森林里到处游荡，不要为了好玩或是为了炫耀自己而去驱赶野兽了。你该做的事就是到我手下来工作吧，我就是主管森林事务的政府，你就是这片森林的看守人；你没有得到让村民的山羊在林中觅食的命令时，你就把它们赶走；得到了命令时，就放它们来吃草；如果野牛和大羚羊繁殖得太快，就想办法使它们减少一些，这个你是有办法做到的；汇报老虎迁移的情况和它们迁移到了什么地方，以及森林里有哪些猎物给吉斯博恩先生；你还得对森林里所有的火灾发出确实的警报，因为你能够比任何人更早地发出警报。干了这些工作，你每月可以得到一些银币作为报酬。以后，你不仅能够拥有妻子、孩子、牲畜，你还能够在年老的时候领到一笔养老金。你愿意吗？”

“我正想告诉你……”吉斯博恩开口说道。

“我已经考虑好了。今天早上我的先生也跟我谈到了这样一件工作。今天一整天，我都在想着这个问题。我如果接受这件工作，就得在这片森林里，不到别处去，我要跟着吉斯博恩先生，不跟别人。”

“先不要着急回答。政府答应付给你养老金的命令一星期以后就会下达。到时候你可以过来，就住在吉斯博恩先生指定给你的小屋里去。”

“我正想跟你谈这件事。”吉斯博恩说道。

“我知道他是什么样的就够了，用不着别人告诉我。任何一个森林看守都没办法和他比。他简直就是个奇迹。我告诉你，吉斯博恩，你有一天会发现这一点的。听着，森林里每一头野兽跟他都是亲兄弟。”

“要是我能够真正了解他，我也就会放心一些了。”

“你会了解他的。我告诉你，我做了三十年工作，曾经也见过一个这样的男孩，一开始也是跟他一样，只是到后来死了。我想有时你在人口调查报告里会听到这类人的事，可是他们都死了。而不同的是，这个人却活了下来。他来到了一个错误的时代，他所处的时代应该是比铁器时代还早，比石器时代还早。或者说，他是人类历史的开端……是伊甸园的亚当，现在我们只缺一个夏娃了！不！他比那个幼稚的故事还要久远，就好像大森林比那些神还要古老一样。吉斯博恩，现在我是个异教徒了，彻底的异教徒。”

在那个漫长的傍晚余下的时间，穆勒一直静静地坐在那里不停地抽着手中的烟，双眼呆呆地凝视着黑暗深处，嘴唇不停地嚅动着，念着一行又一行的诗句，脸上露出欣喜若狂的神情。他走进自己的帐篷里，但是不久就穿着华丽的粉红色睡袍出来了，在午夜的深沉寂静中，吉斯博恩听见他加重了语气，向着丛林念出了最后的诗句：

即使让彼此穿上衣物，刻意地打扮修饰自己，
你却依然水灵，高高在上，并且富有古典气质；
李比迪娜是你的母亲，布利亚帕斯是你的父亲，
一个是神，一个是希腊人。

“我现在想清楚了，不管我是异教徒，还是基督徒，我始终都很难真正地了解森林的隐秘。”

在一星期以后的午夜，在一间平房里，气得脸色发白的阿布杜尔·加福尔气急败坏地站在吉斯博恩的床脚边，压低声音把他唤醒了。

“醒一醒，先生，”他断断续续地说了起来，“我的名誉已经完全扫地了。带上你的枪。不要等别人看见，快起床去杀死他吧。”

老头的脸都气得拧在一块儿了，弄得吉斯博恩只是看着他发呆。

“我终于知道了，那个森林里的贱种就是为了这个才帮我擦亮先生的桌子，才帮我打水，帮我拔鸡毛的。我打了多少次也没有奏效，最后他们还是逃走了，这会儿他就坐在了他那些魔鬼的中间。起来吧，先生，让他的灵魂进地狱去吧，快跟我去看看！”

一支来复枪从他手中塞进半醒半睡的吉斯博恩手里，从屋里到游廊上，吉斯博恩几乎是被拖着走的。

“他们在森林里头的不远处，还在这所屋子的射程以内。轻轻地跟我来吧。”

“到底发生什么了情况啊？阿布杜尔，出了什么事？”

“我看到了莫格里和他那些魔鬼以及我的亲生女儿在一块。”阿布杜尔·加福尔说。吉斯博恩吹了吹口哨，就和他一块走去。他之前听说过这事，阿布杜尔·加福尔有好几个晚上打了他的女儿，不是无缘无故的。而莫格里曾经用自己的力量帮助他——无论力量是什么——证明是干家务活的人犯了偷窃罪，也不是无缘无故的。另一方面，森林里的求爱总是飞速进展着。

从森林里传来了轻幽的笛声，就好像是某一位漫游的森林之神在歌唱。然后，一阵喃喃低语声越来越靠近。一块小小的半圆形林中空地上有一条通向那里的小路，在空地四周长着高高的草丛和树林，形成了一道藩篱。而在这块空地中间，莫格里背对着观看他的人坐在一根倒在地上的树干上，手臂挽着阿布杜尔·加福尔女儿的脖子。他吹奏着一根粗糙的竹笛，头上戴着新编的花冠，四头硕大的后腿直立的狼，随着音乐的节奏，庄严地翩翩起舞。

“那些就是他的魔鬼。”阿布杜尔·加福尔轻声说道。他手里揣着一把子弹。在一阵拉长了的、发出颤音的笛子声之中，野兽们躺下了，他们的绿眼睛毫不闪动地瞪着那位姑娘，并且安静地在那里躺着。

“你们看那里，”莫格里放下笛子说道，“这没有什么好大惊小怪的。我早就给你说了，勇敢的小人，没什么可怕的，你不是也相信了我的话吗……你说……唉，你要是能看见你父亲被赶着在大羚羊奔跑过的路上奔跑就好了！你父亲认为它们简直就是魔鬼；我发誓，他会这么说，我一点也不奇怪。”

那个姑娘扑哧一笑，清脆而又响亮，而吉斯博恩却能听得见阿布杜尔气得直咬他那屈指可数的几颗牙齿。现在的这位姑娘和吉斯博恩以前有时用眼角扫过去看见的那样简直换了个样，那时她老是蒙着面纱，一声不吭地在院子里悄悄地溜过去。如今她完全变成了另一个人，一夜之间她就像兰花，在潮湿炎热的天气里，只需要几个小时就绽花吐蕾一般，成了青春焕发的少女。

“其实它们不仅仅是和我一起玩耍的伙伴，还是我的兄弟，我们是同吃一个母亲的奶长大的孩子，我在厨房后面已经告诉过你了，”莫格里继续说道，“当我还是一个赤身裸体的小不点儿的婴儿时，它们就是狼爸爸的孩子了，是狼爸爸在洞口替我挡住了寒冷。你看看它们，”一只狼抬起了他的灰下腭，蹭着莫格里的膝盖——“我的兄弟知道我在谈论它们呢。是的，当我还是个婴儿的时候，它是只小狼，常和我一块儿在泥地上打滚。”

“但是你告诉过我，说你是人类父母生养的，”姑娘更紧地贴在他的肩上，温柔地说，“你是人类父母生养的吧？”

“我是说过！我知道我是人类父母生养的，因为我的心已经被你俘虏了，小宝贝。”她的脑袋埋在了莫格里的怀里。吉斯博恩举起一只警告的手，制止了阿布杜尔·加福尔，看来加福尔一点也没有被眼前的美妙景象所触动。

“但是，我依然是狼群里的一只狼，除非有一天，森林里的那些家伙因为我是一个人而让我离开。”

“哪有人能够让你离开？真正的男子汉可不会说这种谎话的。”

“是野兽们自己让我离开的，小宝贝，你永远也不会相信的。但事实确实就是这样，丛林里的兽类让我走，不过因为我是它们的兄弟，它们四个才跟随着我。之后我到了人们中间生活，学会了他们的语言，当上了放牧牲畜的人。哈！哈！我的兄弟们让畜群们送掉了不少条性命，后来有个老太婆，亲爱的，她在夜里看见我和兄弟们在庄稼地里玩。他们说我被魔鬼附上了身，就用棍子和石头把我赶出了那个村庄，它们四个跟着我偷偷地走了。我从一个村庄走到另一个村庄，我的宝贝儿，我当过牛群的牧人，放牧过水牛，追捕过猎物，但是还从来没有人敢对我动两次手。刚好也就是在那时，我学会了吃煮熟的肉，学会了大胆地说话。”他蹲下拍了拍一只狼的脑袋，“你也可以来这样拍拍它们。它们并不是魔鬼，也没有恶意。它们已经认识你了。”

“他们说在树林里有着很多很多的魔鬼。”姑娘颤抖了一下，说道。

“这不是真的，亲爱的，那都是骗孩子的瞎话，”莫格里满怀信心地驳斥道，“我有过很多在月光下、在黑夜里的野外露宿的经历，所以我明白，丛林就是我的房屋。一个人难道会觉得他自己家的房梁是魔鬼吗？一个女人难道会觉得她丈夫的炉灶是魔鬼吗？没事儿的，你蹲下身子摸摸它们吧。”

“它们是狗，不干净。”她侧过脸去，往前俯身下去，嘴里喃喃地说。

“我们已经知道果子的滋味了，这会儿我们该想到法律了吧！”阿布杜尔·加福尔怒气冲冲地说，“还等什么，先生！开枪吧！”

“嘘，闭嘴安静吧。我们静观其变吧。”吉斯博恩说。

“干得好，”莫格里说，他重新伸出手臂去拥抱姑娘，“无论它们是不是狗，它们曾经陪伴着我走过上千村庄。”

“是吗？那么你的心跑哪里去了？你去了上千个村庄，肯定也见过上千个姑娘了吧？我……已经……已经不再只是个姑娘了，你的心在我这儿吗？”

“你要我怎么发誓呢？”

“用你的生命发誓，我就很知足了。在那些日子里，你的心在想谁呢？”

莫格里轻轻一笑，“想着我的肚子呢，因为那时我还年轻，永远吃不饱。于是我学会了跟踪和狩猎，像国王差遣他的军队一样对我的兄弟们呼来唤去，差遣它们四处奔走。因此，以至于当他们相信我的力量到底有多大的时候，我既为这位傻呵呵的年轻先生驱赶过大羚羊，也为那位高大肥胖的先生驱赶过他那匹高大肥胖的母马，实际上要驱赶偷偷在监视的人也一样容易。就在这会儿，”他的声音高了起来，“就在这会儿，我知道你的父亲和吉斯博恩先生就站在我背后。不过，不用担心，他们一共就来了十个人，他们也不敢朝前迈一步。你记得你父亲经常地打你吗？需不需要让我下个命令，把它驱赶到森林里去跑圈子？”一头狼站立起来，露出了牙齿。

吉斯博恩能够觉察得出阿布杜尔·加福尔在他身边发起抖来。不一会儿，他身边已经空无一人。那个胖子正飞快地穿过林中的空地，朝山坡下面跑去。

“就剩下吉斯博恩先生了，”莫格里说，他依然保持着原来的姿势，“之前我受过吉斯博恩先生的照顾，几天之后，我还要在他手下当差，我的兄弟们也要给他干活，帮他驱赶猎物，传递消息。你再到草丛里躲一下吧。”

一只狼保护着姑娘一块逃开了，高高的草丛合拢后，把她和跟在她身后守卫她的那只狼遮住了。莫格里和其余三只狼随从转身面对着走上前来的林务官吉斯博恩。

“这就是你们所谓的巫术，都在这里，”他指着三只狼说道，“那位胖先生知道，我们这些在狼群里养大的孩子，有一段时期是四脚爬行的。他摸过我的手臂和腿以后，就知道了你所不知道的真相。这难道有什么奇怪的吗，先生？”

“你说的没错，这一切比巫术、魔法还要奇妙。是不是因为这些狼，才赶来了大羚羊？”

“没有错，它们就像我的双眼和双脚一样。一旦我下命令，埃布利斯也会被它们赶来的。”

“千万要小心点，你的兄弟们还需要学会一些本领，埃布利斯也许会带着一支双管步枪来，因为他们总是一个挨在另一个身后站着，那样只需要两枪就能把这三个都打死。”

“是的，不过它们也清楚，要是我当上了森林看守，它们也会成为你的仆人了。”

“无论看守与否，莫格里，你对阿布杜尔·加福尔做了一件令他全家丧失了名誉的事儿。”

“我可不管他的什么名誉不名誉的，他拿走你的钱的时候就已经让自己的名誉扫地了，而且他刚才在你耳边嘀咕，让你杀死一个丛林里没穿衣服的人的时候，他就把自己抹得更黑了。我会亲自去找阿布杜尔·加福尔谈谈的，我不是什么丛林魔鬼。他可以挑选他中意的婚礼形式，否则他就得再被赶着跑一次。天亮以后我会找他谈的。至于其他的事，就像先生有自己的房子一样，这里就是我的房子。现在还可以再睡一觉，先生。”

莫格里转身离去，消失在草丛中，留下吉斯博恩一个人。这位林中之神的暗示是不容忽视的，于是吉斯博恩回到他的平房去了。阿布杜尔·加福尔满肚子愤怒，同时又满肚子恐惧，正在游廊上狂呼乱叫。

“你给我消停一些，安静会儿好吗？”吉斯博恩摇晃着他，因为他看起来就像快要丢了魂一样，“你知道的，穆勒先生给了他一个森林看守的职位，以后他就是政府雇员，还能得到一笔养老金。”

“他算什么东西——就是一条狗——他是狗群里的一只杂种，是吃腐肉死尸的家伙！什么样的养老金能弥补得了这个！”

“天啊，你也知道了，如今木已成舟，事情都已经这样了。难道你想把它张扬出去，让所有的仆人都知道吗？尽早地举行一场婚礼吧，你家的姑娘能够让他成为一个教徒的。所以你打了她以后，她马上跑去找英俊的他，这有什么奇怪的呢？”

“他不是说过要和他的那群野兽一块赶着我跑吗？”

“他好像这么说过。不过他要真的是个巫师，也会是个十分有能力的巫师。”

阿布杜尔·加福尔思索一下，接着他忘记了自己是个教徒，忍不住大声地哭喊起来。

“你是位婆罗门，我是你的母牛。请你把事情说明白吧，尽力挽回我的名誉吧！”

吉斯博恩再次进入森林，叫喊着莫格里。从他头顶上传来了回答，一点也不驯服的声调。

“别用这种口气说话，”吉斯博恩仰起头对上面说道，“我现在还来得及撤你的职，让你和你的狼被人追捕。只要让那姑娘今晚回到她父亲的房子里，明天就可以按规定举行婚礼，之后你就可以把她带走了。就现在吧，就把她送回给阿布杜尔·加福尔。”

“好的，我知道了，”接着，树丛中有两个声音在讨论着，“先生，我们同意，这是最后一次信任。”

一年后，穆勒和吉斯博恩一块骑着马穿过丛林，聊着关于他们工作的话题。在坎叶河附近的岩石堆那里，穆勒在前头走着。在一片荆棘丛的绿荫下，他发现了一个全身皮肤光滑的棕色的婴儿，这时，有只灰狼的脑袋在他背后的矮树丛中窥视着外边的动静。吉斯博恩迅速地推开了穆勒的步枪，子弹一下子穿透了他们头顶上的树枝。

“你到底在干什么？”穆勒怒气冲冲，“你看那里！”

“我知道那里，”吉斯博恩面不改色地说，“而你却不知道他的母亲就在附近。幸亏啊！你要是把他们一整狼群都惊醒了，后果不堪设想。”

一个没有戴面纱的女人拨开了草丛，一下子抓起了婴儿。“刚才那一枪谁打的，先生？”她对吉斯博恩喊道。

“是我旁边这位。他不记得你丈夫的亲戚。”

“不记得？我们和它们生活在一起，忘记了倒是有可能的，有时简直忘了它们是外人。莫格里这会儿就在小河下游捕鱼。先生你想见他吗？都出来吧，你们这些没有教养的家伙。赶紧走出树丛，不要在先生们面前失敬。”

穆勒瞪着大大的眼睛，他从跳跃的母马背上顺势跳下了马。丛林里跑出了四头狼围着吉斯博恩撒欢。那位妈妈正站着给怀里的孩子喂奶，当那些狼在她赤裸的双足上蹭来蹭去时，她一脚把他们踢走。

“你所说的那些关于莫格里的事儿都是对的，”吉斯博恩说道，“我本来要给你说的。只是这一年来我早就习惯了这些家伙，所以一时没告诉你。”

“嗯，一点儿也不用道歉，”穆勒说，“不要紧的。我的天！‘我每天上演着奇迹，会让你看到，感到十分兴奋！’”

附录一　吉卜林年表

1865年　12月30日，吉卜林出生于印度大城市孟买。他的父亲名为约翰·洛克伍德·吉卜林，曾是孟买艺术学校的教师，后任拉合尔艺术学校校长和博物馆馆长。他的母亲名为艾丽丝·麦庚纳，具有苏格兰人的血统。

1868年　吉卜林的妹妹垂克丝出生。他很喜欢妹妹，并在《消失的光芒》中隐喻地提出过这层关系。

1871年　吉卜林和妹妹垂克丝一起被送到了英国的南海镇，在那里的一家儿童寄养所接受了五年的教育生涯，由霍洛威夫人照管，不过他在那里的生活并不愉快。

1877年　母亲来到英国把十二岁的吉卜林和妹妹带离南海镇，结束了他幼年的厄运。之后，他进入一所私立学校——联合服务学院，这是一所专门为英国培训海外军事人员的学校，条件比较艰苦，但他仍非常喜欢那里的生活。

1881年　他的母亲将他的诗歌全部收集成册，自费出版，名为《学童的抒情诗》，这是他的第一部诗集。

1882年 吉卜林中学毕业后准备返回印度，因为他的父亲在拉合尔为他找了份工作。在返回印度的过程中，埃及发生了动乱。

1883年 他在《军民报》担任副编辑一职，并敏锐地观察印度的风土人情，把见闻写成小品文和轻快诗，发表了他的处女作——《学生抒情诗》。

1884年 9月，他在《军民报》赞助出版的一个圣诞节文集里发表了两篇短篇小说，其中一篇是《百愁门》，是他早期的代表作品。

1886年 发表了诗集《机关打油诗》，获得好评。

1888年 共发表了六部短篇小说，包括《山里的故事》《三个士兵》《小威利·温基》《要做国王的人》《黑羊咩咩》及《雪松下》等，还开始替《每周新闻》《先锋邮报》撰写一些短篇的小说。

1889年 3月，他作为《民政与军事报》的特派记者被派去英国，从加尔各答启程，开始了去英国的长途旅行，途经缅甸、中国、日本，又抵达美国，再横穿大西洋，最终到达了目的地伦敦。这一年，他因自己的创作而被文学界誉为当代最杰出的散文作家之一。

1890年 他因婚姻失败的打击而过着放浪形骸的生活，创作完成他的第一部长篇小说《消失的光芒》，还创作了大量的诗歌。11月份，他又从意大利返回到英国。

1891年 3月，出版了长篇小说《消失的光芒》，有两个版本，一个是英国的版本，另一个是美国的版本。

1892年 1月10日，二十七岁的吉卜林和三十岁的卡罗琳·贝尔斯迪尔在伦敦结婚。婚后，两人先后到美国、日本和加拿大度蜜月，尔后定居在维蒙特州的伯瑞特波罗小镇。当年12月29日，他的第一个女儿约瑟芬出生。创作诗集《营房谣》，小说集《许多发明》、冒险小说《大宝石》。

1893年 他的父亲也来到了维蒙特州。通过与父亲的深入交谈，他受到很大的启发，创作出经典儿童读物《丛林故事》。

1894年 出版《丛林故事》。

1895年 出版了《丛林故事续篇》，创作短诗《如果》，并委婉拒绝了英国女王颁给他的“桂冠诗人”的荣誉。

1896年 2月，他的第二个女儿艾雪出生了，他开始构思《基姆》。同年11月，他在英国出版了诗集《七海》，并与妻子和儿女在罗亭丁村定居。

1897年 他偕妻子返回了英格兰，并出版了《勇敢的船长》，还于7月17日在《泰晤士报》上发表了《赞美诗》，以此来歌颂英国维多利亚女王统治六十周年的大喜日子。8月份，他的第一个儿子约翰出生。

1898年 1月，他和妻子一起来到了南非，并在那里见到了开拓南非的知名人物罗兹。发表了《识途的船》。

1899年 1月，他携妻儿横渡大西洋，但在航海中却遭遇了强风暴，导致一家人都生病了。他的几个孩子们都感染了百日咳，妻子又发烧，他自己则感染上了肺炎。那年夏天，他的姨丈、爱德华、勃恩·琼斯也都相继离世，更加剧了他的伤心。于是，他提笔创作《原来如此故事集》和《基姆》，并发表了

《轻脚步和同党》。之后，他携妻儿又回到罗亭丁村，谢绝了英国女王的封爵，接受了加拿大麦克基尔大学赠给他的荣誉博士学位。

1900年 南非的布尔人和英国殖民者之间爆发战争，布尔人攻入英国军队驻扎的马发京等地。万般无奈之下，吉卜林举家迁往开普敦，并于2月5日到达，而此时的英国在纳塔尔打了一场败仗。于是，他以战地特派员的身份走遍了整个南非，并在同年8月份，写完了代表作之一《基姆》。年底，离开睹卡利侧线之役时不幸遭到射击。

1901年 《基姆》出版。这是一部以印度为题材的作品，被评论家们公认为是吉卜林最出色的长篇小说，富有浓郁的民族特色。

1902年 4月，英国和布尔的战争即将结束。他偕妻子返回到了英国，并在萨塞克斯郡定居。两个月之后，两国议和，爱德华七世于此时突然罹疾。

1905年 1月，开始创作《普克山的帕克》。

1906年 历史故事集《普克山的帕克》和《奖赏和仙女》出版。

1907年 出版了政治讽刺小说《老虎！老虎！》，获得了诺贝尔文学奖，在文学方面的成就达到了顶峰。

1910年 他的母亲因病逝世。

1911年 他的父亲也因病去世。父母的双双离世，令他的心境大为转变。

1913年 全家迁往埃及，他也第一次观赏到尼罗河流域的美丽风光。

1914年 7月28日，第一次世界大战爆发。

1915年 8月，他的大儿子约翰参军后，奉命出发到法国前线，于10月在英法卢斯之战中阵亡。

1917年 为了修复心中的创伤，吉卜林加入了英国阵亡公墓委员会。

1922年 觐见了英国国王乔治五世和玛丽王后，逐渐与英国皇室增进了友情。

1926年 他拒绝了英国作家协会主席的职位，不过却接受了皇家文学会的金质奖章。

1927年 他的读者粉丝成立了吉卜林会，由邓斯特成将军担任会长。

1932年 开始撰写自传，题为《我记忆中的一些事》。

1933年 出版《我记忆中的一些事》，并受聘为法国道德政治科学院的院士。

1935年 5月6日，吉卜林为圣乔治皇家学会作了一个演讲，警告德国纳粹对英国的威胁。12月30日，吉卜林七十岁大寿，很多人为他祝贺，其中包括英国国王亲笔写了一封祝贺函恭祝他，这令他十分感动。

1936年 1月18日，吉卜林因脑溢血在伦敦去世，他的骨灰被送往西敏斯特教堂，长眠于“诗人角落”，英国政府和各界人士在威斯敏斯坦教堂为他举行了隆重的国葬。他的未完成的自传《谈谈我自己》于身后出版。

附录二　诺贝尔文学奖大系书目

1901年　苏利·普吕多姆（法国）　《孤独与沉思》

1902年　特奥多尔·蒙森（德国）　《罗马史》

1903年　比昂斯滕·比昂松（挪威）　《挑战的手套》

1904年　何塞·埃切加赖（西班牙）　《伟大的牵线人》

1904年　弗雷德里克·米斯特拉尔（法国）　《米赫尔》

1905年　亨利克·显克微支（波兰）　《你往何处去》

1906年　乔苏埃·卡尔杜齐（意大利）　《青春的诗》

1907年　拉迪亚德·吉卜林（英国）　《丛林故事》

1908年　鲁道夫·奥伊肯（德国）　《人生的意义与价值》

1909年　拉格洛夫（瑞典）　《尼尔斯骑鹅旅行记》

1910年　保尔·海泽（德国）　《骄傲的姑娘》

1911年　梅特林克（比利时）　《青鸟》

1912年　霍普特曼（德国）　《织工》

1913年　泰戈尔（印度）　《新月集·飞鸟集》

1915年　罗曼·罗兰（法国）　《约翰·克利斯朵夫》

1916年　海顿斯坦姆（瑞典）　《查理国王的人马》

1917年　彭托皮丹（丹麦）　《天国》

1917年　耶勒鲁普（丹麦）　《明娜》

1919年　卡尔·施皮特勒（瑞士）　《伊玛果》

1920年　汉姆生（挪威）　《大地的成长》

1921年　法朗士（法国）　《泰绮思》

1922年　贝纳文特（西班牙）　《不该爱的女人》

1923 年　叶芝（爱尔兰）　《当你老了》
1924 年　莱蒙特（波兰）　《农夫》
1925 年　萧伯纳（爱尔兰）　《圣女贞德》
1926 年　黛莱达（意大利）　《邪恶之路》
1927 年　亨利 · 柏格森（法国）　《创造进化论》
1928 年　温塞特（挪威）　《新娘 · 女主人 · 十字架》
1929 年　托马斯 · 曼（德国）　《布登勃洛克一家》
1930 年　辛克莱 · 刘易斯（美国）　《巴比特》
1931 年　埃里克 · 卡尔费尔德（瑞典）　《荒原与爱情》
1932 年　约翰 · 高尔斯华绥（英国）　《福尔赛世家》
1933 年　伊凡 · 亚历克塞维奇 · 蒲宁（俄罗斯）　《阿尔谢尼耶夫的一生》
1934 年　路易吉 · 皮兰德娄（意大利）　《六个寻找剧作家的角色》
1936 年　尤金 · 奥尼尔（美国）　《进入黑夜的漫长旅程》
1937 年　马丁 · 杜 · 加尔（法国）　《蒂博一家》
1944 年　约翰内斯 · 延森（丹麦）　《希默兰的故事》
1945 年　加夫列拉 · 米斯特拉尔（智利）　《葡萄压榨机》
1946 年　赫尔曼 · 黑塞（瑞士）　《荒原狼》
1947 年　安德烈 · 纪德（法国）　《窄门》
1949 年　威廉 · 福克纳（美国）　《喧哗与骚动》
1954 年　海明威（美国）　《永别了，武器》
1956 年　希梅内斯（西班牙）　《小毛驴与我》
1957 年　加缪（法国）　《局外人》
1958 年　帕斯捷尔纳克（苏联）　《日瓦戈医生》